來自
天堂的雨
上
Rain From
Heaven
停
STOP
他就像一場溫柔的細雨，
治癒我藏在勇敢背後的傷口。

作者序

能成爲你們青春裡的一部分，我很榮幸

大家好，我是晨羽。

寫這篇序時，還是覺得意外，沒想到《來自天堂的雨》會有再版的機會。

這一次的再版，除了收錄番外〈來自天堂的雪〉，還另外收錄了二〇二〇年寫的全新番外〈雨後的未來〉，可以有這麼一套完整的紀念版，眞的很不可思議。

二〇一四年《來自天堂的雨》的出版，對我來說是圓了一個夢想，所以感動跟激動的心情居多，如今能夠再版，心裡則是深深欣慰，因爲終於可以讓喜歡這個故事的你們，收藏到最完整的版本，也有機會讓更多的新讀者看見它。

創作的路上我遇到許多意想不到，包括沒想過有一天會再提筆寫下士緣跟徐子杰未來的故事，沒想過這部小說還會再版，更沒想到〈雨後的未來〉會被收錄在實體書裡，沒有你們對這個故事的支持，這些都不會發生。

學生時期創作第一篇小說開始，將近二十個年頭過去，特別是完成《來自天堂的雨》之後，我幾乎沒有一天不想著創作的事，如今的我，還能在這片天地持續耕耘下去，我有多麼清楚其中的不容易，就有多感激一路關注我、陪伴我，並且包容我的你們。即使已經是某些人眼中寫作路上的前輩，我不懂的事還是非常多，甚至可以說，直到近幾年開始，我才漸漸明白何謂小說創作。

《來自天堂的雨》這個故事是開啓我寫作之路的一把重要鑰匙，它承載了青少年時期的我對現實之外的一切想像，並牽起我跟許多讀者之間的緣分；如果你曾經希望，你的青春裡能有一個徐子杰，或是一個羅雁琳，那相信你跟我歷經的青春是相似的。

我想寫一個可以停留在某個人心裡很久很久的故事，這個願望依舊沒有改變。

倘若士緣跟子杰的故事，能夠長久停駐在你的心中，成爲你青春裡的一部分，那便是我最大的榮幸。

晨羽

第一章

吵雜的回憶，和樂的歡笑聲，在此刻聽起來都變得格外刺耳。

明明不願再想起的，事情也都過那麼久了，爲何它卻還是時常該死的出現在夢裡？眞的煩死人了。

「既然醒了，幹麼還躺在床上？快起來，士倫在樓下等妳了。」媽不知何時已站在房門口。

我蹙眉，「他來幹麼？」

「什麼來幹麼？當然是來找妳一起上學啊！」她對我的反應很不滿，「別說廢話，快點起床，我可沒那麼多時間跟妳耗。」

媽離開後，我又在床上躺了一段時間，等換好制服，剛走下樓便聽到一陣交談聲。

「好久沒看到你了，下次來家裡吃個飯吧！」爸語帶笑意。

「好，謝謝伯父。」士倫莞爾。

這時爸回頭注意到我，「緣緣，起來啦？快去吃早餐，別讓士倫等太久。」

「喔。」我懶懶地走向餐桌。才一早，心情就開始煩躁了。

「喂，妳都不跟妳爸媽說再見的喔？」

士倫和爸媽道別後，立刻追上先走一步的我。我只是問：「今天怎麼特地來找我？」

「新學期開始，不能來找妳一起上學嗎？」

「可以啊，你女友允許的話，我當然沒意見。」

「喂，方士緣，」他詫異地盯著我，「妳還沒跟薇薇和好啊？」

「我們又沒吵架，哪來的和好？」

「別騙我，妳已經很久沒跟她說話了。」

「你有看到我們吵架嗎？」我保持一貫的平靜，「你想太多了。」

「士緣！」他伸手抓住我，面色緊繃，「妳到底是怎麼回事？妳以前不會這樣的，看到妳這樣我很難過妳知不知道？」

我面無表情地看著他的緊張，接著勾勾唇角，推開他的手，「眞的沒事，薇薇有說我們吵架了嗎？」

他無語。

「沒有吧？所以你幹麼疑神疑鬼的。女朋友比較重要，別花太多心思在我身上。」

「我關心我的青梅竹馬，不可以嗎？」他有些不悅。

「好啦，再生氣你的臉就不帥嘍！」我捏他的臉一下，隨即穿過斑馬線，跑到對街。

「欸，士緣！」士倫仍不忘大喊，「如果有什麼煩惱一定要告訴我，知不知道？」

聞言，我沒停下，反而加快步伐，頭也不回地跑開。

「嗨，方士緣，好久不見，暑假有出國玩嗎？」坐在前面的江政霖轉頭問我。

「怎麼可能？在家睡了兩個月。」我說。

去年江政霖和我同爲家政社的社員，他當時是爲了追班上一位女生而入社，雖然最後人沒追到，倒是和我熟稔起來。升上高二後，我們恰巧也被編在同一班。

「妳怎麼沒去唸理組？張士倫不是理組的嗎？」他好奇地問。

「我對理組又沒興趣，幹麼去唸理組？」

「你們不是形影不離嗎？我以爲妳一定會跟他選同類組。」

「什麼形影不離？」我白了他一眼，「我跟他哪有那麼黏啊？」

我的回答似乎讓江政霖感到訝異，他默默將我打量一番後，不禁納悶，「奇怪，妳怎麼了？怎麼暑假過後突然變了個人。」

「是變美還是變醜？」我挑眉。

「不是啦，我是說妳的個性……」

「士緣！」羅雁琳走過來，笑瞇瞇地站在我身邊，「妳有想參加什麼社團嗎？」

忽然有以前的同學過來跟我說話，讓我愣了半晌，對著這張笑臉，我語氣生硬：「還沒想到。」

「那我們一起決定好不好？」她笑意更深。

「羅雁琳，我記得妳之前不是田徑社的嗎？不繼續跑嘍？」江政霖問。

她沒回答，依舊微笑，又對我說：「園藝社怎麼樣？妳喜歡嗎？」

「……我沒興趣。」我冷冷拋下這句，直接起身步出教室。

到了一樓，想去福利社買東西，卻見士倫站在前方不遠處，他一看到我，馬上大喊要我過去，站在他身邊的一男一女，視線也投了過來，其中那位女孩，神情立刻變得不自然。

「叫我幹麼？」我走近他們。

「今年社團多了個國樂社，要不要參加？」士倫說。

「不要。」

「爲什麼？妳排笛吹得那麼好，加入的話，對國樂社肯定是如虎添翼啊！」他瞪大眼。

「是嗎？」我撇撇嘴角。

「當然啊。對了，介紹一個人給妳認識。」他把我拉到一旁，開始介紹起站在他身邊的男生，「他叫徐子杰，今年跟我和薇薇同班。妳有印象嗎？他去年也跟我同班。」

「知道啊。」徐子杰是學校風雲人物之一。

雖然早就知道徐子杰，聽說他是從國外回來的，但這還是我第一次跟他面對面。他的個子比士倫稍微高一點，眼睛和頭髮都黑得很漂亮，人看起來卻冷冰冰的。

「你好。」我說。

徐子杰微微頷首。

「士緣……」一旁的女孩開口，笑容仍有些僵硬，「好久不見，暑假過得好嗎？」

「很好啊，」我回以微笑，「多采多姿呢。」

「叫妳跟我們一起去參加夏令營偏不去！」士倫說。

「才不要，我沒事去當什麼電燈泡啊！」

女孩一聽，顯得更不自在了。

「說什麼啊妳……」士倫似乎察覺到不對勁，瞄了身旁的女孩一眼，「我們以前不都是一起去玩的嗎？」

「那是以前，現在我覺得一個人比較自在。」我兩手一攤。

「妳說什麼我聽不懂，」士倫不解地看著我，「妳不是……」

「士倫！」那女孩倏地抓住他的手臂，神色緊張。

「怎麼了？」他被她的反應嚇一跳。

「沒有，我……」她垂眸，欲言又止。

「喂。」從剛才就沒說半句話的徐子杰，忽然出聲，「我要先走了。」

「這麼快？你的教練來了嗎？」

徐子杰指指操場，有位戴帽子的中年男人和體育老師站在一起。

「加油啦！」士倫拍拍他的肩。

「嗯。」

當徐子杰從身旁走過，我的視線不經意接觸到他的雙眼，這傢伙，連眼神都是冷的。

待徐子杰走遠，士倫說：「他很厲害，前陣子游泳比賽得到冠軍，現在還有專業教練指導！」

見我沒什麼反應，他又笑了笑，「妳是我見過第一個對他不感興趣的女生。」

士倫的話，使我的目光不自覺移到那女孩身上。

「薇薇不也是嗎？那麼痴情，眼中始終只有你。」我淺淺一笑，「從一年前開始。」

薇薇臉色蒼白，緊抿雙唇，沒正眼瞧我。

我伸伸懶腰，「好啦，我要走了，還得去看看要參加什麼社團呢。」

「那……妳要不要跟薇薇一起去看看？她也在煩惱要參加什麼社團。」

薇薇神情錯愕，似乎對士倫的提議感到相當訝異。

「士倫，」我只是輕輕一嘆，「薇薇臉色不怎麼好，你要不要帶她去保健室休息？」

「怎麼了？妳身體不舒服嗎？」他馬上看向薇薇，關心地問。

「沒有，我沒事……」薇薇搖頭。

「你這男朋友是怎麼當的啊？人家身體不好，不能站太久你曉不曉得？」我嘲笑。

「還敢說別人，妳不也一樣？以前老是跑醫院的人是誰啊？」他不甘示弱。

「那是小時候的事了好不好？我現在健康的很！」

「少來，妳現在只要發燒還是一樣沒完沒了，」他輕推我額頭，無奈的語氣中帶著溫柔，「以爲我不知道啊？」

他的舉動使我怔了一下，薇薇也同樣僵住。

「廢話少說，我走了，掰掰！」不理會士倫的叫喚，我迅速調頭離去。

像是落荒而逃。

「士緣，妳決定好了嗎？」回教室後，羅雁琳一看到我，居然又跑了過來。

我忍不住擰眉緊盯著她，帶著警戒地問：「妳幹麼這麼在乎我參加什麼社團？」

「我想跟妳一起呀！」她答得乾脆，十分誠懇地說：「拜託啦，士緣，讓我跟妳參加同一個社團好不好？我沒什麼目的，絕對！」

她眼裡的堅定，彷彿看透我在想什麼，我的心在那一刻竟有了些許動搖……

「妳之前是田徑社的，沒錯吧？」半晌，我問。

「對呀。」羅雁琳點頭。

我陷入沉默，不自覺想起士倫方才在走廊對我說的那些話。

「那好，」我面無表情，淡淡地說：「我決定加入田徑社。」

加入田徑社，是我從未想過的事。我的身體不好，從小就被醫生警告不適合做太劇烈的運動，因此這個決定，對那愛操心的士倫，絕對要保密到家。

第一次社團活動，學姊就來個大狠招，要我們跑操場十圈。

羅雁琳臉不紅氣不喘一下子就跑好幾圈，而我跑沒多久胸口就開始痛起來。

「士緣，妳還好吧？」

勉強跑完後，羅雁琳見我氣色不佳，勸道：「我覺得妳不太適合參加田徑社。」

「沒關係，習慣就好。」

「可是……」

「我說沒關係，妳不要管我！」我走到一旁，擦去臉上的汗，調整呼吸。

不想讓自己倒下去，不允許自己再像從前那樣半途而廢。想要改變，不再輕易受他人影響，這是我給自己的承諾。

可是……

「方士緣，妳居然加入田徑社，不要命啦！」等在家門口的士倫一看到我，立刻臉色鐵青地開罵。

「你怎麼知道？」我嚇一跳。

「我親眼看到的。別鬧了，趕快退社，難道妳要等到被送醫急救，才會害怕嗎？」

「我哪有那麼脆弱？少詛咒人好不好。」我沒好氣地準備打開家門。

「這本來就是事實，薇薇跟妳一樣身體不好，但她也不會這樣啊。」

「這是我的事，」我握著門把，冷然地問：「跟薇薇有什麼關係？」

「士……」我的語氣使他一愣。

「身體是我的，我自己會照顧，不用你操心！」

我一進屋立即把門關上，將士倫阻隔在外。我靜靜佇立在玄關一段時間，閉上眼睛，深呼吸，將卡在喉嚨的苦澀給嚥回去。

我已經沒有辦法接受，他的關心裡帶著另一個人的影子。

因爲社團活動跑得太拚命，隔天我的雙腿就痠痛得連抬起來都很困難。

爸見我走路姿勢怪異，納悶地問：「緣緣，妳怎麼啦？」

「腳痛。」我坐到餐桌前。

「怎麼會痛成這樣？」

「沒什麼啦，只是跑跑步……」

「跑步？妳沒事去跑什麼步？」媽立刻追問：「妳難道不知道自己身體不好嗎？」

「知道啊。」糟糕，不小心說溜嘴。

「知道還去跑？不怕暈倒嗎？」

媽開始不停碎唸，搞得我胃口全失。她見我沒反應，不悅地問：「跟妳說話有沒有聽到？」

「聽到了啦！」我的語氣帶點不耐煩。

「才講妳幾句就擺臭臉，妳就不能像士倫一樣聽話嗎？假日也是看妳無所事事——」

不理會媽的叨念，我迅速吃完早餐，拎起書包離開客廳，一打開門，卻發現士倫站在門口。

「我正要摁門鈴呢。」他笑了笑，「怎麼樣？是不是全身都痛得要命啊？」

「幹麼一副幸災樂禍的樣子啊？一點同情心都沒有！」我瞪他一眼，繞過他身邊。

士倫隨即跟上。「叫妳退社偏不聽，到底爲什麼要這麼堅持啊？」

「沒爲什麼。」我忍著痠痛加快腳步。

「喔，我知道了，」他語帶曖昧，「因爲妳喜歡的人就在田徑社，對不對？」

我停下腳步，有好幾秒鐘都沒有動作。

「如果，」我回頭，對上他的視線，「我說是的話呢？」

聞言，士倫的神情突然變得有些僵硬，下一秒又恢復原先的笑臉，「難怪，那我只好替妳加油打氣啦。但爲了妳的身體著想，我還是希望妳能退社。」

我沒再回應，轉身就走，途中仍忍不住瞄了瞄繼續跟在一旁說笑的士倫。

比任何人都還要關心我的青梅竹馬，曾讓我覺得他是這個世界上最瞭解我的人，只是不知道在他心裡，我是否也是最瞭解他的人？

就算曾經想要知道，但對現在的我而言，這一切似乎不再那麼重要了……

「腳還痛嗎？」吃完午餐後，羅雁琳又出現在我身旁。

老實說，對於她的關心，我還是感到不適應也不自在，只能淡淡回應：「還好。」

羅雁琳身材嬌小，課業成績不錯，長得甜美可愛，人緣也很好。我不明白，像她這樣的人，爲何會想跟我打交道？儘管心裡困惑，但我沒打算繼續深思這個問題。

「士緣！」

當耳邊傳來一陣熟悉的呼喚聲時，我的胸口霎時一顫。

士倫不知何時站在教室外，笑容滿面地看著我。他的出現，讓班上頓時有些騷動。

「幹麼？」我愣愣地問。

「出來一下。」士倫招招手，我離開座位，一出教室，就被他拉著走。

士倫這舉動引來許多人的注意，讓我有些失措。「喂，你要帶我去哪裡啊？」

他只神祕地說：「跟我來就對了。」

五分鐘後，士倫把我拉到學校的室內游泳池。我納悶地問：「你帶我來這裡幹麼？」

「我有東西要給妳。」他笑了笑，接著朝游泳池另一頭大喊：「阿杰——」

泳池裡，正在游泳的其中一人慢慢停下動作，轉頭朝我們看過來。

「你休息室鑰匙放在哪裡？」士倫又喊。

那人指著我們眼前椅子上的外套，然後回頭繼續游。

「口袋裡嗎？」士倫伸手在衣服裡翻找，抽出一把鑰匙後，對我說：「妳在這等我一下。」

我滿臉困惑地看著他離去，不一會兒，就聽到一陣水花聲，轉頭一看，剛剛那個人已經從泳池裡上來，脫下蛙鏡，背對著我坐在椅子上擦拭頭髮。

我望著他的背影，覺得有些不可思議，剛才明明看他還在泳池的另一頭，什麼時候游回來了？對方似乎也注意到我的視線，轉頭看了我一眼，不到三秒，又回過頭繼續擦頭髮。

「徐子杰，你練習完了嗎？」

一名短髮女生快速跑了過來，看到我時，她臉色明顯一變。「方士緣，妳在這裡幹麼？」

我別過頭，沒有理她。

「什麼事？」徐子杰問，人已站起來。

「喔，導師要你等一下去找他。」她的語氣馬上變得溫和許多，而且笑容滿面，我爲她這前後不一的態度感到納悶。

「知道了。」徐子杰簡單回應。

她熱切地跟徐子杰說掰掰後，又涼涼掃了我幾眼，就連離開時都還頻頻回頭。

光用膝蓋想就知道是怎麼回事了。我不自覺冷笑，同時發現徐子杰正注視著我。

我點個頭算是打招呼，他卻一點回應也沒有，放下毛巾就走開了。這傢伙眞沒禮貌！

「士緣！」這時，士倫抱了一個超級大的史努比布偶走過來，我幾乎看不到他的頭。

「你在幹麼？這娃娃哪來的？」我有些詫異。

「一個游泳社員的啦，有人送他但他不要，我想到妳很喜歡史努比，就跟他要來送妳！」發現我表情有異，士倫的笑臉也出現一絲困惑，「怎麼……妳不喜歡嗎？」

「不、不是，」我連忙搖頭，「你怎麼知道我喜歡史努比？」

「拜託，我認識妳多久了，怎麼可能不知道妳最喜歡的東西就是這隻狗跟拉拉熊？」

「……」我一時無語。

「這隻史努比還是新的喔，拿去吧！」

我吃力地接過娃娃，忍不住咕噥：「你爲什麼不直接抱來我教室就好？還把我拉到這……」

「喂，妳要我一個男生抱這麼大的娃娃走來走去，存心想看我出糗啊？」士倫賞我一記白眼。

他的回答讓我忍俊不禁，「好啦，謝謝你，我很喜歡。那我先回教室了，掰！」

「等一下，我跟妳一起回去——」他正要拉我，卻被另一個人叫住。

已經換上制服的徐子杰走過來，「鑰匙給我，我要鎖門了。」

「喔，好。」士倫把鑰匙遞給他，「你放學後還要練習嗎？」

「沒，找完老師後就先回去了。」

「那我幫你鎖門，再把鑰匙拿回學務處，你就不用繞路去還鑰匙了。」

「謝啦，」他把鑰匙丟回士倫手中，背起包包，「那我先走了。」

徐子杰從我身邊走過，對我依舊不理不睬。我到底是哪裡惹到他啦？

「士倫，他是不是看我不順眼啊？」我忍不住抱怨。

「阿杰？」士倫先是疑惑，然後笑了出來，「妳想太多啦，他對不熟的人本來就不愛搭理，但他的人其實很不錯。」

「你怎麼會跟他這麼親近啊？」這兩人的個性差了十萬八千里。

「一年級我們就同班了，但後來才跟他比較熟，因爲我跟他都是班聯會幹部。」

「那感情不錯嘍？」

「嗯，算麻吉了。」他點頭，「走吧，要鎖門了。」

我千辛萬苦才將娃娃扛回去，沿路被一堆人盯著看，回教室後因爲沒地方放，只能先放在後面等放學再搬回家。面對這突然的驚喜，我竟不曉得該開心還是難過？

在上課前，我去了趟廁所，有兩個女生迎面走來，我不禁暗嘆一口氣，果然是冤家路窄，在游泳池才碰面，現在又遇到她。

原本想直接走過去，其中一人卻叫住我，「方士緣，好久不見，暑假都沒看到妳，過得好嗎？」

「嗯。」

「妳怎麼沒戴眼鏡啊？害我剛剛差點認不出來是妳呢！」

「換上隱形眼鏡了。」我淡淡地回答。

「是喔？我覺得妳這樣比以前順眼不少。」她側過頭，「對吧？薇薇。」

薇薇站在她旁邊，沒有笑也沒回答，看我一眼後，就轉移視線。

「對了，妳剛剛在游泳池幹麼？」那女生又問，語氣尖銳，「是去找徐子杰嗎？」

她的問題使我一愣。沉默片刻，我點頭，「對啊。」

「妳去找他幹麼？」

「跟妳沒關係，要上課了，我先走了。」我故意笑得神祕，準備往前走，她卻一把抓住我，力氣之大，竟把我右手腕上的手鍊給扯斷了！

「喂，妳最好給我解釋清楚！」她忿忿地說。

「放開我！」我用力甩開她，撿起掉在地上的手鍊。

「利文！」薇薇急忙拉住她，「我們走了啦！」

「我話還沒問完！」

「不要問了，走啦！」薇薇使勁把她拖走。

我低頭看著手上的手鍊，接口已被扯壞。我忍著滿腔怒火，緊握手鍊，冷冷瞪著她們離去的背影。

當天晚上，我花了好久時間才把手鍊修好。

我專注地凝視著放在床邊的史努比娃娃，以及手腕上的手鍊，最後閉上眼睛，帶著微笑進入夢鄉。

隔天上學途中，士倫一看到我就說：「抱歉，昨天沒辦法幫妳把娃娃搬回來，因爲要開班聯會會議。」

「我知道啊，身爲班代還眞累。」

「對啊，剛好最近又在策劃一些東西，每次開會都開很晚，快累死了！」

「策劃什麼？」

「下個月不是運動會嗎？臨時要再增加一項活動。」

「什麼活動？」

「當天才能揭曉，敬請拭目以待。」士倫唇角一揚。

「要什麼神祕啊？」我失笑道。

這時士倫莫名安靜下來，半晌後喚：「士緣，很久沒聽到妳吹排笛了，怎麼不吹了？」

「喔……沒有啊，只是最近沒那心情，而且我媽嫌太吵，說那聲音跟噪音沒兩樣。」

「怎麼會？妳排笛明明吹得很好啊！」他語帶不解。

「沒辦法，我媽怕吵到鄰居。」

「不會啦，我爸媽都說妳吹得很棒，而且我都會故意開著窗戶，就爲了聽妳吹排笛，妳不知道吧？」

「眞的？」我感到愕然。

「眞的啊，只是妳不知道而已。」士倫莞爾，「什麼時候再吹吧？我想聽。」

我怔怔然，頓時竟無法正視他，就連想自在說話，也忽然變得困難。

「……再說吧。」我只聽見自己這麼說。

「要怎樣跑步才不會累啊？」下課時，我呆坐在位子上發問，江政霖跟羅雁琳同時轉頭看我。

「幹麼忽然問這個？」江政霖不解。

「因為不想每次跑完都一副快死的模樣，教教我吧。」

「要不要試試看晨跑？」羅雁琳提議，「我以前常晨跑，不僅可以減肥，連皮膚都會變好呢！」

「這樣真的有效嗎？」

「絕對有效，我就是這樣才能跑這麼快。」她笑了笑，「不會騙妳的啦！」

我思索片刻，「既然這樣，我就試試看。」

「但若不能適應，就別勉強喔！」她叮嚀。

「嗯。」我露出一抹不太明顯的笑。

終究，還是無法直迎她擔心我的眼神。曾幾何時，我竟害怕起這樣的關懷。

走廊外傳來一群人的驚呼聲，看著站在外頭的一排女生，我納悶：「外面在吵什麼啊？」

「好像是別班體育課在比籃球，都下課了還沒打完。」羅雁琳說。

「哪一班？這麼多人看？」我走出教室，好不容易擠到人群前方，這才發現是士倫他們班與別班對打。

搶到球的士倫，立刻傳給籃板下的徐子杰，他輕輕一躍，就將球投進籃框，四周頓時響起一陣熱烈的掌聲。整場看下來，幾乎都是士倫跟徐子杰在得分，在他們天衣無縫的合作下，分數一分分進帳！

一群瘋婆子不斷大叫他們兩人的名字，我不耐地翻了翻白眼。注意到我臉色的羅雁琳笑著說：「他們兩個不只球技厲害，又受女生歡迎，怪不得大家會這麼瘋狂。」

「他們兩個？」我再度看向他們。士倫受歡迎我是可以理解，但……「徐子杰爲什麼會受歡迎啊？」我蹙眉，完全不懂。

「他長得很帥啊，而且又是我們學校的游泳隊代表。」羅雁琳眨眨眼，「可惜張士倫已經名草有主，但人氣還是不減。徐子杰得小心了，哪天被愛慕者吃掉也說不定。」

「像他那種人吃了八成會拉肚子吧？」我冷哼道。

「怎麼會？他很不錯啊！」

「但那傢伙個性很差，一副目中無人的樣子，看了就很討厭。」

「還好吧？我覺得那是他本身就不愛搭理人的緣故。」羅雁琳偏著頭。

比賽結束，士倫他們班獲得壓倒性的勝利，士倫跑向徐子杰彼此擊掌，現場又是一陣掌聲和……

那些花痴的鬼叫！

「不管怎樣，我就是對他沒什麼好感啦！」我摀住耳朵逃回教室。

聽了羅雁琳的建議後，隔天我便開始在家附近的公園晨跑。

爲了不被家人發現惹來一頓罵，我必須在媽醒來之前晨跑完並回到家。剛開始體力確實有些吃不消，不過就如羅雁琳所說的，晨跑的感覺眞不錯，早晨空氣清新，也不會有太多人，很安靜。

就這樣持之以恆將近兩個禮拜，都沒被爸媽發現，我的體力也明顯改善許多，雖然有時上課會不小心打瞌睡，但跑步時已經不像之前那樣喘不過氣，這讓我感到開心不已。

中午，羅雁琳來找我一起吃飯，聽我描述我的體力因晨跑而變好，她也很替我高興，「妳氣色好很多，整個人看起來也變得有精神了。」

「眞的？太好了！」我忍不住笑。

「妳眞有毅力，很少人能這樣堅持下去。」

「嗯，若是以前的話，我一定沒辦法，我無論做什麼事都是三分鐘熱度。」

「那這次爲什會這麼堅持呢？」她凝視著我。

我一時沉默，沒多久，就聽到廣播聲傳來：

「各位同學，午安，打擾大家的吃飯時間……」

聽到這個聲音，我拿著筷子的手頓時停住。

「從這學期開始，廣播社將在中午開放全校同學點播歌曲，送給你想要給的人。」

「這是周戀薇的聲音吧？」羅雁琳頗感興趣，「開放點歌，好像挺有趣的。」

不光是她，班上同學也紛紛躍躍欲試，看樣子明天廣播室就會被點歌單塞滿。

「周戀薇……就是跟張士倫交往的那個人嗎？」

某個男同學才提出疑問，立刻被一名女同學吐槽，「拜託，你到底是不是我們學校的啊？他們的事連老師都知道了！」

「他們是什麼時候在一起的啊？」男同學又問。

「去年校慶，他們不是在大家面前手牽手跳舞嗎？之後就在一起了。他們兩個都是模範生，而且男的帥女的美，是我們學校最有名的情侶！」

「這種事果然還是問妳們女生最清楚。」其他幾個男生嘖嘖道。

「去年我和薇薇同班，跟她交情不錯，當然清楚，不過……」那女生語氣忽然慢了下來，並將目光落向我，「我覺得方士緣應該更清楚吧？她跟張士倫是青梅竹馬，而且又曾經跟薇薇非常要好。」

我不自覺停下吃飯的動作，下一秒就感覺到全班同學集中過來的視線。

「真的假的，她跟張士倫是青梅竹馬？」

「對了，上次張士倫不是有來找她嗎？所以是真的嘍？」

大家議論紛紛。我冷冷瞪著那女生，她卻露出挑釁的笑。我用力放下筷子，再也吃不下飯。

「既然她跟周戀薇也很好，那問她不是最清楚了嗎？」

「對啊，」那女生看著我，「方士緣，妳應該記得他們是怎麼在一起的吧？說來聽聽，大家都很想知道耶。」

在眾人都陷入沉默之際，我神情漠然，「我不知道。」

「怎麼可能？妳不是跟他們很要好？」她冷哼。

「所以我就必須知道嗎？」我看著她，反問：「妳爲什麼不親自去問她？她應該會全部告訴妳吧，憑妳跟她的交情？」

她愣住。

「妳不是說妳跟周戀薇的交情很好，那她沒理由不告訴妳吧？」我平靜地說：「還是，妳只是在吹牛，看人家受歡迎，就想攀點關係？應該不會吧？」

她的笑容瞬間消失，臉色鐵青。班上同學也發覺不對勁，沒人敢吭聲，直到鐘聲響起，所有人才趕緊回座位午休。那女生咬著牙，狠狠地怒瞪我一眼，我裝沒看到，趴在桌上準備休息。

只是當時的我怎樣也沒想到，這件事竟會深深影響著我。當天晚上只要一入睡，就會馬上作夢。

不願再回想起來的那個惡夢。

隔日清晨五點，我自動醒來，不敢再入睡。

我換上運動褲和T恤，簡單紮個馬尾，悄悄溜出家門。到了公園，看到太陽慢慢探出頭，鬱悶的心情才總算好了一些。

做了一下暖身，我開始慢跑，跑到最後滿頭大汗，氣喘吁吁，便到洗手台洗臉順便休息。臉洗到一半，卻聽見洗手台另一邊也傳來水聲，我才發現原來還有其他人在。

我抬起頭，來不及擦臉，視線因水而模糊不清，只隱約看到一頭漂亮的黑色頭髮。

等到我終於看清楚那個人，我頓時傻住，對方發現我後，也是一愣。

徐子杰？他怎麼會在這裡？

他並沒有像我那樣驚訝，意態從容地拿起毛巾擦臉。

我渾身僵硬，尷尬地跟他打了聲招呼：「……早安。」

「早。」

我到底是走了什麼霉運啦？一大早就看到這倒胃口的傢伙！正要轉身落跑，他卻叫住我，嚇得我差點停止呼吸。

「有、有事嗎？」奇怪，我幹麼這麼怕他啊？

「妳的毛巾。」

發現毛巾還留在洗手台上，我糗得立刻拿回來，「謝謝。」卻又忍不住瞧了他一眼，「你……平常也在這裡跑步嗎？」

「不是，我在別的地方跑，今天只是跑得比較遠。」

「是喔。」看著他走向一旁的自動販賣機，我的腦海忽然閃過一件重要的事。

糟糕，要是被那個人知道我來這裡晨跑，我就完蛋了！

「徐子杰！」我趕緊叫住他，「可不可以拜託你一件事？」

「什麼事？」

「你能不能別把我在這裡跑步的事告訴士倫？」

聞言，他回頭，「爲什麼？」

「因爲他一定會把我罵死，他不希望我弄壞身體，所以……」我該找其他藉口來搪塞才對，但不知爲何我卻選擇實話實說，「拜託你，千萬不要告訴他，好嗎？」

他望著我，淡淡地問：「無論如何都不行？」

「無論如何！」

「好，知道了。」

「眞的嗎？」他的乾脆讓我訝異，見他點頭，我大大鬆了一口氣。

正想向徐子杰道謝，忽見一樣東西朝我飛來，我及時接住，發現是一瓶礦泉水。

「請妳喝。」說完，他就拎著自己的水離開公園。我呆立在原地，看著手中的瓶子。

那傢伙，好像眞如士倫所說的，其實人並不壞。

他應該眞的會幫我保守祕密吧？總覺得他不像是會說謊的人。

可以相信他吧？

上課前幾分鐘，我抱著一疊作業從導師室走出來。教室在三樓，還沒爬樓梯，我就已經快斷氣，這些作業實在是太重了！突然有人叫住我，轉頭一看，我立刻後悔了，應該裝作沒聽見的。

「妳是學藝啊？」看著我手上的作業，何利文微微笑著，「看起來好重喔，要不要幫妳拿一點？」

「不必了，謝謝。」

「眞的不用嗎？」

我咬牙，覺得自己快發瘋了，這女人根本就是假好心，故意讓我抱著這疊作業站這麼久！

她似乎想再說些什麼，目光卻移了開來，下一秒就喊道：「徐子杰！」

我順著她的目光看去，發現徐子杰正走過來。

「你也要去導師室嗎？」何利文笑問，態度親暱。

「嗯。」他瞧瞧我手上的作業，「妳本子快掉了。」

我一聽，趕緊把上頭快掉下去的作業推回來。這時何利文忽然盯著我看，然後問：「徐子杰，你認識方士緣嗎？」

我聞言一怔，就連徐子杰也看了她一下。

「上次她有去游泳池，她說是去找你的。」何利文眼裡含笑，「我覺得很納悶，你們又不認識，她怎麼會跑去找你？」

這個女人哪壺不開提哪壺，居然當面揭穿我，未免太惡劣了吧？

這下眞的慘了，徐子杰一定覺得莫名其妙，萬一被何利文發現我在說謊，一定會被她嘲笑！

我陷入慌亂，不敢瞧向徐子杰，然而我卻聽到他用淡淡的語氣說：「她是來找我的沒錯。」

我瞬間傻掉，以爲自己聽錯，連何利文也是滿臉詫異。「眞的嗎？」

「嗯。」

「爲什麼？你跟她……」她臉色變得難看，「你眞的認識她？她去找你幹麼？」

「一些私事。」他邊說邊走近我，從我手裡拿走三分之二的作業後就轉身上樓。

我嚇一大跳，「徐子杰，我自己拿就可以了！」

他沒理我，也沒停下腳步，眼看他就要消失在樓梯間，我沒再管何利文，趕緊追上去。幾個站在走廊的女學生看到徐子杰，都雀躍地開始聒噪起來。

我不禁有些慌了，萬一他就這樣直接把作業搬進教室……我的天啊！

當徐子杰快要走到我教室門口，江政霖正好從另一邊走來，我馬上叫住江政霖，然後飛也似的把作業丟給他，再迅速接過徐子杰手上的作業，「徐子杰，謝謝你，接下來我自己拿就可以了，再見！」

我衝回教室，將作業放到桌上後，整個人立刻趴在桌上動也不動，差點虛脫。

江政霖把其餘本子放到我面前，納悶地問：「方士緣，剛那不是徐子杰嗎？他怎麼會幫妳搬作業？妳跟他很熟喔？」

「沒有啊，剛在導師室碰到，他就直接把我作業拿走……」這樣應該算不上熟吧？

「不熟的話他幹麼特地幫妳拿過來？他們班不是很遠嗎？在另一邊欸！」

「唉唷，我不知道，不要問我啦！」我抱頭。

無論如何都想不通，徐子杰究竟是不是在幫我解圍？他居然會那樣回答何利文，他應該已經發現我在說謊了不是嗎？但他之前曾經幫過我，所以這一次也有可能是……

吼，煩死了啦，光是猜想這個人的動機就讓我的頭快要爆炸了！

停止，停止，不能再想了！

「方士緣小姐，妳的表情很好笑欸。」

離開學校的途中，士倫忽然從眼前冒出來，把我嚇一大跳。

發現薇薇也在時，我不自覺將視線往旁邊一移……媽呀，徐子杰居然也在！

「發什麼愣？我剛在叫妳都沒聽見喔？」士倫問。

神啊，如果可以的話，請賜給我一雙飛毛腿，我現在眞的想能跑多遠就跑多遠。

「……沒有啊。」我完全不敢看徐子杰。

「我們要去吃點東西，一起去嗎？」

「不了，你們去就好，我還有事要忙。」別鬧了，這種狀況下我哪敢去。

「忙什麼？妳今天沒有社團活動吧？」

「是沒有，不過……」

「沒有就一起來啊，講這麼多幹麼？走啦！」士倫直接把我抓走，不給我反抗的餘地。

「我要一杯拿鐵，你們要點什麼？」在店裡，士倫盯著點餐單問大家。

「那我要……卡布奇諾。」薇薇說。

「士緣、阿杰，你們咧？」

「紅茶！」我們異口同聲，接著互望一眼，連士倫跟薇薇都抬頭看向我們。

「你們還眞有默契。」士倫笑了，「要什麼紅茶？」

「薄荷。」徐子杰拿起一旁的汽車雜誌。

「我要蜂蜜。」我低聲，覺得渾身僵硬。

接下來，士倫跟薇薇開始熱烈談論起社團活動，還有下個月的運動會，以及其他我完全插不上話的話題。徐子杰始終專心看雜誌，我則一直安靜的喝紅茶，完全搞不懂自己到底是來幹麼的。

士倫也很奇怪，明知道我和徐子杰不熟還硬叫我來，再加上早上那件事，讓我更不知道該怎麼面對徐子杰。儘管坐在這裡拚命煩惱，也沒辦法馬上逃離。

「喂，你們要不要吃甜甜圈？」士倫問。

我和徐子杰都搖頭。

「是喔？那我去櫃檯選嘍。」

「我跟你去！」薇薇說完也跟著一塊離開。

忽然間剩我跟徐子杰兩人，我整個人不自在到茶都快喝不下去。還是繼續保持沉默吧，只要他不提起上午的事就好。想著想著，我的目光不自覺移向站在櫃檯前的士倫和薇薇，看著他們說說笑笑的樣子，我緩緩吸一口氣，才將視線轉向窗外，不再看他們。只是心裡還是不禁一陣難受。

「喂。」聽到身旁的人出聲，讓正在發呆的我瞬間回過神來。

「什麼事？」我不安地看著徐子杰，膽戰心驚。

「妳不舒服嗎？」

「……沒有啊，爲什麼這麼問？」

「妳的臉色很難看。」

我伸手摸摸臉，心裡卻納悶，他明明一直盯著雜誌，怎麼還會注意到我？

「有、有嗎？」我有點尷尬，忍不住又看向那兩人，怎麼挑個甜甜圈挑這麼久啊？

「今天上午的事……」徐子杰視線不動，「妳要不要解釋一下？」

我差點被含在口中的紅茶給嗆到，趕緊拿張紙巾擦嘴。

「妳說妳去找過我？」他語氣不帶起伏，讓我完全猜不出他的情緒，「什麼時候？」

我嚥嚥口水，沒想到他還是問了，「我是指之前跟士倫到游泳池的……那一次。」

他放下雜誌，身子靠在椅背上，看著我。

「對不起啦，我不是故意要說謊，我只是想氣氣何利文——」因為緊張，我居然直接脫口而出。

「氣她？」他似乎不解。

拜託，難道他不知道何利文喜歡他嗎？不要告訴我他看不出來！

「總之……抱歉對你說了謊，還有……謝謝你當時替我解圍。」

他望著我片刻，最後轉回視線，沒再說話。這時士倫和薇薇也回來了，「終於選好了，眞受不了她，一直猶豫不決。」

「因爲……每一樣看起來都很好吃嘛。」薇薇有點不好意思。

「你們兩個眞的不吃啊？這裡的甜甜圈很好吃！士緣，妳吃一點吧，妳最近又瘦了。」士倫說。

「有嗎？可能是因爲有跑步的關係吧。」我乾笑幾聲。

「退社啦，看妳這樣連我都覺得很痛苦！」

「你怎麼還講這種話？我眞的不想退社，拜託別再逼我啦！」

「妳忘了妳以前曾跑步跑到昏倒嗎？就算這次社團裡有妳喜歡的……」士倫倏地住口。

「士倫？」薇薇看著他。

「沒關係，」我托著腮，毫不在意，「這本來就是事實，田徑社裡有我喜歡的人。」

薇薇一聽，驚愕地瞪大眼望著我。

「我真的很喜歡他，」我用吸管玩著冰塊，「就像你喜歡薇薇一樣啊。」

語落，徐子杰也看了過來。

「所以無論如何，我都不會退社的，你就別白費力氣啦。」我拿起書包，「你們慢慢喝吧，我先走了，太晚回去我媽會發飆的。」

沒再理會他們的注視，我離開店裡，天空不知何時已變得黑壓壓一片。

我自嘲地笑了笑，拉好書包，快步趕回家。

在第一滴雨落下來之前。

「爸呢？怎麼還沒回來？」吃晚飯時，我問。

「他說要加班，又不回來吃了。」媽面無表情，語氣卻明顯不悅，「成天加班，假日也加班，工作這麼多薪水卻沒變多，搞不懂他在幹什麼！」

媽對爸的抱怨不是一天兩天的事了，最近爸都加班到很晚，有次甚至晚上十一點多才回來。

「可能爸真的很忙吧。」我趕緊緩頰。

媽卻冷笑，「誰知道他是不是眞的在加班？」

我頓了頓，沒有吭聲，默默將飯吃完後收拾碗盤，「我吃飽了，先回房間囉。」

「去看書，不要整天無所事事的，都已經高二了，老是要我在一旁唸妳，妳不煩我都嫌煩！」

每次都這樣，一不開心，我就會被颱風尾掃到。

回房間後，我坐在書桌前打開抽屜，望著放在裡面的排笛好一會兒。

「什麼時候再吹吧？我想聽。」

關上抽屜，趴在桌上，此時此刻，我不想聽見任何人的聲音，即使是士倫。

隔天清晨，我又出去跑步。這天天色比平常還要暗，隨時都會下雨的樣子，公園裡沒半個人。

跑沒幾分鐘，我感到頭越來越暈，越來越重，就連雙腳都漸漸使不上力氣，最後，我坐在公園裡的椅子上，心情沒由來的鬱悶，我忍不住閉上眼睛。

覺得好累，好累……

「我想到妳很喜歡史努比，就跟他要來送妳！」

「而且我都會故意開著窗户，就爲了聽妳吹排笛，妳不知道吧？」

「我覺得方士緣應該更清楚吧？她跟張士倫是青梅竹馬，而且又曾經跟薇薇非常要好。」

即使刻意不去想，那些聲音仍不時在耳邊縈繞，無論怎麼逃、怎麼躲都沒用。

「喂。」一陣低沉嗓音從身旁傳來，將我的思緒拉回，是徐子杰。

我抬頭看他，有些訝異，「你今天……又跑這麼遠啊？」

「嗯。」他直接坐在我旁邊，「怎麼了？看起來沒什麼精神。」

我低頭盯著自己的手，好一會兒才喃喃道：「果然……還是不行。」

「什麼？」

「我無法融入你們的圈子。」我苦笑，「你們都太優秀了，無論是你、士倫，還是薇薇，都跟我不一樣，我什麼事都做不好，是個平凡到不能再平凡的人。」

深呼吸，我低啞地說：「老實講，我一直都想不通，爲什麼士倫會是我的青梅竹馬？」

從小，士倫各方面的表現可圈可點，在眾人眼裡，他永遠是最優秀的，即使到現在都還是一樣。

我不懂，像他這樣的人，爲什麼會在我生命中出現？

在我的世界他不該出現的。

「昨天跟你們在一起，讓我更加確定，」我緩緩說道：「平凡人永遠只是平凡人，我進不去你們的世界，跟你們在一起，只會讓我更加自卑。」

我不知道徐子杰在聽我說完這些話之後會怎麼想，也許覺得我很無聊，或是認為我有毛病，只是說也奇怪，我為何不自覺就對他說出這些？甚至在「傾訴」完的這一刻，也不在乎他會怎麼看我。

我們就這麼沉默不語，直到遠方天空逐漸亮起。

良久，他淡然地問：「所以，妳的意思是，妳想被注意？不想當平凡人，是嗎？」

我看了徐子杰一眼，沒答腔。

「若妳眞的希望這樣，有個辦法可以幫妳。」

我納悶，「什麼辦法？」

他身子向後靠，目光對上我，「跟我交往。」

「啊？」我傻掉。

「當我女朋友。」他平靜依舊，「若想一夕成名，這種方法最快。」

「你開玩笑的吧？」我乾笑道。

「我說眞的。」他直盯著我，「怎樣？要不要？」

這個人瘋了是不是？這種話居然也能講得那麼無所謂。

「不要！」我很生氣，「你是不是誤會我的意思了？我並不是因為想出名才這麼說的。」

「那是什麼意思？」他挑眉，「是怕士倫會離妳越來越遠嗎？」

我愕然，啞口無言。

「也許妳不希望跟士倫是青梅竹馬，但他從沒這麼想過。」他沉沉地說：「一次也沒有。」

徐子杰的話，讓我的胸口一陣悶痛，像被搗了一拳，也搗出一股莫名酸楚。

「你怎麼知道？」我聲音微顫，「你又不是他，你怎麼知道他沒這麼想過？」

他看著我，「這妳不是最清楚的嗎？」

我一愣，「什麼意思？」

徐子杰停頓片刻，卻轉過頭，沒有回應。

雖然不太懂徐子杰話裡的眞正含意，但不知爲何卻讓我覺得，他是想要鼓勵我。

有點不敢置信，又有點受寵若驚，見他仍不發一語，我趕緊打破沉默：「那個，對不起啦，我不是故意要對你發牢騷的。」

他又瞧瞧我，然後回了一句：「沒關係。」

當他起身往自動販賣機走去，我馬上喊：「徐子杰，等一下！」

徐子杰停下腳步，還來不及回頭，我便越過他，搶先在販賣機買了兩瓶礦泉水，再跑回他面前。

「請你喝。」我將一瓶遞給他。

他看看礦泉水，再看看我。

「快拿去啊，手會痠欸。」我出聲催促，臉上莫名一熱，「不要的話，我就丟垃圾桶囉！」

他接過水的同時，我摸摸頭，有些不好意思地說道：「對了，上次我還沒跟你道謝，謝謝你幫我對士倫保密，還有……也謝謝你願意聽我說這麼多廢話，請你把它忘掉，當我沒說過。」

他凝視我許久，最後用水瓶輕點了一下我的額頭。

「謝了。」

當他說完離開，我人卻呆在原地。如果沒看錯，剛剛我好像看見他笑了。

摸摸額頭，那股冰涼觸感還在。彷彿被傳染似的，我的唇角也不自覺跟著揚起。

太陽露臉，頭頂上的遼闊天空也被陽光掃去了陰霾，變得一片明亮。

那天下午，最後一堂體育課，我們班和別班比賽籃球。剛開始我的狀況還算可以，但到了後半場，卻發現身體越來越不舒服，不只暈眩，還頭重腳輕，甚至步伐不穩。

「士緣，接住！」雁琳傳球過來，我一接住，卻馬上有人朝我身上一撞，我當場倒在地上。

我一陣心驚，因為我發現自己居然連爬起來的力氣都沒有。

四周一片驚慌的吵雜聲，隨著我意識漸遠，也越變越模糊，最後什麼都聽不見。

「醒了？」

睜開眼，首先映入眼簾的是一片白。

「士倫？」我驚訝地望著坐在身旁的人，再看看周圍，「這裡是……我怎麼了？」

「妳不會連學校的保健室都不認得了吧？」他面無表情，「妳剛在操場上昏倒了。」

昏、昏倒？

「妳發燒了，妳不知道嗎？」

「咦？」我迅速摸向額頭，「不會吧？」

「妳是不是都沒吃東西？」士倫語調冷漠。

「你……幹麼？」我頓了頓，「生氣嘍？」

「妳說呢？」

「唉唷，不知道爲什麼，我最近就是沒食欲，不論吃什麼都很想吐……」我答得小心。

雖然士倫脾氣一向很好，但生起氣來還是挺恐怖的，話比平常少，就是他生氣的前兆。

「之前還跟我說會好好照顧自己。」他瞪著我，「妳到底要讓我擔心到什麼時候？」

「好啦，對不起嘛。」我歉然地吐吐舌頭。

士倫嘆口氣，從椅子上站起來。「回去吧！」

「放學了嗎？」

「廢話，全校的人都走光了！」他白我一眼，「能下床嗎？」

「可以。」我邊說邊起身，他卻忽然背對我說：「來，我背妳回去。」

「不用了啦，我可以自己走！」我大驚。

「妳臉色還很蒼白，我怕妳又在路上昏倒。」他態度強硬，不容我拒絕，「快點上來，笨蛋。」

雖然不願意，但我不敢再惹他生氣，只好乖乖聽話。

士倫慢慢背起我，帶我離開保健室。距離放學時間已經過了很久，校園裡幾乎沒什麼學生。

「你怎麼會知道我暈倒？」我忍不住問。

「我在走廊看你們比賽啊。」他回頭對我翻白眼，「欸，我說妳，打球技術怎麼還是那麼爛！」

「喂，你居然糗我！」我敲了他頭一記。

「本來就是啊，乾脆下次找個時間，我教妳打球好了。」

「算了啦，我本來就是籃球白痴，沒用的。」

「安啦，妳放心，」他語帶笑意，「我保證，一定教到妳會爲止。」

我怔怔地望著他半晌。

「……你太溫柔了，大笨蛋。」

「什麼？」

「不要對女朋友以外的女生那麼溫柔，很危險！」我捏了他的臉，「當心惹來殺、身、之、禍！」

「無聊耶妳，到底在說什麼啊？」他瞪我。

「哈哈。」我又趁機捏他的臉一下，最後慢慢將頭靠在他的肩上，不再說話……

這次生病，讓我在家整整躺了三天。

等到終於可以上學，卻不見士倫來找我，有點奇怪。當我一踏進教室，就立刻察覺到一股詭譎的氣氛，也接收到不少同學的異樣目光。怎麼回事？前幾天我暈倒，已經留給大家這麼深刻的印象了嗎？

到了早自習下課，羅雁琳忽然把我拉到走廊。

「妳感冒好多了嗎？」她關心地問。

「嗯，好多啦。」見她特地把我帶離教室，我忍不住說：「怎麼連妳也怪怪的，我只不過三天沒來學校，大家就把我當稀有動物一樣看個不停。」

「呃，這是因爲……」雁琳搔搔臉，悄聲說：「士緣，妳不記得那天的事了嗎？」

「什麼事？」當時都昏過去了，還記得什麼啊？

「妳突然昏倒把大家都嚇到，剛好老師又不在現場，結果張士倫立刻就出現了。」

「士倫？」我微微驚愕。

「嗯，當時他直接衝過來把妳抱去保健室。聽說他當時正好在看我們比賽，發現妳昏倒後，就馬上從他們班上衝過來。所以現在謠言已經滿天飛，還越傳越誇張！」

「我跟他只是朋友而已，有什麼好傳的？」

「因爲當時他比任何人都緊張啊，看在大家眼裡，或許還是覺得怪怪的吧？而且大家會在意也是難免的，誰叫他是張士倫。說眞的，有個出名的青梅竹馬也挺累的吧？」雁琳帶點無奈的笑。

「是啊，不過我也見怪不怪了。」我低嘆，「從小就是這樣，我早就習慣了。」

知道事情始末後，我就沒再煩惱這件事。

以過去的經驗來看，幾天後這種謠言就會自動平息，而且我對那些異樣眼光和議論批評，早就習以爲常，只要沒有士倫的瘋狂粉絲想對我不利，基本上我都無所謂。像這次的狀況，我也只要用以往的方式應對，靜靜等待謠言退燒就好。

只是不知道士倫這傢伙是遲鈍還是怎樣，在謠言還沒平息前，他居然跟薇薇一起來班上找我，當他朝教室裡叫我的名字時，我整個人嚇得魂都差點飛了！

「感冒好多了吧？最近太忙了，所以早上沒辦法跟妳一起來學校，抱歉。」他笑著說，完全沒發現四周越來越多注意的目光。

「喔，沒關係啦，我已經沒事了，你回教室吧。」

「如果還是不舒服不要勉強喔。」薇薇憂心地望著我。

「我沒勉強，你們趕快走啦！」

「妳怎麼了，幹麼這麼慌張？」士倫一臉困惑。

「拜託，你們想害死我啊？」我用力推他，並對薇薇喊：「把妳男朋友帶回去，快點！」

「喂，妳到底在搞什麼飛機啊？」

「有事回去再說！回去再說！」

他們這一來，無疑是火上加油，讓班上同學對我們三個人的關係更加好奇，其中當然還有不少人對我有意見，幾乎都是士倫的粉絲，以及薇薇的好朋友們。

那天放學後，我發現有東西忘了拿，於是又折回教室，一走近門口，剛好聽見幾個女生的談話聲。

「欸，我跟妳們說一個祕密，」一個女生輕聲地說：「其實去年，他們三個人發生了一件大事。」

「什麼事？」其他人興致勃勃。

「當時方士緣企圖要從薇薇身邊搶走張士倫，妳們不知道吧？」

「什麼！真的假的？」

「真的，而且呀……」那女生又說：「方士緣當時還有偷東西喔！」

「偷東西？不會吧，這是真的嗎？」她們驚呼。

「嗯，不過，雖然後來證實不是方士緣偷的，但大家還是不相信，因爲妳知道是什麼東西被偷嗎？是張士倫送給薇薇的生日禮物！」

「那一定就是她偷的啦，嫉妒周戀薇跟張士倫在一起，眞不要臉！」她們的語氣充滿不齒。

「哇，完全看不出來方士緣會做這種事耶，超差勁的！」

「就算她跟張士倫是青梅竹馬又怎樣？兩人根本不配嘛！」

「拜託，想贏過薇薇，叫她等下輩子吧。」

語畢，一陣笑聲響起。

最後，我沒有進教室，也沒有回家，獨自一人坐在司令台旁邊的階梯上，靜靜望著遠方發呆。剛剛聽到的字字句句，像針般一次次往心頭刺去。即使事情早已過去，但內心的傷口，還是禁不住再度被狠狠撕開，痛得令人難受。我想逃，逃得遠遠的。

我好想逃……

「喂。」

一記低沉嗓音，使我回過神來。

「還不回去，坐在這幹麼？」徐子杰站在旁邊，低頭問我。

「……那你呢？」

「剛練完游泳。妳不回去嗎？」

的確，仔細一看，他的頭髮還溼溼的。

我搖搖頭，「心情不好，想在這裡待一會兒再回去。」

「要待到什麼時候？」

「……我不知道。」

他沉默半晌，接著說：「走吧。」

「走？走去哪？」我頓住。

「來就對了。」

他直接往校門口方向走，我遲疑幾秒便追了上去。要跟上他很困難，他那雙腿那麼長，走起路來這麼快，我幾乎要用跑的才能追得上他。好不容易來到公車站牌下，我已經快累死了。

「妳還好吧？」他看著我，即便是關心，他臉上依然不帶任何表情。

「還好……」我深呼吸，喘口氣，正想問他要去哪裡，公車就來了。

他一上車，發現有空的雙人座，便走過去站在一旁，指指空位對我說：「妳先坐。」

「咦？」

「妳會暈車吧？靠窗坐比較不會暈。」

「謝、謝謝你。」我詫異，等到徐子杰在身旁坐下，我忍不住問：「你怎麼知道我容易暈車？」

「直覺。」

「啊？」好奇怪的答案，「你……平常都是搭公車回家？」

「不是，我都騎腳踏車。」

我又啊了一聲，「那你到底要帶我去哪裡啊？」

「一個地方。」他閉上眼睛。

我不知道該說什麼，突然有點後悔跟他走。

徐子杰雙手抱胸，頭垂得低低的，沒多久居然睡著了。在他打盹的同時，我發現車上有不少年輕女生都在偷偷打量他，連坐在另一邊的婦人，也不時盯著他瞧。那位婦人至少有四十幾歲了吧？我的媽呀！

徐子杰在一旁睡得很熟，約莫過了十五分鐘，他終於睜開眼睛。

「你醒啦？」

「啊……」他揉揉眼睛，「抱歉，不小心睡著了。」

「你是不是很累啊？要不要回去休息？」看他還是很睏的樣子。

「沒關係。」他往窗外一看，隨即站起來，「到了，下車吧。」

下了車後，映入眼簾的是一座幾乎跟棒球場一樣大，被一片翠綠鋪蓋的廣場。遍地的綠草，被夕陽餘暉染成一片溫暖的顏色，空氣中瀰漫一股寧靜，卻不是杳無人聲的死寂。有人在廣場上散步遛狗，也有小孩子在玩耍，這樣溫馨的畫面，讓我一時之間無法回過神來。

「這裡……好漂亮喔。」我摀住嘴，眼睛完全無法離開這幅景色。

「過來吧。」徐子杰說。

我跟著他走下階梯，雙腳一踏在那綠油油的草地上，我便忍不住笑了。

徐子杰到廣場中央才停下，他放下書包，眺望四周，「這裡離市區比較遠，所以人並不多。」

「眞的太棒了，我不知道台北有這麼美的地方耶！」我難掩興奮，開心地不斷拍手。

「心情好一點了吧？」

「咦？」我一愣，難道徐子杰是爲了我，才特地帶我來這裡？

「你……常常來嗎？」我好奇，「你是怎麼知道這裡的？」

「很久以前就知道了，但三個月前我才找到這裡，後來只要有時間，就會過來走走。」他一邊說，一邊稍稍伸個懶腰。

「是喔？」我閉上眼睛，感受風的吹拂，「如果是我，一定天天來，這裡太棒了！」

「對了，」他眼睛一轉，注意我的氣色，「妳身體好多了吧？」

「你怎麼知道？」我嚇一跳。

「那天看到妳暈倒，士倫說妳發燒了。」

對喔，他跟士倫是同班的，那一定也有看到我們比賽，眞丟臉！

「呃……我沒事了，謝謝關心。」我尷尬不已

「那就好。」他看看手錶，「好了，我們回去吧。」

「啊？這麼快？不是才剛來嗎？」我傻眼。

「太晚回去妳爸媽會擔心吧？」

「……」好理由，只能聽從了。

我彎下腰，把他的書包拿到他面前，「喏，給你，不要忘了！」

「謝了。」他一接過書包，目光卻在我手上停住，我發現他正看我戴在右手腕的銀手鍊。

「士倫送的？」

「對呀，這是他去年送給我的生日禮物。」我驚訝地眨眨雙眼，「你怎麼知道是他送的？」

「直覺。」

又是直覺，他的直覺會不會太準了點啊？

「欸，徐子杰，」我偏頭，「我以後還能來這裡嗎？」

「這裡又不是我開的，妳想來就來啊。」

「唔，對唷。」我吐吐舌。

「走吧。」他背起書包，轉身走向階梯。

「徐子杰！」聽到我叫他，他立刻回頭，我雙手圈住嘴巴，朝他喊：「謝謝你帶我來這裡！」

語畢，我對他微笑。

他愣了一會兒，唇角也緩緩勾起一道淺淺的弧度。

第二章

今年的運動會，賽事分兩天舉辦，第一天是球類競賽，第二天上午是田徑賽跑，下午則是游泳比賽。每個年級以班別分成紅白兩隊，各班同學參加的項目幾乎都由導師決定，多半是依學生所屬社團來決定參加的比賽項目，像江政霖是籃球社，就參加籃球比賽，而我跟雁琳是田徑社，就比田徑。

這次是我最後一次上場比賽田徑，因為媽對我下了最後通牒，雖然上次暈倒並不全然是跑步的關係，但她還是威脅我運動會結束後就得退社。雖然心裡覺得可惜，但為了不再惹怒媽，也只能這麼做了。

「喂，妳們不覺得今年的比賽項目變很少嗎？」江政霖問。

「會嗎？還好吧？」我埋首寫教學日誌。

「看我為紅隊籃球隊爭光，哇哈哈！」他一副志氣滿滿。

「但願不會被張士倫他們班打得落花流水才好，他們是白隊的。」雁琳冷冷地說。

「真的假的？他們是白隊的！」江政霖頓時像顆洩了氣的皮球。

「不是我愛潑冷水，但我認為這次紅隊的勝算不大。」雁琳說。

「為什麼？」

「你自己看嘛，今年的運動高手幾乎都在白隊，像二年級就以張士倫跟徐子杰為代表了啊！」

「對吼，徐子杰也是他們班的，完了完了……」江政霖開始苦惱。

最近學校已經在進行運動會的布置，每個人都忙得不可開交。很難得的，隔天上學途中，居然聽到士倫叫我。

「嘿，好久不見啦！」我打招呼。

「眞的是好久不見了。」他失笑，快步跟上我。

「你還要忙到什麼時候啊？」

「當然是運動會結束才能解脫啊，現在除了開一堆會，還得練習比賽，都快搞到精神分裂了。」

「你這次運動會參加哪些項目？」

「籃球、男子兩百公尺，還有接力賽。妳呢？」

「跟你一樣，除了籃球，然後男子兩百公尺改成女子。」

「喂，妳不准跑，再跑妳身體會完蛋！」他臉色一變。

「我有在持續練習啊，到目前爲止都沒什麼問題。」

「鬼才相信！妳忘了之前暈倒的事嗎？」

「眞的啦，我已經康復了，你沒發現我氣色好很多了嗎？」

士倫還是滿臉懷疑。

「好啦，不要光顧著擔心我，你自己也要保重，看你一副快累垮的樣子。」

「妳說得對，我是快垮了。」他嘆了口氣，「我現在上課常會不小心打瞌睡。」

「上課打瞌睡?你嗎?」我不敢置信。

「對啊，阿杰也是，不過他是直接倒頭就睡，而且完全叫不醒。」他苦笑，「他比我更慘，籃球、田徑、游泳全部一手包辦。不知道我們老師在發什麼瘋，以為我們都是超人！」

「是喔?」我點點頭，低喃：「怪不得上次他在公車上一下子就睡著了……」

「妳說什麼?」

「喔，沒有啦。」我搖頭，拍拍他的肩，「總之加油吧，再撐幾天就好了！」

士倫又嘆了一口氣。

不知道這段期間，徐子杰早上還有沒有去公園晨跑?沒想到不只游泳，他連其他項目也得參與，就算體力再好，也很難負荷得了吧?

「我去福利社買東西。」下課，我離開座位。

「啊，順便幫我買一罐雪碧，感謝！」江政霖抬頭說完，便又埋頭繼續趕作業。

下課時段的福利社，永遠都是人山人海，一群人爭先恐後的模樣，實在讓我不想跟著去擠，不過光站在後面，也不知何時才能買到東西。

「方士緣！」

何利文朝我走來，身旁還有幾個女生，那些女生看向我的眼神並不怎麼友善。

「上次妳打球打到一半昏倒了，現在好多了嗎?」

「嗯。」這時前面人潮減少，我走上前。

「那就好！」她始終笑瞇瞇的，「當時我們看了很感動，沒想到張士倫會衝過來急著把妳抱去保健室，連薇薇都被嚇到了耶。」

「妳到底要說什麼？」我不耐煩。

「沒什麼，只是覺得張士倫對妳的好，就跟對薇薇是一樣的，所以想稍微提醒妳，」她在我耳畔說：「希望妳，不要誤會了。」

「妳放心，我沒誤會，多謝妳的忠告，不過不需要妳多管閒事。」我從老闆手中接過飲料。

「這哪是多管閒事？我可是以薇薇好朋友的身分勸告妳。」

「妳很雞婆耶，」我面色冷然，「愛管別人閒事，也該有個限度吧？」

「妳說什麼？」何利文臉色一變。

「沒說什麼。」

我轉身離開，卻被她用力拉回來，她不客氣地直接開罵：「方士緣，妳少得寸進尺，不要仗著張士倫對妳好就得意忘形！」

「我哪裡得意忘形？」

「張士倫是薇薇的男朋友，妳別作白日夢了！」

「我當然知道他是薇薇的男朋友，不需要妳來提醒。」

「少來這套，別以爲我不知道妳在想什麼，妳想要趁虛而入，破壞他們兩個對吧？」

「妳會不會想太多了？小姐？」我擰眉，「放手，我要回去了。」

何利文的視線忽然移到我手上的飲料，冷笑道：「買兩罐？要給誰的啊？」

「干妳什麼事？」

「好心勸妳，盡量少喝這些飲料，對身體不好，妳應該也是要參加比賽的人吧？」

這女人未免也扯太遠了吧？

「謝謝關心，我不喝了，可以請妳把手拿開了嗎？」我覺得耐性已經快到極限了。

「不喝的話，給我。」

從身後傳來的低沉嗓音，把我們都嚇了一跳，下一秒徐子杰居然直接拿著我的飲料走了。

「喂，徐子杰，那罐飲料你不能拿！」我甩開何利文的手追過去，卻瞄到她朝我投來的惡毒目光。

「等一下！」一追上徐子杰，我用力抓住他，微喘著說：「那飲料……不能給你啦！」

「妳不是不喝嗎？」

「不是這個問題，那罐雪碧是別人託我買的。」

「是喔？」他搖搖罐子，「可是我已經喝了。」

我聽了差點沒昏倒，這個人實在是……

「抱歉，錢給妳，妳再去買吧。」

「不要，我不想再過去了！」我可不想再碰到那個惡女。

「那我去買。」他正要折返回去，卻又馬上被我拉住，「不要，你不要去！」

見他面露困惑，我趕緊鬆手，尷尬道：「我是說……你不必特地去買。」

「眞的嗎？」

「眞的，我晚點再去買沒關係。」我可不希望那女的看到他，又亂七八糟跟他說一堆。

「喔。」

我抬眸看著他，「對了，我聽說這次的比賽你全都包辦嘍？」

「不能說全部，像田徑我就只參加接力而已。」

「那也差不多啦，加油吧！」

「我跟妳不同組，妳還幫我加油？」

「呃……我是指互相加油啦！」我趕緊說，此時他目光也落向我，「妳也有參加比賽嗎？」

「有啊，田徑。」

他看了我片刻，「士倫知道嗎？」

我微愣，沒想到他會忽然提到士倫，「嗯。」

「知道還讓妳去比賽？」

我又愣住，怎麼搞的？這傢伙好像有點怪怪的……

「這次該不會跑到一半又昏倒了吧？」原來他是這個意思。

「才、才不會咧，上次會昏倒是因爲我發燒，這次絕對沒問題！」

「是喔？」他啜了口飲料。

「你不信啊？到時你就看看我進步多少，讓你知道我之前晨跑可不是跑假的！」我抬起下巴，雙手插腰，堅定地說。

我們四目相望了幾秒，徐子杰突然笑了出來。我怔住，「怎、怎麼了？」

「沒有，只是覺得……」他別過頭，笑到連肩膀都在抖動，「妳很好玩。」

「啊？我哪裡好玩了？」

「沒事，先聊到這，我要回教室了。」他舉起手，表示暫停。

「喔，好吧。」被他弄得一愣一愣的，「掰掰。」

徐子杰走沒幾步，又忽然回頭，笑著晃了晃手中的飲料，「謝謝妳的雪碧。」

他離開後，我依舊愣在原地不動。這傢伙眞的怪怪的，原以爲他只是個愛裝酷的怪咖，想不到還很愛講一些讓別人聽不懂的話，根本搞不懂他在想什麼。

回教室後，江政霖還在奮力抄作業，我把飲料放在他桌上。

「喔，謝謝啦——嗯？麥香紅茶？我要的是雪碧欸！」

「被徐子杰喝掉了。」我淡淡地說。

有夠倒楣，早知道會遇到何利文，我寧願渴死也不要去福利社。

「她根本就是故意找妳麻煩。」下午第一堂下課，雁琳和我一起去搬教學器材。

「我大概這輩子都跟那種人相剋吧。」我嘆氣。

「要是她再找妳麻煩，我幫妳處理掉她如何？」

「妳不要笑得這麼甜講這種話，好恐怖！」

「開玩笑的啦，她看起來很壯，想也知道贏不了。」

「搞不好一拳就讓妳住院了。」

「那我一定一個月內都不會醒。」

我們同時大笑，轉個彎準備下樓梯。

「對了，聽說今年運動會有增加一項活動，妳知道是什麼活動嗎？」

「我有聽士倫說過，不過他沒告訴我是什麼。」

「我還挺期待的耶，希望不會太無聊。」

「不會吧，我覺得到時應該會是……」還沒說完，我的背倏地被猛力一推，整個人登時向前傾，雁琳驚愕的神情，瞬間從我眼前一閃而過──

還來不及反應，我就直接從樓梯上摔了下去！

「士緣！」雁琳驚叫，趕緊跑下來扶我，「妳還好嗎？有沒有怎樣？」

我癱坐在地上，渾身痛到完全站不起來，幾個路過的學生也朝我看過來。

「還好，還活著。」我咬牙，笑得吃力。

「我帶妳去保健室，能走嗎？」

我點頭，但才一移動身子，一股刺痛便朝我襲來，我不禁嗚了一聲。

「士緣，妳的腳！」

這時我才發現右腳踝劃到牆邊木板，襪子上已經滲出一小片血漬。

「小傷而已，沒什麼大不了的。」

「可是明天就是運動會了，妳腳受傷根本不能跑啊！」雁琳急得快哭出來。

「我去保健室包紮一下就好，沒事。」

「不行啦，妳這樣怎麼還能比賽？」

「比賽次序都分配好了，怎麼可以少一個人？」我叮囑雁琳，「不要告訴別人。」

雁琳滿臉擔憂，似乎不知道該如何是好。我從保健室回到教室後，小心翼翼地不讓班上同學注意到異狀，且爲了遮住小腿和手臂上的傷，我還跟江政霖借了外套遮掩。

當時雖然看起來像是我自己不小心摔下去，但我很確定，我是被人推下去的。一時之間想不出誰會這麼做，學校裡對我沒好感的人實在太多，八成又是士倫的激進粉絲。

但我沒時間煩惱這些問題，必須先想辦法應付明天的運動會才行，最重要的是，這件事絕對不能傳到士倫耳裡，否則後果鐵定不堪設想。

雖然不確定明天是否能跑完全程，也不曉得是誰故意想陷害我，但無論如何，我不能就這樣放棄！

翌日，運動會正式開始。

上午的籃球賽熱鬧得簡直像在聽演唱會，不出所料，二年級還是那兩人搶走大家的目光。不知道是不是他們的魅力太驚人，居然還有紅隊的女生爲他們加油，看了差點沒昏倒！最後是白隊獲勝，不過這早在我們的意料之中，所以並沒有很難過。

到了吃飯時間，雁琳拿著便當跑來找我，「士緣，妳的腳怎麼樣？痛不痛？」

「早就不痛了。」我立刻說。

「眞的嗎？如果不行，絕對不能勉強喔！」

我點頭。

「喂，士緣！」士倫跑過來。

「嗨。」我微微一笑，「恭喜比賽獲勝。」

「謝啦。」他莞爾，「下午的比賽，妳眞的沒問題吧？」

「那當然。」

「我眞的很怕妳又出什麼狀況。」他的臉湊近，「如果不舒服就要說，不准騙我！」

「知道了。」忽然有點緊張，一是怕他看出端倪，二是因爲他靠得太近，「你吃過飯了嗎？」

「還沒，等等才吃。」他觀察我手中的便當，「哇，有炸蝦耶！」

「羨慕吧？哈哈！」我得意地笑出聲。

「士倫！」徐子杰這時也跑來，「老師找你。」

「又找我？讓我休息一下會死喔？」士倫厭煩地嘖了一聲。

「辛苦啦，大忙人，趕快去吧！」我揮揮筷子。

士倫瞧瞧我，迅速從我便當裡拿走一隻炸蝦，我叫出來：「喂，你幹麼？」

「謝謝招待！」他賊笑。

「張士倫，給我還來，那是我要吃的欸！」

士倫一臉得意，把炸蝦吃完就跑掉了。

唉，搶救無效！我視線一轉回，剛好對上徐子杰的目光。

「下午加油囉。」我說。

「妳也是。」

我笑了笑。

「喂——阿杰，你在幹麼？快過來啊！」士倫回頭大喊。
「囉嗦男在叫了，你快去吧。」
「掰。」徐子杰快速跑向士倫，我卻發現身旁的雁琳一臉訝異。
「怎麼了？」
「妳什麼時候跟徐子杰變這麼熟啦？」她眨眨眼，「妳不是很討厭他嗎？」
「喔，那個……」我搔搔臉，「之前是不怎麼喜歡他啦，但跟他熟了之後就覺得……還好。」
「那妳要更小心嘍，同時跟學校的兩位風雲人物扯上關係，處境危險喔。」她嘿嘿笑。
「什麼啊？」
「我說眞的，尤其是徐子杰，聽說他很少跟女生說話，剛剛卻跟妳聊了好幾句，很稀奇耶。」
我乾笑，繼續吃飯，沒多久又聽雁琳語帶驚豔地問：「咦，士緣妳這只手錶好漂亮，在哪兒買的？」
我沉默半晌，笑了笑，「喔……去年在夜市買的，我很喜歡。」
「好特別，不太像手錶，我一直以爲這是護腕呢！」她仍盯著我的左手看。
我唇角一揚，沒有再回應。

「現在進行男子兩百公尺賽跑，請選手們準備就位——」

比賽即將開始，許多人都準備爲士倫和徐子杰加油。

選手各就各位，槍聲一響，所有選手立刻拔腿往前衝。看到士倫一口氣就超越四個人，雁琳忍不住詫異：「哇，張士倫好厲害，馬上衝到第二了！」

我注視著士倫奔馳的身影，眼看他就要跟一個學長同時抵達終點，最後卻還是以極小的差距輸給紅隊的學長，拿了第二。

「啊，張士倫輸了！」雁琳說。

「第一名是田徑隊的隊長，能跟他跑得不相上下已經很恐怖了。」我淡淡地回應。

「妳好冷靜喔，妳不覺得張士倫沒拿第一很可惜嗎？」

「我也以爲他會第一名的。」我笑了笑，「但別人若聽到我們在替敵隊加油，會被圍毆吧？」

「那也沒辦法，不知不覺就只注意到他了。」她吐吐舌頭，隨即一怔，「咦？是徐子杰耶。」

我順著她的目光看過去，在眾多選手當中，徐子杰的個子顯得特別高，他正做著伸展運動，四周滿是爲他吶喊的加油聲。奇怪，他不是說他只有比賽接力嗎？

「請選手們準備就位！」

站在起跑點的徐子杰，在槍聲響起的瞬間，居然一下子就衝到第一，將第二名遠遠拋在身後。白隊的女生尖叫連連，沒過多久，徐子杰就以極快的速度往終點跑去，一跨越終點線，現場立刻歡呼聲四起！白隊每個人都激動地跳起來歡呼，相反的，紅隊這裡鴉雀無聲，應該是嚇傻了。

「……這傢伙是人嗎？」我傻掉。

「徐子杰還是那麼厲害！」這次反而是雁琳異常冷靜。

「男子田徑隊面子掛不住了，居然被兩個非隊員的人將了一軍！」我不敢置信。

「徐子杰游泳更厲害，明天就能看到了！」雁琳開心地說。

接下來的比賽，紅隊還是很爭氣地拿到兩次第一，與白隊同分。男子兩百公尺結束後有十五分鐘的休息時間，再來就是女子兩百公尺賽跑。

第一輪，雁琳首先上場。

當選手們各就各位，我不禁爲雁琳緊張起來。槍聲一響，選手奮力衝刺，看到雁琳位居第二，我當場開心地叫了出來！

紅隊所有人都大聲爲她加油，我甚至聽到江政霖大喊：「羅雁琳，加油，妳贏了我請妳吃大餐！」

最後，雁琳贏過白隊拿到第一，她欣喜若狂地跑過來抱住我。

「雁琳，妳太棒了！」我擁住她興奮地大喊。

「江政霖的荷包要空了，我要叫他請我吃日本料理！」她一邊喘氣，一邊嘿嘿笑。

我做著暖身運動，準備接下來的第三輪比賽，雁琳卻神色緊繃地盯著我的腳。

「沒問題，我OK的，放心。」我對她說。

她頷首，笑容裡仍帶著憂心。

第三輪比賽即將開始，我深呼吸，站在起跑線上，赫然發現隔壁跑道的人是何利文。

「唷。」她打量著我，「妳也是這場的啊？」

我沒理會。

「妳的手臂上怎麼有傷？」

我還是沉默。

「妳還眞不會照顧自己，傷口嚴重的話就應該退賽才對，逞什麼強啊？」她冷哼，「從樓梯上摔下來，沒死算命大……不過妳居然在比賽前一天碰到這種事。」

我猛然轉頭，「妳怎麼知道我從樓梯上摔下來的事？」

「我看到的啊。」

「妳看到？」我緊盯著她，「妳的教室跟我的教室完全不同方向，怎麼會看到？那裡只有器材室，妳去幹什麼？」

何利文斂起笑容，忽然不語。

「是妳把我從樓梯上推下去的！」

「喂，妳少含血噴人，妳有什麼證據證明是我推的？」

我瞪著她。

「這些都不要緊，重要的是希望妳能平安跑完全程，祝福妳嘍。」她嘴角一勾。

我氣到完全說不出話，聽從老師指示準備起跑，彎下身子的那一刻，眼角餘光卻瞄到斜前方的階梯上，士倫跟徐子杰就坐在那兒往這邊看。

我閉上眼，調整呼吸，不能讓士倫看出來，絕對不可以……

「預備——」

我直視前方，一聽到槍聲便向前狂衝。儘管腳下傳來撕裂般的劇痛，我還是盯著前方，想盡辦法超越前面的人，然而疼痛的感覺卻開始蔓延全身，折磨我的意志，我整個人快支撐不住……

「士緣，加油！快到了，加油啊！」雁琳站在終點線大喊。

發現只剩一點距離，我顧不得體力就要到達極限，再度硬使出力氣，只爲抵達終點，只爲了不想輸！

一跨越終點線，我雙腿瞬間一軟，雁琳連忙上前扶住我！

「士緣，妳還好嗎？妳跑第四名已經很厲害了，更何況妳還受傷！」她扶我坐在旁邊，懊惱地咕噥，「只是沒想到何利文居然是第二名，眞氣人！」

我喘個不停，說不出話，右腳踝幾乎已經麻痺。

士倫他……應該沒看出來吧？

「妳看起來很痛，我帶妳去醫療小組那裡吧，就在前面。」雁琳心急，就要帶我過去。

我朝她說的方向望去，很快就發現某個人的身影——周戀薇。

我沒料到她是醫療小組的，便立刻抓住雁琳，「我休息一下就好，不用過去了。」

「妳在說什麼呀？痛的話就不要跑了，不然會更嚴重的。」

「剛剛我都撐過去了，接下來的接力賽一定也可以。」

雁琳啞口無言。

女子兩百公尺賽程結束，選手接著準備接力賽。

我摸著腳，還是很痛，內心怒火到現在仍無法平息。就像何利文所說的，沒有證據也不能拿她怎樣，但難道就只能算自己倒楣嗎？現在埋怨再多也沒用，還是想辦法應付接下來的接力賽比較實際。

「士緣，接力賽要開始了……」雁琳說。

「好。」我小心翼翼地站起來，見到她的表情，笑問：「幹麼一張苦瓜臉啊？」

「眞不想讓妳去比賽，可是說了妳又不會聽！」她嘟嘴。

「抱歉，可是我眞的很想跑，就讓我跑完這最後一次，好嗎？」

雁琳看看我，仍是一臉苦惱。

這次接力賽是男女混合，往前方一看，我發現何利文站在另一支隊伍中，正熱切地跟她後面的男生說話。何利文看到我，冷笑了一下，又繼續跟那個男生聊天。我氣得牙癢癢的，恨不得衝過去甩她幾巴掌，然而一發現站在她後面的人，我便愣住了，是徐子杰。

何利文發現我在看徐子杰，便大聲說：「方士緣，這場比賽也要加油喔！」

徐子杰聽見了，也轉頭望向我，幾秒後又回過頭去。不知是否是錯覺，總覺得他的目光似乎有在我腳上多停留一下……

當比賽槍聲響起，我看到擔任白隊第一棒的士倫衝了過來，速度很快，他從我身邊跑過時，居然還抽空對我笑了下。沒多久他就把棒子交給下一個人，這時紅隊的學長也朝我跑來，就要輪到我了。

我擺好動作準備助跑，聚精會神留意學長手上的接力棒，接到後我奮力往前衝，眼淚卻差點掉出來！

腳踝的疼痛讓我重心不穩，身子彷彿被折成兩半，痛得幾乎快昏厥，看著就在前方不遠的學弟，我咬緊牙根，不斷在心裡對自己精神喊話：

方士緣，不要忘記妳最初的決心，更不要忘記自己是怎麼撐過來的。

那段最難熬的時間妳都撐過去了，這次一定也沒問題，絕對沒問題！

將棒子交給學弟後，我努力保持平衡，緩步走出場外。直到我的雙腿再也撐不住，整個人不禁跌跪在地。我雙手貼地撐著身子，任憑臉上汗水落在地上，此刻四周的加油聲依舊未曾停歇，我卻幾乎只聽得見自己的心臟劇烈地跳個不停……

呼吸逐漸平緩時，我注意到有人在我面前蹲下，一抬眼，我當場僵住。

「拿去。」徐子杰遞給我一瓶礦泉水。

「你不是……在比賽嗎？」我接過水，一口氣灌了下去。

「跑完了。」他語氣平靜，看起來一點疲憊的樣子都沒有，真氣人！

「喂，妳的右腳受傷了吧？」

我差點被水嗆到，「你說什麼？」

「我問妳的腳是不是受傷了？」

「哪有，你別亂講好不好？」

他瞄了我一眼，食指在我右腳踝上輕點一下，我痛得當場哇哇大叫。

「還說沒有。」

這個人……我還以爲自己掩飾得很好，怎麼還是被看出來了？

「你什麼時候發現的？」

「妳比兩百公尺的時候。」

他的回答讓我差點沒昏倒，「怎麼可能？」
「當時雖然看起來沒什麼，但妳跑步時的重心很不穩。」
「等、等一下，那士倫呢？他不會也看出來了吧？」
「那時有人在跟他說話，我想他應該沒注意到。」
「太好了！」我鬆了口氣。
「但妳比接力時腳步是一拐一拐的。」
「什麼？」我又驚叫。
他看著我緩緩地說：「士倫後來被老師叫走了，所以沒看到妳跑接力，放心。」
天助我也啊——
「你怎麼知道我想問什麼？」我納悶。
徐子杰沒回答，只是說：「能走吧？我帶妳去醫療小組那裡。」
「我……」停頓了一下，我別過頭，「我不想去。」
他眼神流露出疑問。
「薇薇在那裡，」我悶聲說：「萬一被她發現我受傷，我怕她會告訴士倫。我去保健室就好了。」
「那走吧。」他站起來。
「你也要去？」
「妳現在不能走，總要有人扶妳去吧。」
扶我去？開什麼玩笑？現在有那麼多雙眼睛在注視我們，哪敢就讓他這樣帶我去啊？

「我自己去就可以了。」我試著站起來，但此刻我的腳光是移動一下就痛得半死，更別說是走路了。

「別逞強了。」他突然蹲下靠近我，在我耳邊低語，「還是要我直接抱妳去保健室？」

我反射性地摀住耳朵，徐子杰剛才的近距離使我整張臉倏地熱了起來。

「這樣的話，比較快。」他見我的反應，似笑非笑。

他前一刻的動作讓越來越多女孩子注意到我們，我慌得不知該如何是好，只好乖乖讓他扶著我到保健室去。既然不管怎樣都會引人注意，那也只能選個比較不會引起騷動的方式。

眞的覺得自己倒楣到家了。

一到保健室，徐子杰小心地扶我坐在床上，從櫃子裡找出藥水、紗布，以及棉花棒，接著拿了張椅子在我面前坐下。「鞋子脫掉。」

「那個，我自己來就好了，不用麻煩你——」

他抬眸，我一接觸到他的眼神，就噤聲了。

「褲管拉起來。」

我咬唇，慢慢將褲管捲起，原本的繃帶已經脫落，並且沾滿血跡，傷口又裂開了。徐子杰將沾了藥水的棉花棒塗抹在我的傷口上，我痛得眼淚在眼眶裡打轉，不敢發出聲音。

在忍痛的同時，我悄悄注意他的專注神情，心裡頗感意外，沒想到他挺細心的。

周圍只有窗簾被微風吹動的聲音，安靜到讓我有一點尷尬，最後，我打破沉默：

「欸，徐子杰。」

「幹麼？」

「你不是只有比接力嗎？怎麼會跑去比兩百公尺？」

「原本參加兩百公尺的人身體不舒服，找我去代跑。」他淡淡地說。

「代跑還拿到第一，太厲害了吧？」我詫異，「你明天還要比賽游泳對吧？加油喔。」

「嗯。」

又是一陣寂靜。

這種氣氛讓我渾身不自在，正絞盡腦汁想話題時，他出聲了：「妳很亂來。」

「啊？什麼？」我嚇一跳。

「腫成這樣還能跑，服了妳了。我看妳這陣子都不能正常走路了。」他完成包紮。

「眞的嗎？不會吧，這麼慘？」我驚叫。

他面無表情地瞧了我一眼，「妳自找的。」

好啦，看樣子我是眞的糟糕到連他都可以教訓我了！

「怎麼受傷的？」

「不小心扭到摔跤的。」

「是喔？」聽口氣就知道他不相信，「我扶妳回教室吧。」

「不用了啦，我自己走就可以了。」

他看著我。

「我眞的可以啦！」或許因爲被他看出我在說謊，我不禁有些惱羞成怒，「你先走，不用管我了。」

「我要在這裡休息，」他把剩餘的繃帶扔到一旁，「妳若想離開就走吧。」

我愣愣地看著他躺在床上，「怎麼了？你很累嗎？」

「嗯。」他低語，「走路小心點。」

「知道，不用你操心——」話還沒說完，我馬上失去平衡，還好徐子杰及時扶住我，才沒跌成狗吃屎。

我完全沒勇氣對上他的目光，天啊，眞丟臉！

「我扶妳走，」他語氣冷淡，「再拒絕就眞的隨便妳了。」

我不敢再囉唆，乖乖讓他扶我走出保健室。他……不會生氣了吧？八成覺得我很麻煩。

到了樓梯口，我抬頭一望，頓時一陣無力，腳傷成這樣不知要爬多久才能到三樓，更不好意思叫徐子杰扶我上去。

「徐子杰，謝謝你送我，接下來我自己走就可以了。」語落，我又連忙解釋，「你別誤會，我沒別的意思喔，我只是想說我能靠著扶手自己慢慢走上去，就不用麻煩你一步步帶我爬樓梯……」

沒想到他只是看著我，問：「誰說要帶妳爬樓梯了？」

「啊？」還沒反應過來，他就已經將我整個人騰空抱起，我當場叫了出來！

「徐、徐子杰！」我緊張地東張西望，「你在幹什麼？快放我下來！」

「我也沒那個耐心扶妳上去，這樣比較快。」

「所以我說我自己來就好啦！」我嚇得都快冒冷汗了，「拜託啦，快放我下來，萬一被別人看到怎麼辦啊？」

「大家全都在運動場，哪來的人？」他神色自若，「別亂動，摔下去我可不管。」

我整張臉熱到不行，想不到徐子杰居然會這麼做。不過慶幸的是他爬樓梯的速度很快，三樓一到，我馬上鬆口氣，「好、好了，你可以放我下來了！」

「妳教室還沒到。」他腳步未停。

「我眞的可以自己走，放我下來啦！」我幾乎是用哀求的。

他仍不理會，一進我教室，環顧四周又問：「妳座位在哪？」

「……第一排第三個。」我囁嚅，伸手一指。

他走過去直接用腳把椅子拉開，再慢慢把我放下。

「比賽應該快結束了，妳就先坐著休息吧。」

我點頭。

「就這樣，我走了，自己保重。」

「等一下，徐子杰！」

「幹麼？」

「你……」我仔細瞧著他，「是不是在生氣啊？」

他似乎有些疑惑，「沒有啊。」

「抱歉，因爲我總覺得你好像在生氣。」

他盯著我片刻，原本面無表情的臉，竟出現一抹若有似無的笑意，「差不多。」

「啊？」

「我沒在生氣，」他淡淡地回應，「不過心情很不好。」

說完，他就走出教室，留我一個人愣坐在原地。這是什麼意思？他到底是有生氣還是沒生氣啊？

在我還一頭霧水時，手機響了，士倫憤怒的聲音如凶猛洪水朝我襲來，「方士緣，妳在哪裡？」

「那麼大聲幹麼？我在教室啦！」我耳朵差點聾掉。

「妳腳受傷為什麼不告訴我？」

我傻掉，「你怎麼知道？」

「有人告訴我的啊！」

有人？該不會是……

「徐子杰嗎？」我脫口喊。

「阿杰？妳在說什麼？妳有看到他嗎？」

「啊……不是啦，你沒見到他嗎？」我趕緊改口。

「他手機打不通，不曉得溜去哪了。」士倫懊惱地嘆氣，仍不忘繼續罵：「喂，別給我岔開話題，妳腳受傷，等一下怎麼回去？」

「搭公車吧。」

「那好，我今天沒辦法陪妳回去，自己小心點。」他冷冷地警告，「等我回去妳就倒大楣了！」

結束通話，我整個人趴在桌上，完全沒了力氣。

傍晚回家，媽一看到我的慘狀，也是劈里啪啦罵個不停。回到房間，我一躺上床，手機就響起。

「……喂？」

「開窗吧。」

深深一嘆，我疲憊地走向窗戶，打開窗，見士倫就站在對面陽台處。

我把手機丟到床上，靠在窗邊等他砲轟，沒想到他只是問：「腳怎麼樣？很痛嗎？」

「你怎麼沒罵我？」我頗爲吃驚。

「我想妳已經被妳媽罵得夠慘了，就算了吧。」

我大大鬆一口氣，「感謝張大人的赦免之恩！」

「那可不表示我原諒妳。」他面無表情，「妳明知道我最討厭別人騙我。」

「對不起啦，可是我又不是故意的……」

「我知道妳是怕我擔心，但我還是不希望妳騙我。」他嘆氣，「現在怎樣？傷勢嚴重嗎？」

「好多了啦。到底是誰跟你說我腳受傷的啊？」

「誰說的很重要嗎？」他冷然。

「問一問而已嘛……」

「我同學看到妳跑接力時，發現妳腳有問題，只是妳跑完後就不知道去哪了。」

「我去保健室啊。」

「醫療小組就在旁邊，幹麼特地跑去保健室？」

「因爲……因爲……唉唷問那麼多幹麼啦！」我甩甩手。

「喂，妳還給我不耐煩啊？」

「人家腳受傷已經很難過了，你就別再念了吧！」

「誰叫妳每次都出狀況，又不懂得照顧自己，從小就這樣，我都不知道該拿妳怎麼辦才好。」

「幹麼把我說得那麼糟糕？」

「本來就是，我還記得妳有次跟別人打架，把自己弄得渾身是傷咧！」

「你……那是我六歲時的事，幹麼忽然提起啊？」我臉紅。

「當時沒想到妳會打架，簡直嚇死我了。」他笑了出來，「問妳原因妳也不肯說，只是一直哭。」

沒事記那麼清楚幹麼啦！

「妳小時候明明都乖乖的，那次到底爲什麼打架？我很好奇欸。」

「八百年前的事我哪記得？」

「少來，不然妳幹麼這麼激動？反正都過那麼久了，就說一下吧。」

「不要！」

「快說，不然不原諒妳。」他兩眼一瞇，「別忘了妳今天可是惹到我囉。」

「那你還是別原諒我好了！」我轉身準備逃走。

「方、士、緣！」他的口氣恐怖到讓我冷汗直流，我回頭，一臉哀怨，「你一定要聽嗎？」

「嗯。」他笑得燦爛。

「……好吧，不過我警告你，聽完不准笑！」

「好。」他點頭。

我嚥嚥口水，「就是……那次跟班上女同學在玩的時候，她忽然跟我說，她長大以後要嫁給你。」

「我？」他一愣。

「她說非常喜歡你，長大以後一定要當你的新娘子。」我一邊回想一邊說：「我很生氣說不行，要跟你結婚的是我。後來兩人大打出手，就這樣。」

語畢，士倫先是一呆，下一秒就不可抑止地大笑。

「喂，張士倫，你不是說你不會笑嗎？」我隨手把一旁的娃娃用力朝他丟去。

他趴在欄杆上，瘋狂地笑個不停。

「張士倫，再笑我就跟你絕交！」

他終於抬頭，卻還是笑到說不出話，笑到連眼角都有淚了。

「抱歉。」他手捧著肚子，「可是，妳眞的……是因爲這個理由跟人家打起來的？」

「對啊。」

他又開始大笑。

「喂，你有完沒完啊？」早知道就不講了。

「好，不笑了，肚子快痛死……」他舉手搖頭，咳了幾聲，「那結果妳是贏了還是輸了？」

「這什麼問題啊？」我睜大眼。

「沒呀，只是想知道結果怎樣。」

「當然是我贏啊，開什麼玩笑——」我被自己的激動嚇了一跳，趕緊噤口。

「喔？」他注視著我，莞爾一笑，「妳就這麼想嫁給我？」

「那是小時候的事，跟現在一點關係都沒有啦！」我辯駁，眼睛卻不敢看他。

「我當然知道那是小時候的事，妳那麼緊張幹麼？」他似笑非笑，「所以說，妳第一次跟別人打架就是爲了我嘍？」

「你少臭美。」我才不承認。

「喂，妳很不坦率欸。」

「你管我！」

「但我不懂，妳明明贏了，爲什麼還哭著回來？妳贏了是在哭什麼？喜極而泣？」

「那是因爲……」

「什麼？」他神情專注。

「因爲……因爲我忘記了啦！」我大喊：「幹麼一直問啊？煩欸！」

「幹麼突然發火啊？」他一臉莫名其妙。

「那麼久以前的事，我不想再提了啦！」

「搞什麼？」他撿起我剛丟過去的娃娃，「不過那時候怎麼安慰妳都沒用，妳還是抱著我哭個不停，還記得我是怎樣讓妳停止哭泣的嗎？」

我看他，他也看我。

「你唱歌給我聽。」我笑了。

「妳記得啊？」

「當然，後來只要我哭你就會唱那首歌給我聽。那首歌是你自己亂編的嗎？」

「怎麼可能，那是我媽教我的啦！」他白我一眼。

「那你還記得怎麼唱嗎？唱來聽聽。」

「妳瘋啦？不要！」他嚇一跳。

「唱一下又不會少塊肉，快啦，我記得那首歌很短。」

「我要睡了。」他轉身要進房。

「張士倫，你敢離開就倒大楣了！」我假裝生氣。

他懇求：「拜託大姐，就這件事，請妳饒了我吧！」

「不行，快唱！」

「好啦好啦。」他抓抓頭，似乎在回憶該怎麼唱，接著清清喉嚨，開始唱起來：

那只是一時的，你很難過我知道。
但那只是一時的，你會堅強的我知道。
不要怕眼前的荊棘，我會一直陪在你身邊。
所以請你不要哭，親愛的請你別哭泣。

我知道你可以，重新再拾起笑容。

我情不自禁愣了好一會兒。

「發什麼呆啊？」

「沒、沒有。」我回過神，搖頭，「只是終於知道你爲什麼不肯唱了。」

「爲什麼？」他疑惑。

「因爲你五音不全。」

「方士緣！」他大喊，臉紅了，「好心唱給妳聽，居然還糗我！」

我捧著肚子，笑翻了。

「以後休想我再唱給妳聽！」

「唉唷，我開玩笑的啦！」

「懶得理妳，可惡的傢伙！」

那天晚上，我們就這樣鬧了好久好久，訴說著兒時的點點滴滴，直至午夜十二點才停歇。

明明是很久以前的事了，但再度聽到他哼唱著當時的那首歌，仍使我不禁恍神。

從前的那些回憶畫面，也在那一晚的夢裡，隨著士倫的歌聲一一浮現……

第三章

隔天，整座校園陷入一片詭異的寧靜，因爲大家都跑到游泳池看比賽了。想起昨天面對徐子杰的尷尬，我原本不想去，但在雁琳百般哀求下，最後還是陪她去了。游泳池畔到處都擠滿了人。

「太好了，比賽還沒開始。」雁琳一臉開心，「士緣，走吧，我們去找位子。」

「都坐滿了，不可能還有位子啦。」我四處張望。

「羅雁琳——」這時江政霖的聲音傳來，他坐在某一處座位上朝我們招手。

「啊，看到了，我們走吧。」她帶我過去，發現江政霖旁邊居然還有兩個空位！

「怎麼樣？這位子不錯吧？」他問雁琳。

「很好很好！」她滿意地點點頭。

「等一下，這是怎麼回事？」我傻掉。

「他說實在沒錢請我吃日本料理，所以就幫我占游泳池的位子啦。」她笑了笑。

「我可是一大早就跑來搶位子耶，累死我了！」他揉揉肩膀。

「你們坐吧，我要走了。」開什麼玩笑？第一排，選手進場時都會經過這裡！

正要落跑，雁琳卻抓住我，「妳在說什麼啊？好不容易才搶到這個位子，不要的話太可惜了！」

「對啊，方士緣，我可是等了將近三個鐘頭才搶到這音效、視野俱佳的好位子欸！」

「對啊，妳就坐嘛，爲什麼對這個位子這麼反感啊？」雁琳問。

我承認我太小題大作，其實根本用不著那麼神經兮兮，只是我現在眞的不敢面對徐子杰，但在他們兩人的強力遊說之下，我也只能坐下。

比賽即將開始，整座游泳池畔的女生都興奮地等待選手們進場，第一場的選手一出現，周圍就歡呼聲不斷，直到他們從第一排座位前走過時，我鬆一口氣，看樣子徐子杰不是第一場出賽。

選手們聽從老師的指示各就各位，哨聲一響，選手迅速跳下水賣力游著。原本正專注觀看比賽的我，不經意注意到士倫和薇薇就坐在對面。士倫對我微笑招手，我回以一笑，等我回過神來，第一場比賽居然已經結束了。

「方士緣，妳發什麼呆啊？好不容易坐在這種特等席，很浪費耶妳！」江政霖說。

「是、是，對不起。」我失笑。

就在這時，現場傳出的尖叫聲把我們三人嚇了一大跳，雁琳靠前一看，也跟著興奮地叫了出來，「出來了，徐子杰上場了。」

徐子杰即將從面前經過，我坐立難安，悄悄看向他，竟剛好與他四目相對。

我心一慌，趕緊移開視線。只要一見到他，就會想起昨天誤會他把我受傷的事告訴士倫，下意識對他感到愧疚，所以我只敢低著頭，靜靜地等待他經過。

「喂。」徐子杰的聲音從我前方傳來。

頭一抬，有什麼東西朝我丟來，定睛一看，是徐子杰穿出來的外套。

「幫我拿一下。」說完他就直接走掉。

我感到背脊一陣發涼，徐子杰剛才的舉動頓時讓我成爲現場所有人的注目焦點，就連雁琳跟江政霖都目瞪口呆地望著我。這是什麼情況？這傢伙是想害死我嗎？

比賽的哨聲響起，大家的注意力才終於被拉開。幾秒鐘後，江政霖的手機也響起。看到他神色驚慌地通完電話，我好奇地問：「誰打給你啊？」

「導師。」他一臉頹喪，抱頭哀號。「他要我現在到導師室去找他！」

「爲什麼？」

「不知道……啊，對了，老師也叫妳過去喔。」

「我也要去？」

「對啊，他說如果看到學藝也叫她過來。」

「你們在說什麼？」雁琳問。

「我們兩人被老師傳喚，現在得立刻過去。」我無奈。「抱歉，雁琳，妳就留下來看比賽吧。」

「㖦，怎麼這樣？」她嘟嘴。

結果，沒看到徐子杰比賽，我跟江政霖就先離開游泳池。

一到導師室，江政霖忍不住抱怨，「老師，比賽正精彩，幹麼這時候叫我們來啦？」

導師拿書朝他頭敲下去，冷冷地說：「我也不想叫你來氣自己，但今天非得好好修理你不可！」接著拿出一張考卷，一顆紅鴨蛋在白紙上特別醒目，「請你解釋一下，這是怎麼回事？」

「呃……這個……」江政霖臉色發白。

「不只國文，連英文跟數學也考得很差，要逼我到你家做家庭訪問是不是？」

一聽到家庭訪問，江政霖整個人嚇得跳起來，「老師不要啦！」

「不要？你不但考零分，作業還一天到晚遲交，居然還敢說不要？」導師臉色鐵青。

「老師，求您放過我這一次，下次我絕不會再犯，拜託不要去我家！」他哀求道。

「這句話我聽太多次了，沒用！」

「這次是眞的啦老師，我發誓，下次若再犯，我隨時歡迎您到我家去！」

導師嘆道：「好吧，給你最後一次機會，不准再考零分，作業也不准遲交，聽清楚沒有？」

「是是是！」

導師這時拿了一本作業簿給他，「你現在回教室重寫一遍，寫完立刻交給我。」

「啊？爲什麼？」

「你自己看。」導師翻翻本子，「用抄的也就算了，還抄錯地方，我都快改不下去了。」

「哇咧……」江政霖臉色更慘白了。

等江政霖的事大致處理完，我走上前，「老師，那您找我有事嗎？」

「喔。」導師拿出另一疊作業，「我想請妳登記分數然後發還給同學，順便告訴大家下禮拜要交第三章。還有明天也要麻煩妳把其他作業登記好，可能會比較忙一點，沒關係吧？」

「沒關係，反正明天沒什麼事。」

「好，那就麻煩妳了。」導師微笑。

「江政霖，等一下你幫忙把這些搬回教室，」導師指著桌上的一疊作業，「方士緣的腳受傷。」

「可是很多欸——」

「你是不是男人？」導師冷冷地說。

「我是啊。」

「這樣啊？」導師嘆口氣，搖搖頭，「原來你連一點紳士風度都沒有，我對你已經徹底絕望了。」

「學藝，我一定幫妳把作業平安送到教室，妳就放心去休息……不是，放心做妳的事吧！」江政霖一本正經地對我說。

我忍住不讓自己笑出來，這傢伙怎麼這麼好騙啊？

我們離開導師室沒多久，又碰到英文老師，她對江政霖說：「江同學，你這週英文還是一樣喔。」

「呃……」江政霖尷尬地抓抓頭。

老師笑了笑，從我們旁邊經過時突然叫住我，「啊，方士緣！」

「什麼事？」

「妳這週沒交作業，怎麼回事？我沒改到妳的作業。」

「咦？怎麼會？我有交啊。」我有些錯愕。

「那妳回去找找看，是不是掉在哪了。」

「……好。」

回教室後，我坐在座位上納悶，江政霖問：「會不會是掉了啊？不可能憑空消失吧？」

「英文……等一下！」我抓住他，「江政霖，前天是你跟我借作業的吧？」

他想了想，「好像是。」

「你抄完後有放回去嗎？」

「有哇，我抄完就放回去了，然後妳就把作業搬到導師室去了，不是嗎？」

「嗯。」

「如果眞找不到，就只好影印一本新的嘍。」他開始動筆抄作業。

開什麼玩笑啊？我嘆氣，現在煩惱這個也沒用，只能先完成導師交代的事。待登記完那一大疊作業分數，已經下午三點半了，不曉得比賽進行得怎麼樣？

「萬歲——搞定了！」江政霖站起來歡呼，「我去交作業嘍！」

他開心地衝出去，沒多久我也離開教室，卻不想去看比賽，索性在校園裡閒晃，不知不覺走到美術教室。

美術教室後方的白色牆壁上，布滿各色塗鴉。有人用紅筆寫下一堆髒話咒罵老師，也有人很老套寫什麼某某某到此一遊，更多的是一些讓人看不懂的圖案。我看得眼花撩亂，最後轉身靠牆坐在草地上，爲了不被打擾，我把手機關機，享受這份只屬於我的寧靜。

涼風漸漸吹走意識，我閉上眼睛，就這麼不知不覺睡著了……

「薇薇，妳說的是真的嗎？」

前方站著兩個人。

「當然，這是我親耳聽見的唷。」薇薇握著那個人的手，笑得恬靜。

我仔細看著她牽著的那個人——居然是我！

「天啊，我不敢相信！」只見我臉上盡是快樂的笑容，興奮地緊緊抱住她不放。

這時畫面換了，兩人消失不見，一堆人出現在眼前，個個怒視著我。

「方士緣，妳有沒有搞錯？也不看看妳自己長什麼樣子？居然還妄想跟張士倫在一起！」

「連自己好朋友的男友都敢搶，妳要不要臉啊？」

「妳有什麼資格跟薇薇搶張士倫？噁心！」

「做人做成這樣，妳爲什麼不乾脆去死？」站在中間的何利文走向我，冷笑道：「妳這個小偷！」

「小偷小偷小偷小偷小偷小偷小偷……」

當那些人也消失，四周變得黑暗，最後，是士倫站在我面前。

「我，不知道。」

他面無表情地冷冷開口，然後轉身離去。我立刻追上前，卻在要抓住他的那一刻，他消失了！

接著我就聽到一陣笑聲。

混雜著許多人的聲音，讓人幾乎窒息的，無止盡的笑聲……

我嚇得瞬間睜開眼睛！發現自己是在作夢，微微喘著氣，額頭冒出了不少冷汗。

我用力握住左手腕，壓住顫抖，壓住紛亂的呼吸，努力要冷靜下來，卻還是可以聽見那些人的嘲笑聲殘留在耳畔。我將頭靠在膝蓋上，雙手緊緊摀住耳朵，讓自己隔絕一切。

在淚水決堤之前……

等到我回教室，天色已黑，雁琳立即跑來，「士緣，妳去哪啦？我都找不到妳！」

「……抱歉。」

「幸好妳出現了，那我們走吧。」她拉住我。

「去哪？」

「妳忘啦？不是說運動會完後還有節目嗎？再過十分鐘就要開始嘍！」

她把我帶到操場，操場中央有個用木頭一層層架起的東西。

「那是……」

「營火晚會呀，以前都沒有這種活動呢！」

我們坐在司令台旁的大階梯上，等待營火晚會開始。沒過多久，一男一女出來負責主持，「各位同學，運動會在今天落幕，爲了獎勵努力比賽的各位，特別舉辦營火晚會，希望大家能玩得盡興！」

男主持人說完，女主持人接著開口，「那麼，現在就開始今晚的營火晚會嘍。歡迎大家過來跳舞，不限情侶、同性朋友，大家可以一起來跳，趕快鼓起勇氣向你心儀的對象邀舞吧！」

音樂一放出來，陸陸續續有人往舞池前進。雁琳躍躍欲試，「士緣，要不要去跳？」

「我腳這樣沒辦法跳啦。」我失笑。

「對耶，我都忘了。」她搔搔臉。

「那邊幾乎都是男女一組，兩個女生一起跳很怪吧？」

「有什麼關係，她不是說同性朋友也可以嗎？」她噘嘴。

聊著聊著，忽然有一位學長迎面走來，在雁琳面前停下。

「學妹，」學長對她伸出右手，有禮地說：「我可以邀請妳跳支舞嗎？」

我驚喜地看著雁琳，她卻面無表情，迅速搖頭。

學長表情一僵，「學妹，我已經注意妳很久了，可不可以給我個機會，讓我認識妳？」

「不可以。」她斬釘截鐵。

「爲……爲什麼？」學長臉垮了下來。

「因爲我已經有對象了。」她一把拉住正在跟別人聊天的江政霖。

「幹麼？發生什麼事了？」江政霖嚇一大跳，一副外星人攻打過來的樣子。

「陪我去跳舞。」她二話不說把江政霖拉走，留下學長既錯愕又羞赧地站在原地，更慘的是，旁邊還有幾個學生正等著看他會怎麼反應。

我沒料到雁琳會做得這麼絕，正覺得同情，學長卻轉而看向我，然後對我微笑。驚覺不對勁時，他已經伸出手，用前一刻的溫柔語氣對我說：「學妹，我能請妳跳支舞嗎？」

我當場傻掉！這是怎樣？剛被雁琳拒絕，居然又想邀我？搞什麼東西啊？

「抱歉，學長，我沒辦法跟你跳。」我委婉地回絕。

「不要這樣嘛，學妹，我只要請妳跳一首就好了。」

「可是我眞的不方便，請你去找別人吧！」學長越靠越近，使我不得不往旁邊移，最後他竟抓住我的手，我嚇一跳，急欲掙脫，「你、你快放手啊！」

「拜託妳不要拒絕，拜託！」學長苦苦哀求，一雙手霎時從我身後伸出。

我回頭，竟然是徐子杰！

「請你放手，學長。」他捉住對方的手腕，語調平平。

學長先是呆愣幾秒，之後惱羞成怒，口氣衝了起來，「你什麼東西啊？我的事你也敢管！」

徐子杰抓著他的力道似乎加重了些，因爲我看見學長的表情越來越痛苦。

「我再說一次，」徐子杰聲音變冷，「請你放手。」

可能是太痛受不了，學長狠狠怒瞪徐子杰一會兒，終於放手，轉頭離開。

我大大鬆一口氣，感激不已，「謝謝你，徐子杰。」

「那傢伙想幹麼？」

「他邀請我朋友跳舞不成，結果把目標轉移到我這來了，眞差勁。」我甩甩被握痛的手，然後瞧瞧徐子杰，「你背著包包要上哪去？」

「回家啊。」

「回家？現在還在活動中耶。」

「沒辦法，我不能留下來。」

正想問他爲什麼，就發現有幾個女生一邊叫著他的名字，一邊朝這裡快步走來。

「我先走了。」

「快走吧，不然你今天舞就跳不完了。」

他很快就不見蹤影。我忍俊不禁，卻也有些訝異，居然在那群女生之中沒看到何利文的身影。

我的視線落在雁琳和江政霖身上，卻不經意注意到，士倫跟薇薇兩人也在舞池中跳舞。他們牽著彼此的手，不時相視微笑，兩人對望的眼神，都很溫柔。

很不想看，目光卻怎樣也離不開。

待音樂結束，所有人離開舞池，雁琳一坐下就抱怨，「江政霖眞的很笨，教他好幾次還是不會跳！」

「哪會？我明明就跳得很好！」

「你踩了我五十八腳，還敢說自己跳得很好？」她揉揉腳，「腳快痛死了！」

「妳剛才爲什麼不肯跟學長跳啊？」我好奇地問。

「那學長超花心，劈腿過很多學姊，自以爲長得稍微能看就得意忘形，噁心死了！」

「各位同學，接下來將進行一項遊戲，眞心話大冒險！」主持人說完，大家一陣騷動。

這時主持人又喊：「現在，就請剛才所有跳舞的情侶們回到這裡，關於遊戲規則——」

「還要過去耶，妳要跟江政霖去玩嗎？」我問雁琳。

「才不要，我們又不是情侶，再叫我跟他一起，不如殺了我算了！」

「羅雁琳妳這什麼態度？我的對象至少也要像茱莉亞羅勃茲那型的，才不是妳這種囟八婆——」

我忍不住笑了出來。

「好了，看樣子情侶們都到齊了，在眞心話大冒險之前，我們先進行猜數字遊戲。全部的人分成三組，我手上有幾張號碼牌，遊戲開始會縮小數字範圍，如果猜中我手上的號碼，就要出來玩眞心話大冒險。現在遊戲開始，數字是一到一百之間，請第一組開始猜！」男主持人說。

「五十！」有人喊。

「五十到一百之間，第二組！」

「八十五！」

「五十到八十五之間，第三組！」

遊戲進行下去，隨著數字範圍越小，所有人越是騷動不已。

「七十一到七十四之間，第一組！」

大家都緊張起來，第一組的人遲疑許久，不敢再猜。

「喔？第一組沒人說話，那麼……就請我們的班聯會主席張士倫來猜吧。」男主持人走到張士倫面前，拿著麥克風對他說：「請選一個數字吧，七十一到七十四之間。」

張士倫低頭想了想，之後說：「七十二。」

「七十二！標準答案！請我們的王子出來接受懲罰吧！」主持人大喊，將手中的牌子舉得高高的。一發現是士倫猜中，許多女生都開始尖叫，氣氛變得格外熱鬧。

「眞心話或是大冒險，請選擇吧！」

士倫無奈苦笑，「大冒險。」

「好，我們的王子選擇的是大冒險，大家希望他做什麼呢？」語畢，所有人就開始大聲提供意見。

「跳芭蕾！」

「換女裝！」

「去扁老師！」

眾人出的點子一個比一個怪，讓士倫哭笑不得。接著有人喊：「接吻！」

操場頓時安靜幾秒，後來大家也熱情地跟著附和，「接吻！接吻！接吻！」

「哈哈，聽到大家的要求了，不過親女生好像不太刺激，乾脆找個男的吧，現場有沒有男同學想一親芳——」主持人馬上被士倫掐住脖子，惹得大家哈哈大笑。

「咳咳咳，好啦，爲了保住我這條小命，還是請我們的校花周戀薇出來吧！」

大家熱烈鼓掌，女主持人把薇薇帶出來，讓她站在士倫身旁。

男主持人喊：「現在，本校最登對的情侶就應大家的要求，來個激情的舌吻——」被士倫踢了一腳後，他趕緊改口，「好啦，好歹我跟他也是班聯會的好夥伴，只要輕輕一吻就好了。」

他們兩人面對面，薇薇難爲情的低下頭，在火光照耀下，臉顯得更紅了。

士倫雙手摟住薇薇的肩膀，主持人邊看邊實況報導，語帶興奮地說：「喔，要親了要親了！」

士倫笑罵：「滾開啦！」

「好好好，不打擾你，請繼續。」

主持人走開後，士倫便毫不猶豫地在薇薇唇上輕輕一吻。

現場頓時又陷入瘋狂，群眾不斷尖叫拍手。兩人分開後，薇薇羞得雙手遮臉。

「哇塞，居然眞的吻。」江政霖瞠目結舌。

「沒辦法，在這種情況下也只能照做啊。」雁琳說。

我從頭到尾沒說一句話，只是沉默看著。

第二場遊戲結束之後，我開口：「我要回去了。」

「那麼快？」雁琳訝異。

「我覺得好無聊，沒什麼好玩的。」我聳聳肩，「而且也想回家了。」

「妳的腳沒問題嗎？」

「嗯，我搭車回去就行了。」

「好，那妳小心一點，明天見。」她揮揮手。

離開學校，我坐上公車後，腦子一片空白，低頭凝視右手上的手鍊……看著看著，我突然有股想拿下它的衝動，卻又馬上停下動作。

腦海裡都是士倫和薇薇接吻的畫面，還有下午的夢境，我感覺胸口喘不過氣，想要大叫，卻發不出聲音。

我閉上眼睛，靠在窗邊，彷彿又聽見雨聲，每一滴都如針般，一根根往心頭上扎。既痛，又冰冷。

回到房間，士倫送的那隻史努比立即映入眼簾。

我在書桌前坐下，開始整理書桌，然後整理書架、書包，一找到筆袋，我馬上拿出來，然後打開抽屜找筆記本。我不知道我到底要做什麼，只是不想讓自己停下來，不想讓自己有時間想別的事。我在抽屜沒找到筆記本，卻看到那被我塵封許久的排笛。

我緩緩拿出排笛，動也不動地凝視著它……

「士緣！」

我趕緊收起排笛，媽打開門，疑惑地問：「妳在做什麼？」

「沒啊，整理東西而已。」

「整理好快去洗澡睡覺，不要每天都弄到半夜才睡。」

媽離開後，我找出睡衣準備洗澡，洗完澡爬上床時也不過才九點。

我原以爲今晚會睡不著，沒想到一躺下，閉上眼睛，很快就進入夢鄉。

大概是太累了吧，我想。

運動會結束，隔天就得忙著處理善後。學校特地把運動會安排在星期三跟四，就是爲了星期五清理環境，上午打掃完，中午就可以直接放學了。

這天，我依循導師的吩咐，在教室登記作業跟考卷的分數，而在剛才，另一個老師又送來一堆改好的作業，吩咐我要在今天登記完。這些老師是怎樣？作業忽然都一起改好。

乍看之下，我留在教室登記分數似乎最輕鬆，實際上卻沒辦法像那些打混摸魚的同學可以偷閒，分數登記到一半，又想起我那失蹤的英文習作，心情更是雪上加霜。

「士緣，妳分數登記完了嗎？」雁琳回到教室。

「還差幾本作業，再加兩份考卷，你們呢？」

「差不多啦，很多人都已經回去了。」

經她一說，我看看手錶，居然快十二點了，手沒斷掉還眞是奇蹟。

「方士緣，妳怎麼還在搞這些東西啊？」江政霖也回來了。

「你以爲我想啊？」

「唉，沒事擔任什麼學藝股長，不然就不用做這些吃力不討好的事啦！」

我突然用力敲了下桌子，把他們嚇一跳。

「當初選幹部的時候，你有投我一票。」我冷冷地說。

「眞的假的？我怎麼不記得。」

「白痴啊你。」雁琳打了江政霖一下。

「可是我眞的不記得啊……」他邊說邊整理抽屜裡的東西，卻突然倒抽一口氣，然後動也不動。

他的怪異反應引起我們的注意，雁琳問：「幹麼？」

「死了……」他驚恐地轉過頭來，「方士緣會殺了我。」

「什麼？」我蹙眉。

他拿出一本被折壓到不像樣的簿子出來，是我的英文習作。

「江政霖！」我從座位上跳起來。

「對不起對不起，我不知道會在這兒，我以爲當時已經交了——」

我一把搶過習作翻了翻，接下來的畫面讓我更傻眼。

「江政霖！」我將內頁轉向他，「你可以解釋一下這是怎麼回事嗎？」

習作裡有原子筆漏水和劃過的痕跡，而且還不只一頁，整本簿子看起來變得髒髒的。

他臉色蒼白，「好像是因爲我當時太急，一不小心就劃到妳的簿子上了，但我忘記告訴妳。」

「你也太誇張了吧！你怎麼寫的，教教我好不好？」雁琳完全敗給他。

「方士緣，我眞的不是故意的啦，不然這樣，我幫妳重新寫一遍！」他正想拿走習作，卻被我阻止。

「我不敢讓你寫……這樣吧，」我閉上眼說：「你只要用立可帶把你劃到的地方塗乾淨就好。還有，等會兒麻煩你幫我把這些作業發下去，可以吧？」

「沒問題，交給我！」他馬上動作。

這時雁琳小聲對我說：「士緣，不好意思，我很想幫妳的忙，可是我現在得走了，因爲我跟我媽約好下午要出去……」

「喔，沒關係啊，反正只剩一點，可以的啦。」

「那我先走嘍，掰掰。」

「掰。」離開教室前，雁琳還不忘叮嚀江政霖，「小心一點，不要再搞破壞了！」

我大嘆一口氣，低頭繼續工作。

江政霖用極快的速度處理我交代的事，不到十五分鐘，作業全都發完了。

「……我現在可以回去了嗎？」他小心地問。

「嗯，謝謝。」檢查完習作，我點頭，然後就聽到他歡呼一聲，衝出教室不見蹤影。

我啞然失笑，這時手機響起，是一串沒看過的號碼。

「喂。」另一頭傳來熟悉的聲音，「我是徐子杰。」

「啊？」我一愣，「你怎麼知道我的手機號碼？」

「我問士倫的。」

「是喔……找我有事嗎？」

「我的外套還在妳那裡吧？」

外套？我視線一轉，發現椅背上掛著一件外套。

糟糕，完全忘記游泳比賽前我拿著的是他的外套，居然就這樣帶走了。

「對不起，我忘記還給你了。」我驚慌不已。

「沒關係，妳回家了嗎？」

「沒有，還在學校。」

「教室？」

「對。」

「知道了，再見。」說完他就切掉通話。

我不禁懊惱起來。我也太糊塗了，再怎樣也不該忘記這麼久，我到底是怎麼了？

沒過多久，一記敲門聲將我拉回了神，徐子杰出現在教室門邊，我怔怔地看著他在我面前坐下。

「妳在幹麼？」

「喔，登記分數啦，老師要我今天做完。」經他一問，我才想起未完成的工作。

「這麼多？」他翻翻桌上成疊的作業跟考卷。

「是啊，從九點多弄到現在。你怎麼還在學校？大家差不多都回去了。」

「在教室睡了一整個上午，醒來後發現已經中午了。」

「啊，對了，」我將外套拿給他，「抱歉，現在才還你。」

他接過外套，又問：「妳要弄到什麼時候？」

「原本就剩登記這些考卷啊……但還得把英文習作補上去才行，嗚嗚。」

「英文習作？」他拿起我的習作翻一翻，「這些被塗掉的是怎麼回事？」

「同學跟我借去抄時不小心弄髒了，我叫他全部塗掉，之後我再補回去。」

「這麼慘？」

「就是啊，慘到極點，也不知道什麼時候才能做完，手都快斷了。」我苦笑道。

他沒再說話，我也專注處理自己的事，等到考卷全部登記完畢，我馬上舉手歡呼：

「耶，搞定了！接下來只要把英文習作寫完就可以啦！」

「不必了。」徐子杰說。

「啊？什麼？」我雙手還懸在半空中。

「我寫完了。」他把習作放到我眼前，「把塗掉的地方補上去就行了吧？我已經盡量模仿妳的字跡了，希望老師不會看出來。」

我傻住，趕緊翻開習作，他真的都幫我寫好了，我差點衝過去抱住他！

「徐子杰，太感謝你了！」我抱著習作開心大喊：「這樣事情就全做完了，萬歲！」

他見我的反應，沒說話，只是淺笑。

「我一定要謝謝你才行，你想要什麼？我幫你做到！」

「不用了。」

「不必跟我客氣啦，有什麼要求儘管說沒關係！」

他看了看手錶，「……我午飯還沒吃，妳請我吃7-11的東西就好了。」

「好，那走吧！」我拎起書包站起來。

「這些怎麼辦？」他指指桌上的考卷。

「下禮拜再發啦，我現在只想趕快離開這裡，熱死了！」

聽我這麼說，他也站起來，和我一起前往學校隔壁的便利商店。

我摸摸肚子，早就餓翻了，一進便利商店馬上從冰箱拿了麥香紅茶，再弄了一份大亨堡，到櫃檯結帳時，徐子杰也差不多選好了。

「你只要三明治跟紅茶就好了嗎？」我眨眨眼，發現他選了跟我一樣的飲料，「可以多買一點啊，這樣應該不夠吃吧？」

「這樣就可以了。」

「喔，好吧。」我拿出錢包。

離開便利商店後，他晃了晃手中的一袋午餐，對我說：「謝了。」

「不用客氣啦，我才應該謝謝你呢。」我笑了笑，「你要直接回去了嗎？」

「沒有，要先去別的地方。」

「別的地方？」

「就是上次帶妳去的地方。」

「上次帶我去？」我疑惑，很快就想起來，「啊，你是說那個很漂亮的廣場嗎？」

「嗯。」

「哇，好好喔！」眞羨慕他。

他看看我，「妳要去嗎？」

「咦？」

「我可以帶妳去。」

我呆了一下，隨即雀躍地喊：「眞的嗎？」

「但我是騎腳踏車，沒有後座。妳的腳現在怎樣了？」

「不能走太久，但站的話應該沒什麼問題。」

「那妳等等。」

見他走去牽車，我心裡一陣喜悅，想不到還有機會再去那個廣場，萬歲！

「那裡很遠，所以我騎小路，但要花四十分鐘，沒問題吧？」回到我面前時，他問。

「沒問題。」我笑了笑，然後聽他指令，扶著他的肩膀小心站上腳踏車。

徐子杰俐落地在車陣裡穿梭，沒多久就騎進一條巷子裡。

「徐子杰，我這樣跟來不會給你添麻煩嗎？」

「爲什麼這麼問？」

「你要這樣載著我騎那麼久，我怕你會太累。」

「不會。」他淡淡應答。

爲了不讓氣氛太無聊，我開始找話題，「對了，你昨天的游泳比賽怎麼樣？」

「嗯。」這個人惜字如金，話實在少得可以。

「可惜沒看到你比賽，你一上場我就被老師叫走了。」

「是喔？」他的話雖少，但無論我問什麼，他都會回答，即便是雞毛蒜皮的事。

就這樣跟他閒扯許久，終於看見那座綠色廣場。

「徐子杰，你看，有人在拍婚紗照耶！」

我驚喜地望著廣場中央，站在汽球堆裡的一對新人，旁邊還有一群小孩子圍觀。那些汽球至少有上百顆，醒目到讓人無法不去注意。

徐子杰停下腳踏車後，我跟著下車，準備到廣場去，「我先過去了，你要去停腳踏車嗎？」

「嗯，妳腳不方便，別走太遠。」他叮嚀。

「好。」我拎著我們的午餐步下階梯往廣場中央前進，最後坐在離那對新人不遠的草地上。

幾分鐘後，徐子杰也過來了。

「你的三明治。」我把午餐遞給他。

「謝謝。」他坐在我身旁。

「那個新娘好漂亮，好像現在就眞的在舉行婚禮一樣，第一次看到這樣的場面耶。」

「很稀奇嗎？」

「對我來說很稀奇啊，你有看過嗎？」

他吃著三明治，點點頭。

「眞的？是你親戚的婚禮嗎？」

「我姊。」

「你有姊姊？」我瞪大眼。

「很奇怪嗎？」對於我的反應，他很不解。

「不、不是，只是沒想到你有姊姊……」我不禁暗罵自己的失禮。

「去年才參加她的婚禮，地點在很遠的教堂，過去一趟還挺累人的。」

「這麼遠？」

「我姊夫是法國人，婚禮在法國舉行。」

「你是說，你姊姊在法國結婚？好羨慕喔，我長那麼大還沒離開過台灣耶！」

他看了我一眼，沒有回應，開始喝他的紅茶。

我也不再說話，繼續注視前方的新郎新娘。

小時候的夢想，就是希望長大後，有一天也能披上白紗和心愛的人結婚，許下誓言，一輩子不分離。只是現在想起這些心願，我卻不由自主地露出不知是自嘲，還是悲傷的微笑，特別是在明白現實裡沒有童話，王子跟公主也不可能眞的會從此幸福快樂之後。現實是，王子依然是他，公主卻已經不是自己。怪不了任何人，只能怪自己太容易相信別人。

我明明比誰都清楚的，爲何在看到眼前新娘幸福的笑容時，竟發現自己還是……

「喂。」徐子杰喚。

「啊？」

「既然喜歡，爲什麼不乾脆就去結婚算了？」

「你說什麼啊？無聊！」我臉一熱，自己怎麼會在他面前胡思亂想啊？

「明明就一臉羨慕。」

「我哪有？」果然被他糗了。

他似笑非笑地繼續喝飲料，那模樣讓我惱羞成怒，開口回：「你自己咧？擺出一副不喜歡跟異性相處的樣子，冷酷卻又愛亂放電，還不交女朋友，根本就是放任那些女生來追你，好顯示自己受歡迎，你的陰謀我早就看出來啦！」不甘心被他糗，一口氣說出這些連自己都覺得無厘頭的話。

「之前要妳跟我交往，是妳自己不肯。」

「你、你少來，那時你明明是開玩笑的，休想整我。」我慌亂地拿起紅茶猛喝。

「我可不記得當時是開玩笑的。」

「咳！」我馬上就被紅茶嗆到，當場咳到差點沒命。

他還平靜地拍拍我的背，「小心點，喝這麼急幹麼？」

「還不是你害的。」我怒瞪他。

「生氣嘍？」他唇角微揚。

「對！」我擦擦嘴。

「好啦，別氣了。」他視線轉到前方，「妳看。」

「啊？看什麼……」聚集在前方的小孩忽然發出一陣歡呼，下一秒，那些汽球緩緩往空中飄去！

上百顆汽球同時飄向藍天，此等景象說有多壯觀就有多壯觀，而且眞的很美，美到讓我完全說不出話來，只能呆呆望著那些越飄越高的汽球……

前方傳來小孩子開心的叫聲，新郎跟新娘互相擁抱，額貼著額相視微笑。

這是我看過最感人的畫面。

當拍攝工作結束，那對新人離開，現場被收拾乾淨後，廣場回復到原來的空蕩，只剩下幾個小孩拿著剩餘的汽球在嬉戲。

「喂。」徐子杰喚。

「……啊？」我仍然有些恍惚。

「妳的裙子。」

我低下頭，發現手上斜斜拿著的紅茶正一滴滴落在裙子上，嚇得立刻清醒！

「你怎麼不早說啦！」我連忙翻書包找面紙。

「一看到就告訴妳啦。」

我很快就找到面紙，同時卻發現一樣東西，我頓時愣然，愣在原地。

看到我突然不動，徐子杰湊近瞧了一眼，「這不是排笛嗎？」

我對著書包裡的排笛發愣，不解排笛爲什麼會在這裡？難道是昨天媽跑進我房裡時，不小心被我順勢塞進去的？

「怎麼會有這個？」他看看我，「妳會吹嗎？」

「會……一點點。」我吶吶地回應，喉嚨莫名乾澀。

「那吹吹看吧。」

「不行，不可以！」我慌了。

「爲什麼？」

「我吹得很難聽，眞的很難聽，而且，我從來沒有吹給士倫以外的人聽——」我霎時住口，被自己脫口而出的話嚇了一跳。

「妳的意思是，只能吹給士倫一個人聽？」他聽到了，「沒關係，那就不勉強妳。」

「不是這個原因！」我連忙搖頭，卻不敢看他，「是因爲我……我……」

他抽走我手上的面紙，輕輕幫我擦拭裙子上被紅茶滴到的地方。

「抱歉，我沒有別的意思。」他沉聲說。

我傻傻地盯著他，喉嚨像是被什麼東西哽住似的，頓時無法言語。他的舉動讓我覺得難受，莫名的壓迫感向我襲來，有些承受不住。

不要對我這麼溫柔！

我抓住他的手，「我吹！」

他的目光迎上我，彼此距離近得讓我無法繼續注視那雙眼，只能別過視線，笑得僵硬，「我是說……我可以吹，不過，請允許我站在前面吹，因爲我吹排笛時的表情……很醜！」

說完，我站起身，拿著排笛緩緩走到前方。

我凝視手中的排笛許久，深吸一口氣，將吹口移至唇邊，閉上眼，當氣息一出，一段旋律便隨風飄揚而出。

聽見久違的笛聲那一刹那，士倫的聲音，彷彿也同時出現在耳邊。

很近，很近……

「士緣，下一次妳吹張學友的歌給我聽，我要聽〈秋意濃〉！」

「可是那首歌聽起來很可憐欸，選一首快樂的歌嘛！」

「還好吧？我就是喜歡那首啊。」

「我不想吹那首啦，你叫別人吹給你聽好了。」

「不要，我要妳吹。」

「爲什麼啦……」

「當然是因爲我喜歡聽妳吹啊，我覺得妳吹的排笛最好聽了！」

我慢慢睜開眼睛，淚水卻同時從眼角滑了下來。

以爲自己不會再哭了，也以爲我不會再爲了那些美麗的回憶而悲傷。

當時的我，雖然堅決不肯吹那首歌，卻還是背著士倫偷偷練習，因爲我想看見他開心的樣子，想看到他笑的樣子，只要是他喜歡的事，就算再辛苦我都願意做，要我爲他吹奏再多首、再多次，都沒有關係。

是的，我是爲了士倫，才會如此拚命練習吹排笛。從小到大，只有他是我打從心底願意付出一切的動力，只是自從他身邊有個「她」之後，我就再也吹奏不出爲了他苦練許久的那首歌，也沒有機會吹給他聽，因爲我知道他最大的快樂已經不是我能給予的了。從那以後，我就再也沒碰過排笛，直到現在。

此刻我吹的這首〈秋意濃〉，士倫聽不到，也永遠不會知道。

我知道自己很懦弱，也很沒用，但現在的我，只能藉由這個方法對他傾訴。

告訴他，那句一直想對他說的話……

當臉上的淚水被風漸漸吹乾，曲子也結束了，我放下排笛，對著天空凝望半晌，才擦淨雙頰的淚痕，回頭一看，卻被眼前的景象給弄得一呆！

徐子杰還坐在原地，但他的身邊卻出現一群小孩，乖乖坐在草地上，睜大眼睛專注地瞅著我。忽然，那群小孩全部衝了過來，團團將我圍住，興奮地大喊：「大姊姊，妳好厲害，我還要聽！」

「姊姊妳會吹神奇寶貝的歌嗎？妳吹給我聽好不好？」

「我要聽小丸子的，櫻桃小丸子！」

「那我要哆啦A夢的！」

我呆呆盯著這群要求我繼續吹奏排笛的孩子們，忍不住將目光落向徐子杰。

他始終靜靜看著我，直至唇角慢慢勾起一道弧度，很溫暖的一抹微笑。

「換我了，我要聽龍貓！」剛吹奏完一首，那些小朋友又繼續點歌。

我深呼吸，開始吹電影〈龍貓〉主題曲，越來越多小孩跑過來把我們團團圍住，等到這曲吹罷，小孩點歌的曲目也越來越難了，「姊姊，我要聽頑皮豹。」

「好，但先讓姊姊休息一下好嗎？等會兒姊姊就吹給你聽。」我苦笑投降，嘴巴好痛。

就在這時，有一名年約五歲的小女孩，拉著幾顆汽球跑向這裡，「子杰哥哥！」

我詫異地瞧向徐子杰，這裡居然有小孩認識他？

「子杰哥哥，你看，我剛剛拿到好多汽球，你喜歡什麼顏色的？」

徐子杰瞧瞧那些五顏六色的汽球，然後說：「白色。」

小女孩把白色汽球交給他，然後跑到我面前，大眼睛眨啊眨的，「大姊姊，妳也喜歡白色嗎？」

「嗯，喜歡呀。」

「悅悅也喜歡白色！」她笑得很開心，也給了我一顆白色汽球。

「妳叫悅悅啊？」

「對呀，大姊姊呢？」

「我叫士緣。」

「妳是子杰哥哥的女朋友嗎？」一個小男孩忽然問出這個讓我差點吐血的問題。

「不是不是，我跟這位大哥哥是朋友，朋友而已！」聽到徐子杰在一旁笑，我馬上推了他一下，「喂，你笑什麼啊？」

「妳那麼緊張幹麼？」

「我哪有？」我一窘。

「大姊姊，快點吹嘛，我要聽頑皮豹！」孩子們又開始騷動。

「啊，對唷。」我拿起排笛，思索著要怎麼吹。

徐子杰對小朋友宣布：「吹完這首我們就要回去了。」

「啊……」他們失望地齊聲大喊。

「妳快吹吧。」徐子杰看我。

不知爲何，總覺得在這裡，可以看到他和平常很不一樣的另一面。

「子杰哥哥，你們什麼時候還會再來？」離開廣場前，悅悅問徐子杰。

我跟他互望一眼後，他回道：「妳問她。」然後就去牽腳踏車，留下一臉錯愕的我。

奇怪，爲什麼要問我？她是在問我們兩個吧？我要怎麼回答啊？

「士緣姊姊，你們什麼時候還會再來？」悅悅滿臉期待。

「呃，這個……」我搔搔頭，一邊在心裡埋怨那傢伙，一邊說：「只要有空，我們就會過來。」

「那妳下次要吹給我聽喔，我要聽無敵鐵金剛！」小男孩立刻說。

「好啊，你叫什麼名字？」

「我叫佑傑！」他鼻子抬得高高的。

「佑傑是嗎？好，我記住了，無敵鐵金剛。」我笑了。

和小朋友道別後，我走到徐子杰身邊，忍不住抱怨：「你這人怎麼這樣？把問題丟給我就跑了。

「他們好像很喜歡妳。」他莞爾。

「少扯開話題。」聽他這麼說，我心裡還是挺高興的。

「好啦，那妳是怎麼回答的？」

「還能怎麼回答？就說有空就會來啊，因爲實在不知道該怎麼說，所以……」我瞄瞄他，「我們還要一起來嗎？」

他沒回答，只是移動腳踏車，對我說：「上來吧。」

我抿抿唇，扶著他肩膀站上腳踏車，心裡忽然湧起一股莫名失落。

他……是不是不想跟我一起來了？

「下次來之前，記得再多練些曲子。」

我愣了一會兒，慢慢露出微笑，「遵命！」

「有老師教妳排笛嗎？」徐子杰突然問。

「沒呀，我上網找教學影片，然後再自己摸索練習，怎麼了？」

「很好聽，聽起來很專業。」

「專業？眞的假的？」

「嗯，我媽是鋼琴家，從小就看她跟各式各樣的樂團到處巡迴表演。剛才聽妳的吹奏，就知道妳一定苦練了很多年。」

「你媽媽是鋼琴家呀？好厲害！」我訝異，隨即又笑，「不過，若你媽媽聽到我剛剛那樣吹，應該會覺得我只是個半吊子，功夫根本不到家吧？」

「不會，」他低聲應，「她會很喜歡。」

雖然看不見他的臉，我卻還是隱約從他那一貫平淡的語氣中，聽出了某種思緒。像是在懷念，並且回憶著什麼，讓他的聲音此時聽起來貼近，卻也遙遠。

「你怎麼知道？」我好奇，「該不會又是憑直覺吧？」

「這次不是。」他笑了，「我和她喜歡的東西，一直以來都很相似。」

我有些感動。他的肯定讓我受寵若驚，像被注入一股能量，胸口暖暖的。

「雖然覺得你太高估我了，但還是要謝謝你的讚美。」慶幸他背對著我，這樣他才看不見我不好意思的神情。我仰望天空，深吸一口氣，「不知道爲什麼，只要來這邊心情就會很輕鬆，好像什麼煩惱都可以暫時忘掉。」

「嗯。」他開口，「那就好。」

我再度凝視他的背影，從沒想過，自己竟會在另一個人面前，再次吹奏排笛。

從前的我，對自己太過嚴苛，把自己侷限在一個框框裡，想跨出去卻又不敢邁出步伐。今天重新拾起排笛，我發現那個框框消失了，取而代之的是一種如釋重負的解脫感……和背叛的罪惡感。

我鬆開手，讓汽球隨風飄走，也想藉此放掉爲那人擅自決定的執著。

若沒有徐子杰的陪伴，就算站在這裡，我恐怕還是只能繼續自怨自艾，然後錯失更多身邊美好的風景吧？

「謝謝你，徐子杰。」我由衷地說。

「什麼？」他沒聽清楚，稍微回過頭來。

「沒什麼。」我搖頭笑笑，「對了，你家離我家很遠嗎？」

「還好。」

「那就好，萬一你騎回去太晚就不好了。」

「妳老愛擔心一些不需要擔心的事。」

當徐子杰將車騎進我家巷子，準備在我家門口停下時，正好有人從前方迎面走來。

「士緣？阿杰？」士倫一臉驚訝與困惑，「怎麼回事？你們怎麼會一起回來？」

我一時不知如何解釋，徐子杰已先回答：「在路上碰到，看她腳受傷就送她回來。」

「可是學校不是早就放學了嗎？怎麼會這麼晚？」

「我在忙著登記分數，考卷實在太多了，才會弄到現在。」我有點心虛，不敢直視士倫。

「你們老師也太會虐待人了吧？」士倫失笑，「阿杰，謝謝你送她回來，要不要到我家坐一下？」

「下次吧，今天太晚了。」他看向我，「自己保重。」

「嗯，謝謝你。」

徐子杰離開後，士倫問我：「腳還痛嗎？」

「不痛，沒事了。」我瞥見他手上拎著一個袋子，「你去買東西嗎？」

「喔，對啊，阿杰的生日禮物，剛買回來。」他笑了一下。

「誰的生日禮物？」

「阿杰啊，就在下禮拜六，這是限量的，想說先去買下來，不然就被別人搶走了。」

他擰眉，摸摸下巴，「他剛才應該沒注意到我手上拿什麼吧？要是現在被發現就不好玩了。」

「是喔……」

「妳要不要也準備個禮物送他？」

「我也要？」

「好歹人家特地送妳回來，送個謝禮不為過吧？」他伸指輕推我額頭，「妳該不會還在討厭他吧？之前妳一副對他有偏見的樣子。」

「哪有？如果我到現在還討厭他，剛才就不會讓他送我回來啦！」

「說的也是，既然這樣，那就準備個禮物送他吧，他應該會很高興。」

我沒有回答，卻陷入深深的思緒中。

「士緣，去擺一下碗筷，要吃飯了。」媽在廚房喊。

我從沙發站起身，發現爸正好進家門，「爸，準備吃飯嘍。」

「嗯，好。」爸輕輕一笑，他剛與我擦肩而過，我倏地停下腳步，回頭一望，爸已經上樓去了。

在餐桌上，飯吃到一半，媽忽然對爸說：「老公，下禮拜我要回娘家一趟。」

「怎麼了？」

「媽身體不舒服，我要帶她去看醫生。」

「妳妹妹她們呢？不是住得更近嗎？」

「哼，她們除了把事情丟給我還會幹什麼？不是說工作太忙，就是說要顧家裡，只會推卸責任！」

「注意一下媽的身體，不要讓她太勞累。」

「不用你說我也知道。」

媽有一個哥哥和兩個妹妹，感情卻不怎麼好，常為外婆的事起爭執。好幾次媽都想把外婆接來住，但外婆說什麼也不肯，說要跟死去的外公一起留在那個家。媽大概就是遺傳到外婆的拗脾氣。

不過……媽要回去，不就表示那幾天耳根子可以清靜一下，不用整天聽她叨念？

我不禁暗自竊喜。

「士緣，妳可別想趁我不在的時候亂來喔！」媽警告。

「我哪有啊？」我嚇一跳，不愧是老媽，一眼就看出我在想什麼。

「孩子都這麼大了，怎麼會不知道分寸？」爸說。

「你有空也該管管她，叫她多跟士倫學學，也不想想人家有多用功……」

果然又開始拿我跟士倫比了。

媽依舊叨念個不停，到最後爸也受不了，兩人開始爭執起來。我快速吃完，收拾好碗筷，便溜回房間。

倒在床上，我呆呆望著天花板，腦海中浮現的，是那些繽紛汽球飄向天空的畫面。

不知道什麼時候還能再去那個廣場……而且是跟徐子杰一起，畢竟都答應悅悅了。

還有徐子杰的生日禮物，我沒什麼錢可以買好東西，雖然心意最重要，但要是送得太廉價，我也會覺得過意不去。
傷腦筋啊傷腦筋。

第四章

過了幾日，我的腳傷終於痊癒，卻換雁琳碰上了狀況。以往下課都會來找我聊天的她，竟坐在座位上托腮發呆。我邀她一起去福利社時，她也異常沉默，一臉心事重重。

「怎麼了？發生什麼事了嗎？」我問。

「嗯，碰到一點麻煩事。」她苦笑，深深嘆一口氣。

「什麼事啊？」

她抿抿唇，沉默幾秒，「妳還記得運動會那天邀我跳舞的學長嗎？他上週末打電話給我。」

「啊？」我一愣，「他打給妳幹麼？」

「他說他真的很喜歡我，請我一定要跟他交往。」雁琳聲音細弱，「我問他怎麼知道我的手機號碼，他死都不肯說，只說他不會放棄，一定會讓我答應，就算我已經有男朋友也無所謂。」

看到我眼裡的疑惑，她解釋：「我當時不是抓江政霖去跳舞嗎？那個人好像誤會了，還說若我不答應他，他就會給江政霖好看。」

「他居然威脅妳？這個人有病呀？」我驚訝。

雁琳的臉色越來越難看，滿是苦惱，「老實說，我很怕那個人真的會做出什麼事，江政霖根本什麼都不知道……唉唷，我當初不該把他拖下水的！」

沒想到事情會演變成這樣，我忍不住也擔心起來，想不到學長居然會耍這種手段。

從福利社回來後，坐在前面的江政霖轉過頭來小聲問我：「喂，方士緣，她怎麼了？」他指指一臉無精打采的雁琳，「心情不好嗎？」

「嗯……對。」

「怪不得，我還在想她今天怎麼沒來找我吵架。我知道了，她的大姨媽來了對吧？」

「才不是，別亂瞎猜啦！」我敲他一記。

看他這傻呼呼的樣子，要是知道自己被一個學長盯上，肯定會嚇得驚慌失措吧？

到了放學，雁琳忽然跑過來，緊張地對我說：「士緣，妳陪我走一段路好不好？」

「怎麼了？」我納悶，因爲我們兩人回家的方向完全不一樣。

「那個人傳訊息給我，說在校門口等我，要送我回去！」

「不會吧？」我傻住，隨即點頭，「好，我陪妳走。」

一離開教室，雁琳就挽住我的手，看得出來她眞的很害怕。果眞遠遠就看到那位學長站在校門口。

他一看見雁琳，就直直走過來，對她微笑：「我們走吧。」

雁琳挽著我的力道頓時加重，我立刻說：「學長，不好意思，我們約好要去買東西了。」

學長似乎也認出我了，唇角弧度不變，「那我陪妳們一起去吧，我再送她回家。」

「我們要去買衛生棉，你也要去嗎？」我的語氣冷冰冰。

他神情一僵，卻又馬上恢復笑容，我看得出他在忍耐。

「那沒關係，妳們去買，我在店門口等就好了。」

這個人好盧啊，打算死纏爛打就是了！

「可是我今天要去她家玩，買完東西就會跟她一起回去，你不需要等。」我說。

「那可不可以請妳下次再去她家呢？我有話想對她說。」他的笑容變冷。

感覺到雁琳的手有些顫抖，我便繼續認眞回絕，「不行，她爸媽要請我吃飯，我不能爽約，有話就請你在這兒說吧！」

學長死死盯著我，我也沒迴避，毫無畏懼地直迎他的視線。

「……那就沒辦法了。」他轉向雁琳，「那我明天再來接妳。」

我立刻把雁琳拉走，等到走進轉角，確定逃離對方的視線後，兩人才總算放下心來。

「我的天，怎麼會有這種人啊？臉皮有夠厚的。」我忍不住罵。

「他說明天還要等我，怎麼辦啊……」雁琳一副快哭出來的樣子。

「明天開始我陪妳一起回去，他電話打來妳也不要再接，以後我們直接從後門繞出去就好了。」

她看著我，聲音微啞，「士緣，抱歉，把妳牽扯進來了。」

「沒事啦，我不能看他這樣欺負妳。」

「但他剛剛看妳的眼神……我很怕他也會對妳怎樣。」她滿是不安。

「安啦，再恐怖的事情我都遇過了，根本不怕，妳該擔心的是江政霖。」我仔細觀察，確定學長已經離開，「妳家離學校遠嗎？」

「有一點，我還要走一小段去搭捷運。」

「那我送妳到捷運站吧。」

「沒關係，我自己去就可以了。謝謝妳，士緣。」她微微一笑，臉色卻仍然蒼白。

我輕嘆一口氣，直接又拉起她的手，然後往捷運站去。她愣愣地盯著我，最後不發一語地再度伸手挽住我，緊緊倚在我身邊。

這樣的她，忽然讓我覺得跟之前的薇薇很像。在和士倫交往前，薇薇也曾被一位學長死纏不放，我總是保護她，不讓她受到騷擾，當時她也像雁琳一樣親密地挽著我的手。

雁琳跟薇薇一樣，看起來一點反抗能力也沒有，總會讓人興起想要保護她的念頭。

這就是我的毛病，永遠把別人的事情看得比自己還重要，甚至連吃了虧都無所覺。

我曾經下定決心，不會再因爲別人的事讓自己難過，只要自己快樂，別人是苦是痛、是悲是傷，全都與我無關。然而今天我才發現，原來那個決心如此虛幻，儘管腦子命令自己停止關心別人，身體卻還是會自動替我做出決定。

行爲背叛了理智，讓我想嘲笑自己，卻又笑不出來。

到了捷運站後，我對雁琳說：「我看，還是要跟江政霖說一聲，叫他也小心一點。」

「嗯，謝謝。」她感激地緊握我的手。

送走雁琳後，我調頭走回去，卻在靠近校門口時停下了腳步。

徐子杰跟何利文從學校走出來，接著何利文就朝前方的士倫和薇薇招手，最後四個人走在一起，輕鬆愉快地嘻笑打鬧著，臉上的笑容看起來好耀眼啊！

一股令人窒息的沉重感壓在胸口，讓我不禁握緊了書包的背帶。

他們的存在讓我察覺到，「優秀的人」與「普通的人」之間的差距，竟是如此之大。

國二那年，一個老師曾說過，我的存在根本就是用來襯托士倫的。那是我聽過最狠毒的話，當時我只覺得自己活得一點價值都沒有，甚至也不想活了。

後來士倫一聽說這件事，氣得衝去跟老師大吵一架，雖然可以感受到他對我的重視，傷口卻還是從此烙在心底，難以抹滅。我不懂，像士倫、薇薇這樣耀眼的人，爲什麼會出現在我身邊？爲什麼他們會與我的人生有交集？沒錯，就連徐子杰也是這樣……

我曾羨慕，也曾嫉妒，但我已經不敢再妄想能變成和他們一樣的人。曾經，我爲了想要變成他們，把自己撞得遍體鱗傷，我已經傷害自己太多次了。

雁琳對我而言也是這樣的存在，所以我很清楚，她並不會待在我身邊太久。

再怎麼要好，彼此終究是兩個世界的人。

我一直是這麼認爲的。

隔天第二節下課，我去飲水機前裝完水回教室，就見雁琳急急忙忙地衝過來找我。

「士緣，江政霖呢？妳有沒有看到他？」

「我沒看到……怎麼了？」我警覺地問。

「我剛跟那學長通電話，跟他說江政霖不是我男朋友，也很明白拒絕他了，但他根本不相信，還說江政霖完蛋了！」她臉色慘白，「士緣，怎麼辦？他會不會跑去堵江政霖了？」

「妳別急，我打手機問他在哪。」我馬上撥給江政霖，一段音樂聲從他抽屜裡傳出。

「他手機沒帶出去。」我暗暗覺得不妙，仍安撫雁琳，「妳不要慌，搞不好他只是去廁所了。」

就在這時，上課鐘響了。

「都已經上課了，他卻還沒回來，難不成他眞的……」她連聲音都開始不穩了。

我咬咬唇，拉著她衝出教室，「我們去找他！」

「可是不知道他現在在哪裡啊。」

「就算把學校翻過來也要找到他！」

我們先跑到男生廁所外面，叫了好幾聲，裡頭沒有回應，看樣子恐怕眞的凶多吉少。雁琳現在已經完全亂了方寸，我得好好想辦法才行。

我們繞過操場，準備到對面樓層繼續找，突然有人叫住我。

「妳在幹麼？」正在上體育課的士倫，見我們神情有異，困惑地問：「發生什麼事了？」

「我有一個同學被三年級的學長帶走了，不知道現在在哪裡！」我說。

「被帶走？爲什麼？出什麼事了嗎？」

「我現在沒時間跟你解釋，得快點找到他才行，不然——」

「先冷靜點，妳這樣亂找只會浪費時間，他不是在廁所，就是在某個隱密的地方。」

「隱密的地方？」學校隱密的地方不多，而我唯一比較熟悉的地方，就只有一個。

「……我有點頭緒了，有可能在那裡，我現在過去！」

「在哪裡？」士倫問。

「美術教室後面！」我直接拉著雁琳就跑。

拜託，一定要在那裡！

我們氣喘吁吁地趕到美術教室後面，果眞看到兩個熟悉的身影。

江政霖癱坐在地上，臉上遍布傷痕血跡，雁琳驚得當場尖叫，朝學長失控地怒吼，「你爲什麼要這樣？都跟你說和他沒關係了，爲什麼還要打他？」

「是妳讓我變成這樣的，我明明那麼喜歡妳，爲什麼妳就是不肯接受我？」

當學長一走近雁琳，我立馬上前擋住，「喂，不准你再靠近一步！」

他對我冷笑：「妳也是，那天居然敢拒絕我，妳還眞以爲我對妳這醜八怪有興趣啊？害我那麼丟臉。昨天又妨礙我，我早就想好好修理妳一頓了。」

「你以爲我會怕你嗎？」

「士緣！」雁琳驚慌。

江政霖也喊：「方士緣，妳別惹他，他眞的會動手的！」

「這是妳說的，可別怪我。」

學長緩緩舉起拳頭，同時一陣急促的腳步聲響起，只見徐子杰一把抓住學長的手，並且用力往後拐，痛得學長當場跪下哇哇大叫，而士倫也迅速將我拉開，氣急敗壞地罵：「方士緣，妳搞什麼鬼？居然乖乖站著讓他打！」

「你怎麼會來？」我嚇一跳。

「我不放心妳，跟老師說一聲就過來了。」士倫將我全身上下打量一遍，確認我沒有受傷，「我眞的會被妳氣死，妳怎麼會做出這種事？」

「我也是不得已的，要不然他一定又會對他們動手……」

「在那之前麻煩妳先搞清楚狀況，妳是女孩子！」

這時學長抬起頭，對徐子杰破口大罵：「又是你這臭小子，放開我！」

徐子杰卻一臉疑惑，似乎已經不記得對方，「我認識你嗎？」

「媽的，你給我記住，我不會放過你的！」學長咬牙切齒。

「請便。」徐子杰一放手，學長迅速爬起來逃離現場。

我連忙關心江政霖的情況，「傷勢嚴重嗎？」

「還好，只是沒想到去上個廁所卻突然被拖去扁……」他碰碰嘴角的傷口，問雁琳：「那個人一直跟我說要我把妳還給他，叫我休想跟他搶……怎麼回事？妳被他纏上嘍？」

雁琳冷冷地瞪他：「你剛剛為什麼不逃？」

「我也想逃啊，但他跟我說，如果跑去告狀，不只我會完蛋，連妳也不會有好下場……妳昨天會那麼鬱卒就是這個原因喔？」

她眼淚掉下來，氣得大吼，「還管我幹麼？自己逃走就好啦！幹麼讓他打那麼慘，你是白痴啊？」

「妳幹麼哭啊？被打的是我又不是妳。」江政霖一慌。

「我真的會被你氣死！」她用力K他一記。

江政霖痛得抱頭慘叫：「喂，我都傷成這樣妳還打人！」

這時，士倫走了過來，對江政霖說：「可以走嗎？我扶你去保健室吧。」

「喔，謝了謝了……」江政霖連連點頭，雁琳也跟著一塊去。

他們三人都離開後，剩我跟徐子杰留在原地。

「徐子杰，剛剛謝謝你了。」我說。
「妳還是這麼亂來。」
「我又不是故意的，當時情況緊急嘛。」
「若我們沒有及時趕到，妳現在可能已經被打得鼻青臉腫了。」
「我知道，所以才謝謝你啊，可是爲什麼連你也跑來啦？」
「士倫說怕妳出事要過來看看，所以我也一起來了。」他瞥我一眼，「妳以爲擔心妳的只有士倫？」
我愣住，莫名一陣尷尬，「又、又沒什麼大不了的，現在沒事就好啦！」
「……難怪士倫會那麼擔心。」
「什麼啦？」我臉一熱，放大音量。
他則是輕輕一嘆，「走吧。」
「喔。」我不禁偷瞄他。
意思是，他也很擔心我嗎……

當天晚上，當我靠在房間的窗邊和士倫聊天時，他問起整個事件的緣由。
聽完後，他點點頭，「原來如此，那學長眞的是有問題。」
「不知道那傢伙會不會再找我同學麻煩。」
「應該不會，明天就會看到他被記過的公告，我已經把這件事向訓導處跟教官報告了。」

「太厲害了，張士倫出馬果然不一樣！」我高興地說：「幸好有碰到你們，要不然，我同學恐怕會被打得更慘。」

「說到這個，我拜託妳以後不要再這麼莽撞，否則下次被打的就是妳！」

「好啦，我有在反省了。」

「那就好。對了，」他想起了什麼，「阿杰的生日禮物妳買了沒？不會忘了吧？」

「我沒忘啊，只是眞的不知道要送什麼嘛！」

「也考倒妳了吧？阿杰從不主動說他喜歡什麼，問他也都不講。」士倫笑了，「所以我們班上幾個同學，決定禮拜六去唱歌幫他慶生，妳也來一起吧？」

「啊？我跟你們班又不熟，我去幹麼？」

「妳不需要這麼介意啊。」士倫納悶。

看樣子，要送給徐子杰的禮物，沒辦法當天拿給他了。但要送什麼，我到現在還是沒半點頭緒。

到了隔天，我坐在教室裡，仍在思索這個難題，座位前方不時傳來雁琳跟江政霖的爭吵聲。經過那次事件後，他們變得比以往更常鬥嘴，一天可以吵好幾次，但我知道，這就是他們的相處方式，越吵感情就越好。

「眞搞不懂那學長到底看上妳哪一點？既凶又吵又沒氣質，還會欺負傷患！」

「對，我又凶又吵又沒氣質，那是對你才會這樣！」雁琳拿起課本朝江政霖砸去，嚇得他瞬間從座位上跳起來，「喂！妳想謀殺我啊？」

看著他們兩人吵架，忽然想起明天媽就不在家，心情不禁更加愉快，只要忍過今晚的嘮叨就好……奇怪怎麼又想到這裡去了？徐子杰的禮物到底要怎麼辦？他真的沒有喜歡的東西嗎？

嘆一口氣，我托著腮，對著放在桌上的紅茶發起了呆……

「子杰哥哥，你看，我剛剛拿到好多汽球，你喜歡什麼顏色的？」

突然，我靈光一閃，太好了，終於想到要送給徐子杰什麼禮物了！

放學後，我跑了好幾家店，雖然順利找到我要的東西，價錢卻讓我差點昏倒。評估過我的財務狀況後，隔天放學我還是去買下那份禮物。

我拎著裝禮物的袋子心滿意足地回家，卻在途中意外看見徐子杰。

他站在前方不遠處，旁邊還有一位我從未看過、身著便服的女生，兩人臉色凝重，女生看起來像在哭泣。沒多久，她快步離開，徐子杰隨後也轉身，我當場被他發現。

「……嗨。」我尷尬地跟他打招呼。

他看著我，沒有應聲，直接從我身旁走過。我趕緊叫住他：「徐子杰，等一下！」

「幹麼？」

原本還在想要不要現在把禮物拿給他，但目前的氣氛……似乎不太適合。

「沒有，沒事。」我笑了笑，趕緊換個話題，「對了，剛才那個女生是你朋友嗎？長得很漂亮耶！」

「妳很有興趣？」

聽見他聲音裡的寒意，我有些詫異，「你……怎麼了？」

他沉默不語，隨即直接調頭就走。我站在原地動也不動，心中滿是愕然。

「士緣，妳真的不跟我們去唱歌？」明天就是徐子杰的生日，士倫從早上出門就一直盧我。

「你要我講幾遍？不去！」

「可是妳禮物不是買好了？明天是假日，妳要怎麼拿給他？」

「你幫我拿給他好了。」我立刻想到。

「妳也太沒誠意了吧？妳自己拿給他，我才不幫。」

「小氣鬼！」就是要逼我一起去就對了，偏不讓你如願。

想是這麼想，但沒想到早自習下課時，我搬作業到導師室，居然又碰到士倫，而且薇薇也在。

「士緣，妳也一起來嘛，一起幫徐子杰慶生。」薇薇伸手想要拉我，卻在要碰到我的那一刻驟然停住。

我看著她的反應，淡淡地說：「我跟徐子杰又不熟。」

「越講越誇張，這次變跟他不熟了！」士倫白我一眼。

「你幹麼一直逼我？就說我不喜歡跟一群不熟的人相處，你們是第一天認識我嗎？」

我不悅。

「但妳禮物都準備好了，不親自送太可惜了吧？」

「徐子杰應該不會歡迎我吧？」想起他昨天的態度，忽然覺得有些忿然。

「不會啦，他不會不歡迎妳的，絕對不會！」薇薇趕緊說服我，「士緣，妳就來吧，我們眞的希望妳來，不要拒絕嘛。」

我搞不懂他們爲何要這麼堅持？就在這時，我想到一個點子，搞不好可以行得通。

「好吧，」我頷首，「我去就是了。」

「眞的嗎？士緣妳眞的會去？」薇薇馬上開心地叫了出來。

「哇，是怎樣？剛剛求妳老半天妳不答應，薇薇一求妳就去了。」士倫莞爾。

「囉唆，我現在不想理你。」

「幹麼？不高興喔？」

「我現在看到你就想扁你！」

看見我們開始鬥嘴，薇薇露出了笑容。

此情此景讓我覺得似曾相識，從前我跟士倫鬥嘴的時候，她都是靜靜站在一旁，微笑看著我們。

不願想起的事，又多了一件。

「妳怎麼了？」回教室後，雁琳見我滿臉疲憊，忍不住問。

我無奈地嘆氣，把事情經過告訴她，她好奇：「所以妳眞的要去？」

「反正我只是去送禮物，看到徐子杰就先把禮物塞給他，再趁機開溜就好啦。」

「妳這樣張士倫不會生氣嗎？徐子杰會不會也不高興啊？」

我聳聳肩，沒回答。反正以徐子杰那種對什麼事都不在乎的個性，又怎麼會介意我去不去？況且我本來就沒什麼立場參加這場慶生會，只會讓自己難堪罷了。

我並不想在意徐子杰是不是真的會不高興……

禮拜六晚上，士倫和薇薇一起來找我。不知道是不是怕我不高興，一路上他們不斷跟我聊天，而我雖然帶著笑容回應他們，腦中卻已經在盤算到時要怎麼溜走。

到KTV後，士倫打手機詢問包廂號碼，薇薇則是和剛到的其他女同學聊起來。落單的我，很快就被另一個人叫住。

「妳來這裡幹麼？」何利文瞪著我。

我沒理會，同時聽到她身旁其他女生的竊竊私語。何利文神情極度不悅，冷冷地問：「方士緣小姐，今天這裡全是我們班的人，妳沒事跑來湊什麼熱鬧？徐子杰有請妳來嗎？」

我下意識握緊手中的提袋。

「想也知道沒有，一定是薇薇跟張士倫叫妳來的吧？」她嗤之以鼻，「他們是好心才邀妳，妳還真的來，臉皮未免也太厚了吧？」

我不想再聽下去，腳步才一邁開卻被她用力拉回來，我一陣踉蹌，當場跌坐在地。

「我們班不歡迎妳，識相的話就趕快給我滾，我們不希望徐子杰生日有別班的人來煞風景，尤其是妳！」何利文甩頭就走，其他女生也對我投以不屑的眼神，跟著離開。

我沒有立刻起身，過了一會兒才拿起袋子站起來，推開大門。

還沒來得及把禮物送給徐子杰，我已經決定不要在這裡多待一秒。

此時手機響個不停，我直接關機。

滿腔怒火讓我的視線漸漸模糊，我命令自己不許哭，絕對不許哭！

我把袋子裡的禮物拆開來，經剛才那一摔，果然壞了。明知道一定會碰到這種狀況，我爲什麼還硬要來這裡被羞辱？眞的是蠢到極點了！我不想回家，開始到處亂晃亂玩，藉此發洩情緒。當我最後從電影院走出來時，已經是晚上十一點半了，我居然一點疲累的感覺都沒有。我晃著晃著，最後在一處戶外休憩區停下。

我站在階梯頂端，看著座落在中央的噴水池，有幾對情侶坐在階梯上，在路燈的映照下，成雙成對的影子被拉得長長的。

發呆了半晌，我決定去買點東西。一從便利商店走出來，聽到一群人的嘻笑聲，回頭一望，我手中的東西差點掉在地上，是士倫他們班的同學，沒看到士倫跟薇薇，反而見到徐子杰跟何利文。

我來不及躲開，徐子杰的視線就這麼剛好轉了過來，最後在我身上停住。

我一驚，馬上像隻偷了魚的貓，轉頭就跑！

怎麼會碰到他們？他們唱完歌了嗎？士倫跟薇薇已經回去了嗎？

腦海閃過一堆問號的同時，我趕緊跑向噴水池，直到右手被人一把拉住，我重心不穩，差點跌倒。回頭一看是徐子杰，他站在我背後，睜大眼睛注視著我。

我氣喘吁吁，一臉驚恐。「你、你幹麼追來啊？」

「那妳幹麼跑？」

「我……」發現他還抓著我，我用力甩開手，「放開我啦！」

「妳在這裡做什麼？」

「要你管。」我不悅地坐在階梯上，剛剛這裡明明還有幾對情侶，現在卻沒半個人。

「妳今天不是也有來？」徐子杰直接坐在我旁邊。

「對啊，我有去，不過後來跑掉了。」

「爲什麼？」

我沒有回答，只是看看手機時間，然後翻翻袋子，「欸，還有十分鐘今天就結束了，我就用這個來替你慶生吧。」當他看到我手中的東西，有些訝異。

「幹麼買酒？」他納悶地問。

「沒啊，純粹一時興起而已。」我聳聳肩，打開啤酒，然後笑道：「跟你說，我剛去買酒時，便利商店的員工居然看不出來我未滿十八歲耶，超誇張的！」才喝一口，我馬上摀住嘴，「唔，好苦！」

「妳買幾罐啊？」他打開袋子瞧瞧。

「很多喔，這些都是。」我塞一罐到他手上，「我們來乾杯！」

他不語，只是盯著我，似乎覺得我今天很怪，我拿起手中的啤酒與他的輕敲，「生日快樂！」

「謝謝。」片刻，他問起：「妳爲什麼要跑掉？」

「因為我跟你們班上的人不熟，覺得很尷尬。」我望著前方，沒有多說，「而且，我想你可能也不希望我去吧？」

「為什麼這麼說？」

「上次看見你跟別的女孩子說話，你就突然對我不高興，我當然不敢去啊！」

他沉默幾秒，「抱歉。」

我拍拍他的肩，哈哈笑，「沒事啦，反正這也不是主要原因。你們班那麼高高在上，我區區一個小人物怎麼好意思跟你們平起平坐呢？」

「妳在說什麼？」

「我說你們了不起，是皇族、是貴族，我不能用我這平民百姓的身分降低你們的格調，我不配！」我不自覺地提高音量。

「誰對妳這麼說的？」

「是我自己這麼覺得。」已經漸漸不知道自己在說什麼了，只能任性地將心中的怨氣全都吐出來，對眼前這個完全不知情的人。

「抱歉。」他又說，我卻不知他為何而道歉。

「跟你無關啦，我比較氣的是士倫，聯合薇薇硬把我叫來後，又把我丟到一邊，搞什麼嘛？」發現他喝完酒，我又拿一罐給他，「你好遜，怎麼才喝完一罐？我第二罐都快喝完了！」

「妳不恨她嗎？」他盯著手裡的啤酒，聲音低到我快聽不見。

「恨？恨誰啊？」

「周戀薇。」

我霎時一僵，停頓半晌，「你說什麼？」

「妳喜歡士倫吧？」他看著我。

他的問題讓我感到震驚，胸口瞬間波濤洶湧，喉嚨乾澀。「沒有。」

「妳騙人。」

「我沒有！」我否認，「我們只是一起長大的青梅竹馬，我對他沒有其他感覺！」

「看起來是這樣，實際上不是吧？」喝完第二罐，他拿了第三罐，「妳喜歡他，而且是非常喜歡，一直到現在都還是。」

太過錯愕，讓我一時說不出半句辯駁的話，只能微弱道：「別說了。」

「他們都不在，妳爲何不乾脆說出來？」

「我叫你不要說了！」

「爲什麼不可以？」

「拜託你閉嘴好不好！」我大吼，起身走向噴水池，頭卻一暈差點跌倒，便在噴水池前坐下。

我撐著額頭，淚水同時潰堤。

是因爲酒的關係嗎？爲什麼整顆心忽然變得好脆弱？彷彿只要再次顫動，就會破碎。

聽到徐子杰走近的腳步聲，我動也不動，冷冷道：「你走開，我不想跟你說話。」

只是，當我發現他的影子仍在眼前，沒有離開，我的視線又再度糊成了一片。

酸楚卡在喉嚨讓我呼吸不得，壓抑在心底許久的情緒，終於在此刻爆發，我扯著嗓子朝他大吼：「對！我是喜歡他，從小到大我心裡就只有他，我喜歡的人一直就只有張士倫，這樣你滿意了嗎？」

我喘著氣，臉上滿滿的淚。「我喜歡他，」我渾身顫抖，「喜歡得快瘋了……」

我再也忍不住哭了出來。

士倫曾經問過我，那次跟同學打架明明是我贏，爲什麼卻緊緊抱著他哭個不停？

因爲那是我第一次覺得害怕，害怕有那麼多人喜歡他，有天他會被別人搶走，他會離開我。我希望他可以留在我身邊，希望他只對我好，只關心我，只重視我。

曾以爲自己的夢就要實現，以爲幸福就要降臨到我身上，爲什麼薇薇要在最後剝奪我所有的一切，讓我的世界在瞬間天崩地裂。

那個我曾經視爲最要好的女生朋友……

我不曉得自己哭了多久，直到聽見徐子杰的叫喚才漸漸回神。

一抬頭，他就伸手覆住我的雙眼，一股冰涼觸感倏地傳遍我所有感官，使我不自覺輕顫了下。

「你幹麼？」我問，卻沒有迴避。

「有沒有覺得好一點？」從他手心流下的液體滴落在我的手背上。

我有些緊張，「喂，那冰冰的是什麼？不會是酒吧？」

他移開手，莞爾一笑，「是水。」

「水？」我瞧瞧身後的噴水池。

「好了，」他淡淡地說：「我要跟妳要禮物了。」

「什麼？」

「妳不是有禮物要送我？」他挑眉，「妳青梅竹馬說的。」

「那是……我……」

「剛看妳手上還有拿一個袋子，」他往回看，「是那個嗎？」

他走過去拎起袋子，我想上前阻止卻使不出力氣，只能焦急喊：「那個已經壞了，你不要拿！」

徐子杰把禮物拿出來，然後面無表情地問：「爲什麼會想送我這個？」

「因爲……我根本不知道要送你什麼才好，也不知道你喜歡什麼，後來我就想到，之前和你，還有士倫、薇薇一起去喝茶的時候，你一直專心在看汽車雜誌，所以我就猜，你可能很喜歡車子。」

嚥嚥口水，我繼續道：「然後上次在廣場，悅悅問你喜不喜歡白色，你說喜歡，所以……我就乾脆買一台白色的汽車模型，送給你作爲禮物。」

他專注地望著我，「謝謝，這很貴嗎？」他抬起手中的模型。

「有一點。」我想到這就忿忿不平，「我找了很久才找到的，結果居然被摔壞了，還給我啦。」

「爲什麼要還給妳？我又沒打算拒收。」

「啊？你沒看到車窗都破掉了嗎？前面的車蓋也開口笑了耶！」我詫異道。

「又沒關係。」

「不行啦，車子變成那樣，怎麼能送給你啊？」我猛然站起，卻又是一陣天旋地轉，徐子杰還來不及抓住我，我整個人就跌進噴水池裡！

徐子杰先是呆住，下一秒就笑了出來。我完全傻掉了，整個人渾身溼透。

「喂，你很過分欸，我掉進水裡你還笑得那麼開心！」我怒瞪著他。

「抱歉，妳沒有受傷吧？」他朝我伸出手。

我看了看他所站的位置，冷笑道：「徐子杰，你完了！」

我馬上抓住他的手用力一拉，他反應不及，當下也跟著跌進噴水池裡。

「哈哈哈，徐子杰，你怎麼變得那麼遲鈍？酒喝太多了嗎？」我大笑不止。

「妳以爲是誰害的？」他白我一眼。

「活該，誰叫你要笑我！」我朝他大力潑水，這下子他也渾身溼透了。

「喂，妳還偷襲啊？」他從噴水池中站起來。

他身上穿著一件白色T恤和牛仔褲，因爲水的關係，讓他的身體曲線清楚地顯露出來，隱隱約約居然變得更吸引人，甚至還有一點點……性感。

完了，完了，我一定是醉了！

我趕緊離開噴水池，卻因步伐不穩又差點跌倒，而這一次，徐子杰及時扶住我了。

「沒事喝那麼多，難怪會暈。」他語帶笑意。

「囉唆，要你管，放開我啦！」

「放開的話妳又會跌倒喔。」

「隨便啦，快放開我……」

他非但沒放開，反而將我拉近。我被他的舉動嚇到，正想反抗，卻在下一秒愣住了。

他用一種我不懂含意的眼神深深凝視著我，我離不開他的眼睛，也動彈不得。

我不曉得發生什麼事，只覺得他的臉似乎越來越近，等我回神，他已經俯身吻住我。

我驚慌得倒抽一口氣，想要推開他，徐子杰卻伸手將我抱緊，不容許我逃走。

酒精讓我頭暈目眩，也讓我無法再使出半點力氣，到最後，只能被動地閉上眼睛，感覺他溼潤且溫柔地貼著我的唇，以及輕吐在我臉上的溫熱氣息。

直到那些昏沉帶走我所有的意識。

早上八點，我睜開眼睛，映入眼簾的是士倫送我的史努比娃娃。

我躺在自己的房間，身上還穿著睡衣。我慢慢從床上爬起來，渾身乏力，頭也痛得要命。

怎麼回事？昨天我是怎麼回家的？我記得昨晚有遇到徐子杰，接著兩人聊了一下，還有喝了點酒……然後接下來發生什麼事了？

我越想越不對勁，也越來越不安，最後鼓起勇氣打給徐子杰。

鈴聲響了一段時間，對方才接了電話。「喂？」

「喂？徐子杰，我是方士緣！」我不自覺坐正，「不好意思，這麼早打給你。」

「有事嗎？」他聲音低低的，有點沙啞。

「那個……我想問你，」我嚥嚥口水，「昨天晚上是你送我回家的嗎？」

「對啊。」

「真的是你？那我怎麼一點印象都沒有？」我驚訝。

「妳都喝醉了，哪會有什麼印象？」

喝醉？我嗎？

「你、你說我喝醉，可是我怎麼一醒來就發現自己躺在床上，而且連睡衣都穿好了……」我慌得開始語無倫次，他卻莫名安靜下來。

「當時妳渾身都溼透了……」半晌，他才緩緩地說：「衣服不換的話，感冒怎麼辦？」

我先是呆住，最後大叫：「等一下，你的意思是，是你幫我換——」

「嗯……」

我又慘叫一聲，而且是很長的一聲。

「不會吧？那你不是都、都看到——」

徐子杰笑了。

「你笑什麼啊？你這個大色魔大變態，色狼色狼大色狼——」我大罵，羞得都快哭出來了。

「騙妳的啦。」他懶懶地道：「送到妳家門口後，妳就直接把我推到門外去了。」

「啊？」我傻掉。

「事實就是這樣，睡衣應該是妳媽幫妳換的吧。」

「怎麼可能？我媽這幾天又不在家，而且也不可能是我爸，那時他應該已經睡了……」

「那妳也挺厲害的，醉成那樣還可以自己回房間換好睡衣。」他又笑起來。

我雙頰一熱，大叫：「喂，再笑我就跟你翻臉！」

我的天，因爲太激動，害得我整個人更不舒服了。

「頭很痛吧？」他語氣溫柔地問，「下次不要再亂喝酒了。」

我微微一愣，不知爲何，總覺得昨晚好像還有發生什麼事，卻怎樣都想不起來。

「還有事嗎？」

「沒有，沒事了，謝謝你昨天送我回來，掰掰。」正要掛斷，卻聽到他喚我，我問：「怎麼了？」

「謝謝妳的禮物。」說完他就切掉通話了。

還有些恍神，樓下傳來一陣響亮的門鈴聲。

匆忙換好衣服下樓開門，看到的卻是臉色鐵青的士倫，「方士緣，妳到底在搞什麼鬼？」

還沒反應過來，他就用力捏我的臉，「妳昨晚居然落跑，還關機不接我電話，搞什麼飛機啊？」

「很痛欸，有話好好講，幹麼動手動腳啦？」我撥開他的手。

「好好講？要不是妳是女的，我早就痛扁妳一頓了！」

完蛋，他眞的發火了！我趕緊溜回客廳，他馬上追過來逮住我，「喂，還想逃啊？妳最好給我解釋清楚，要不然我可不會放過妳！」

「好啦好啦，你不要在我耳邊大吼大叫，人家頭都快痛死了。」我癱在沙發上，痛苦地抱住頭。

「妳怎麼了？」他擰眉。

「不舒服，整個人完全沒力氣……」我氣若游絲，故作虛弱樣。

「生病了嗎？讓我看看。」他立刻緊張得將手覆在我的額上，並仔細觀察我的氣色，「妳的臉色怎麼這麼差？身體不舒服爲什麼不早說？伯父伯母呢？」

「我爸不在，我媽這幾天回娘家看外婆。」我心虛。

士倫嘆一口氣，「有沒有毛巾？」

「……那裡有一條，剛洗乾淨。」我指指擺在樓梯口的籃子。

「妳躺下，」他帶著毛巾走到廚房，回來後，就將沾溼的毛巾輕覆在我額頭上，「好好休息，若還是不舒服，我再帶妳去看醫生。」

之後士倫坐在我旁邊的單人沙發上，問：「妳昨晚跑哪去了？」

「……回家。」

「因爲不舒服？」

「嗯。」

「手機幹麼關機？」

「因爲頭很痛，所以不想接。」

他看了我一會兒，又嘆：「我跟阿杰說妳有來，結果妳卻不見了，實在對他太失禮，妳最好去道個歉。」

道歉？昨晚都見到他了，不必了吧？

「喔。」我還是乖乖點頭，只要不被抓包就行，「喂，再去弄點水！」

「妳居然命令我？」他瞪大眼。

「幫個忙啦，男孩子別這麼小氣！」我把毛巾遞給他。

他拿我沒轍，再去把毛巾弄溼，回來卻直接把毛巾扔在我臉上，我當場尖叫！

「喂，張士倫，你態度很差耶，毛巾也不擰乾！」我滿臉是水，差點浸到眼睛。

「處罰妳啊，誰叫妳昨天讓我擔心一整晚。」他嘿嘿笑。

「你眞是……」我擦掉臉上的水，手卻慢慢停了下來。

「有沒有覺得好一點？」

頃刻間，我聽見徐子杰的聲音。

我眼睛越睜越大，臉頰越來越熱，我不自覺用毛巾遮住嘴、鼻子，最後是眼睛。

「士緣？」我的反應讓士倫不解，「妳怎麼了，臉怎麼突然那麼紅？」

我沒有回答，死命用毛巾遮住臉。當昨晚的所有記憶都在這一刻湧現，我完全沒有再直迎士倫視線的勇氣。

從那天開始，我整個人常常呈現呆滯狀態，連在學校也是這樣。

雁琳問我發生什麼事，我也說不出口，只能趴在桌上不斷哀鳴，「我不該喝酒的……」

幾天下來，我滿腦子都是那晚和徐子杰相遇之後的畫面，再這麼下去，我恐怕眞的會瘋掉。

不行，一定要好好跟徐子杰問清楚！

一放學，我就衝到游泳池找他。其實我根本不曉得該如何面對他，但心裡有太多問題想問，也想解釋清楚。不能讓他知道，對士倫的那個祕密，不能讓他知道……

偌大的游泳池裡，只有一個人的身影。

我緩步走向前，對那個人喊：「徐子杰！」他一聽到，便停止游泳回過頭來。我吶吶道：「可以借點時間嗎？我有話想跟你說。」

他迅速游回池畔，離開泳池走過來，脫掉蛙鏡，「說什麼？」

「就是那個，關於上禮拜你生日那晚……」

「怎樣？」

「有關那晚的事……請你當作沒發生過。」感覺到他直落在我身上的目光，我不敢正視，「我當時醉得一塌糊塗，完全不知道自己在幹麼？如果我有說什麼莫名其妙的話，你千萬不要當眞。」我雙手合十，懇求道：「請你當作什麼都沒發生過，拜託！」

他沒回答，只是脫下泳帽，然後坐在椅子上，「幫我把箱子裡的水拿來。」

雖然有點莫名其妙，但我還是乖乖照做，「你到底有沒有在聽我說話啊？」

「有聽啊。」

「那你可以答應我吧？」

「妳是指哪件事？」

「咦？」

「妳是指喜歡士倫的事，」他拿起毛巾擦頭，「還是我吻妳的事？」

我的臉霎時湧上一陣熱，這個人怎麼還能一副老神在在的樣子啊？

「我是指那晚跟你說的那些話。至於你當時的舉動，我就當做是你酒後亂性好了！」

「酒後亂性？」

「對啊，你那不是酒後亂性是什麼？」

他低聲笑了。

「喂，我是認眞的，你不要以爲我在開玩笑！」

「水給我吧，我很渴。」他放下毛巾站起來，朝我伸手。

「徐子杰！」我快被他氣死了。

「好啦，知道了，先拿水給我。」

我不悅地走向前，並且小心盯著地上深怕滑倒，正要把水遞給他時，他竟一把將我拉過去，另一手捧住我的臉，然後低頭吻住我！

我驚愕地瞪大眼睛，心跳也幾乎停止。

當他離開我的唇，眼裡原先的愚弄消失了，取而代之的是我從未見過的認眞。

「我一直知道妳喜歡士倫，所以妳沒必要否認。我也知道，除了他以外，妳很難再喜歡上別人，可是我還是想告訴妳，我喜歡妳。」

他語氣平淡卻堅定，「我這麼做是要告訴妳，就算知道妳喜歡他，我也沒打算要放棄妳。」

我木然地看著他，腦袋一片空白，喉嚨乾澀，「你……」

他唇角漾起一抹笑，「這次我可不是酒後亂性了。」

「你根本就發瘋了！」我推開他，然後落荒而逃。

我靠在游泳池的大門外，驚魂未定，雙頰像火燒般熱得不得了，心臟也狂跳個不停。想起剛才他的吻落在我唇上的觸感，以及對我的告白，我整個人完全亂成一團。

那傢伙瘋了，他眞的瘋了……

「緣緣，怎麼啦？」爸下班回家，見我動也不動地坐在客廳，納悶地問：「吃飯了嗎？」

「還沒。」我搖頭，停止發呆，「爸，你要吃什麼？」

「爸爸晚點要跟一個老朋友出去，妳自己看要吃什麼就吃什麼吧。還有錢嗎？」

「嗯。」我看著他，「爸，你最近好像都在外面吃欸。」

他停頓幾秒，然後微笑，「工作太忙了，整天忙著應酬，雖然不想也沒辦法。」爸摸摸我的頭，就上樓換衣服。想著爸剛才的笑容，我靜靜坐著不動，最後關掉電視，躺在沙發上。

然後我又想起徐子杰，他知道了我不想讓人知道的祕密，不但沒笑我，居然還說喜歡我？雖然我感覺不到他有一點虛假，心裡卻還是充滿懷疑，怎麼可能會有這種事情？

煩惱到現在，還是不曉得到底該怎麼辦……

「士緣！」回房後，我一開燈，士倫的聲音就從窗外傳來。

「後天我爸出差回來，」他在陽台對我說：「我媽叫我邀妳過來一起吃飯。」

「喔，好啊。」

「那就這麼說定嘍。對了，妳跟阿杰道歉了嗎？」

突然聽到這個名字，我的心臟漏跳了一拍，「有啊，道歉了，幹麼提這個？」

「因爲他跟我說有收到妳的禮物，我問他妳送什麼，他死都不講，就只是笑。看他的反應，好像很喜歡妳的禮物，我們送他一堆禮物，也沒見他這麼高興。」他眼裡滿是好奇，「妳到底送他什麼？」

「我忘記了。」我準備關窗，「今天就先這樣，我要睡了。」

「啊？現在才幾點妳就要睡了？」他瞠目。

「我睏了，想早點睡，晚安！」窗簾一拉上，我整個人就癱坐在地，大喘一口氣。

「看他的反應，好像很喜歡妳的禮物，我們送他一堆禮物，也沒見他這麼高興。」

我的臉越來越熱，想不到光是徐子杰一個人，就足以讓我亂成這個樣子。

「喂，方士緣！」

隔天中午，我啃著麵包，陷入嚴重恍惚狀態，直到聽見江政霖叫我才回過神來，「怎麼了？」

「我們才想問妳怎麼了呢？大姐。」江政霖跟雁琳一塊盯著我瞧，「妳最近怎麼老是這張臉？連老師叫妳都沒聽到，到底去哪神遊啦？」江政霖邊說邊模仿我呆滯的表情。

「對啊，我看妳最近也吃很少，都是吃麵包，這樣不太好吧？」雁琳問。

「沒辦法，就是沒什麼胃口。」我苦笑，羨慕地看向捧著便當大吃的江政霖，「不然我也很想跟你一樣狠狠狂吃一頓，但我現在只有麵包勉強吞得下去。」

「他是少根筋，看起來一點煩惱都沒有，眞令人羨慕。」

「妳們到底是在損我還是在讚美我啊？」見江政霖一臉納悶的樣子，我跟雁琳都忍不住笑了。就在這時，站在門口的一個男同學忽然朝我喊：「方士緣，外找！」

那男同學的眼神有些詭異，我不自覺擰眉，「……誰啊？」

「徐子杰找妳！」

原本鬧哄哄的班上，瞬間安靜下來，幾乎所有女生都停下動作轉過頭來。

不敢再與班上同學的目光接觸，我立刻跑出教室，果眞見到徐子杰站在外頭。

「嗨。」他微微舉手，對我打招呼。

「喂，你在搞什——」正想罵他，卻發現有幾個同學躲在門邊偷看，我馬上把他拉到樓梯間。

「徐子杰，你幹麼突然跑來找我？想嚇死我啊？」上次是士倫，這次換成他，這兩個人根本就不會替我想一想！

「有事找妳，不行嗎？」

「不是不行，只是——」我頓了頓，最後放棄，「算了，你找我有什麼事？」

「我今天沒有練習，要去廣場那裡，妳要不要去？」

「咦？」我怔了幾秒，「可是……今天又不是假日，放學過去的話，回家會不會太晚了？」

「沒關係，若妳不方便就算了，我自己去就好，再見。」

見他轉身，我急忙道：「等一下，我又沒說不去！」

「那是要去了？」

雖然想去，但一想到和他之間的尷尬，不禁陷入兩難。沉默許久，我低應：「我去啦，可是我沒帶排笛。」

「沒關係吧？」

「不行啦，我答應過悅悅，下次去要吹給他們聽的。還是我先回家拿排笛，你先過去？」

「不必，妳回家拿，我在公車站牌等妳。」

「喔……好吧。」眼看午休時間快到了，幾個女生發現我們站在一起，紛紛投來好奇的目光。

「好了，你快走吧，以後不要直接來我班上找我了，算我求你！」我小聲地哀求。

「為什麼？」

「因為我不想被你的粉絲殺掉，這答案你滿意嗎？」我沒好氣地說：「像這種事，你直接打手機給我就好了，不必特地過來告訴我，OK？」

「我知道啊。」

「知道你還來，你是故意的啊？」

他忽然俯身湊近我，在我左耳畔低語：「因爲我想見妳。」

我傻掉，他則是微微一笑。

他一離開，午休鐘聲也跟著響起，我捂住左耳，將頭轉向牆壁，不敢讓人看到我這張通紅的臉。

下午，班上有不少女生明目張膽地觀察著我，尤其是那群八婆，一副世界末日來臨的樣子，不是面色凝重地瞪我，就是聚在一起竊竊私語，八成在想該不該把這件事告訴何利文吧？

放學後，我在校門口和雁琳道別，沒走幾步，就看到一個穿著便服的女生。那女生不時往學校裡張望，像是在尋找或等待什麼人，當她目光一落到我身上，便朝我快步走來。

那張秀麗面孔一靠近，我很快就想起來，她是上次在街上跟徐子杰說話的女孩。

「不好意思，請問妳是二年級的嗎？」見我點頭，她微微一笑，「那妳認識徐子杰嗎？」

我當下一愣，然後又點點頭。她是專程來找他的？

「眞的？那妳知道他今天有沒有練游泳？」她眼裡閃著期待的光芒。

「他今天……沒有練習喔。」我偏頭，「妳有他的電話嗎？」

「有，打過了，但他關機。我剛剛在這裡等了一會兒，也沒看到他，可能已經回去了吧？」她苦笑，「不好意思，忽然攔住妳，謝謝妳喔。」

「不會，不客氣。」

她又對我一笑，然後就離開了。

我趕緊衝回家，再帶著排笛趕去公車站。徐子杰坐在候車處，看我氣喘吁吁的跑過去，便站了起來。

公車來了，我跟他不發一語地上了車。兩人坐定後，我抿抿唇，然後開口：「我剛剛在校門口……碰到上次跟你說話的那個女生，她是專程來找你的，還說聯絡不到你。」我小心翼翼地看著他，「你要不要打個電話給她啊？」

他靜默幾秒，「不必了。」

「眞的不要嗎？萬一有什麼急事……」

「眞的不用。」說完，他就閉上眼睛，打起盹來。

他的反應讓我有些錯愕，雖然我很好奇他們的關係，但也不敢多問，萬一惹他生氣就糟了。

看起來對任何事都不關心的徐子杰，居然會喜歡像我這樣的人，到底是……爲什麼啊？

我默默思考著，直到乘客幾乎都下車了，才抬頭望望窗外，再輕輕搖醒他，「徐子杰，快到了。」

日落時分，夕陽將廣場染成一片橙色。來到廣場中央後，我四處張望，卻沒看到悅悅那群孩子。

「妳吹一下排笛，說不定他們就會冒出來了。」徐子杰說。

「是嗎？」我拿出排笛，這時又想起一件事，「……徐子杰，你手機沒電了嗎？」

「沒啊。」他躺在草地上。

「那爲什麼不開機？這樣別人找你比較方便啊。」我還是很在意那女生的事。

「誰找我？」

「我剛剛說的那個女生啦，人家等你等那麼久，好歹也打個電話給她吧。」這人眞愛裝傻。

他又不說話了。

「你們是朋友嗎？」我用比較安全的方式發問。

「她是我的國中學姊，」他語調平平，「也是我的前女友。」

哇，果然，我就知道這兩人的關係不單純。

「你們國中就交往了？」

「嗯。」

「那她上次來找你，是想要跟你……復合嗎？」

他看了我一眼，沒回答，像是默認。

「你對她已經完全沒感覺了嗎？」突然覺得自己膽子變好大。

「她是個很好的學姊，只是那時的我，還沒學習分辨出那種感情，就先跟她在一起，等到後來終於分辨清楚，我們對彼此的『喜歡』並不一樣，我最終只能把她當學姊看待。我們分手後，她也畢業了，就很少再聯絡。」

「原來如此。」我點點頭，開始擦拭排笛，「那你不接她電話，該不會是爲了躲她吧？」

「……」

「你現在眞的連一點點心動的感覺都沒有嗎？」如果我是男的，絕對會爲這樣的美女著迷不已。

「有啊，對妳。」

我瞬間一僵。

對喔，因爲對他們太過好奇，我都忘記他前不久才剛跟我告白！

方士緣妳眞是白痴，幹麼挖洞給自己跳啊？

「那麼漂亮的美女不要，卻喜歡我這個醜八怪，眞是怪胎！」我拿起排笛試吹，掩飾尷尬。

「我也覺得很奇怪。」可惡啊這傢伙……

「你到底喜歡我哪一點啊？」

「不知道。」他看著我，「妳喜歡士倫有理由嗎？」

我僵住，突然答不出話。

「沒有吧？」他低聲，「我也一樣，就是喜歡妳，沒有理由。」

「你確定不是因爲同情嗎？」我問得冷淡。

老實說，對於徐子杰說喜歡我這件事，我根本打從心底不相信。

因爲對象是他，是那個優秀的徐子杰。他知道了我的祕密，覺得我可憐，同情我，才會不小心把這份感覺誤認爲喜歡。也或者他根本就不是眞心，只是純粹想整我，或是有其他目的。

正因為曾經碰過類似的事，所以我知道，這樣的人是確實存在的。

在一片沉默中，一雙手忽然慢慢握住我的右手腕，覆蓋住士倫送我的手鍊，我才發現徐子杰不知何時已經坐起身來。

「妳不相信我沒關係，但有一件事，我希望妳能夠記住。」他對我說：「妳並沒有妳所想的這麼糟，其實妳擁有很多人都沒有的東西，妳只是太在乎別人，太為別人著想，才會沒有注意到。」

他注視著我，句句真摯，「妳原來的樣子，就是最好的樣子。」

我呆呆地看著他，他說完便放開我的手，又躺回地上。

他的話不斷在我腦中盤旋，心跳加快的同時，我的眼眶也沒由來的莫名微熱……

「士緣姊姊！」

悅悅從遠方跑來，撲到我懷裡開心地說：「我聽到妳在吹笛子，所以就趕快跑來嘍！」

沒多久其他小孩也紛紛出現，他們坐在我面前，跟著笛聲打拍子，身子晃來晃去，吹完一首就催著下一首，氣氛好不熱鬧，而他們開心的模樣，讓我感到十分溫暖，也很快樂。

中途休息時，他們開始玩起一二三木頭人，廣場上嘻笑和玩鬧聲不斷。

我坐在原地望著他們，「好懷念，小時候我也常跟朋友一起玩一二三木頭人耶！」我問身旁的徐子杰，「你有玩過嗎？」

「沒有。」

「怎麼會沒有，大家應該都玩過這種遊戲吧？」

「小時候都跟著父母到處跑，根本玩不到這些遊戲。」

「那你都玩什麼？」

「游泳。」

「游泳？你到底從幾歲開始學的啊？」這不能當遊戲吧？

「……不記得，從我有記憶以來就已經在游了。」

哇，怪不得這麼厲害！

「你一直都在游泳，都不會感到厭煩嗎？」

「不會，一開始是我爸教我游泳的，他希望我將來能上體育學校，就這樣一直跟著他訓練。」

「原來如此，那你爸爸一定很以你爲榮。」

聞言，他望向我，「爲什麼這麼說？」

「一定的啊，你一直這麼努力，也得到這麼多人的肯定，你爸爸一定會以你爲傲，這還用說？」

「妳眞的這麼覺得？」

「對啊！」

他靜靜看著我認眞的臉，唇角慢慢漾起一抹笑。「謝謝。」

他的溫柔笑容，不知爲何竟讓我的心跳漏跳一拍，我趕緊別開視線，輕咳一聲，「道什麼謝呀？不只我，其他人一定也是這麼認爲！」

他沒回應，我卻從眼角餘光發現他仍微笑著，爲了掩飾內心的尷尬，我換個話題，「對了，我聽說你以前住在國外，是哪一國？」

「加拿大，但只待三年，國中就回來了。」

「在國外接受訓練的話不是更好？」

「那時我父母因爲工作關係暫時搬回來，後來他們又回加拿大，我則繼續留在台灣。」

「爲什麼？」

「當時我不太想走，我爸就答應讓我留下，等讀高中再回加拿大，但最後我還是沒有回去。」

「爲什麼沒回去？」我又問。

「……」他忽然安靜下來。

還沒聽他回答，悅悅卻跑過來拉住我，「士緣姊姊，來玩捉迷藏，妳當鬼！」

看到他們期待的神情，我高舉雙手做出張牙舞爪貌，嘿嘿邪笑，「好，沒問題，我要來抓你們嘍。」

孩子們開心得邊尖叫邊往別處跑，我回頭，「徐子杰，你也來玩吧？」

「不了，你們玩就好。」

「你不是沒玩過嗎？現在機會難得，來玩玩看！」不容他拒絕，我硬是把他拉起來。

唯有在這裡，和這群孩子在一起的時刻，我才能暫時忘記在這片天地之外的陰影，讓我暫時回到從前的自己。

而這些時刻，都有徐子杰在身邊陪伴著我。

「士緣姊姊，你們什麼時候會再來？」離開廣場時，悅悅又問起。

我看了徐子杰一眼，然後說：「妳去問他。」

「問我幹麼？」

「你上次不就這樣？」我眨眨眼。

悅悅果眞跑去追問他，「子杰哥哥，你們什麼時候再來？可不可以不要隔那麼久？」

我忍不住哈哈大笑，接著就見徐子杰對她點點頭。

我們走到公車站等車時，我伸手撥拂被風吹亂的頭髮，眼角瞥見手腕，立刻就失聲叫了出來！

「怎麼了？」徐子杰問。

「手鍊！」我驚慌不已，「我的手鍊不見了！」

他看著我空蕩蕩的右手腕，「是不是掉在地上了？」

我急得像熱鍋上的螞蟻，緊盯著四周地面，「沒有……怎麼辦？到底掉哪去了？」

「妳冷靜點，應該是掉在這附近。」他也開始幫忙找。

我焦急道：「怎麼能冷靜？那條手鍊對我來說很重要！」

他抬眸盯了我一會兒，默默地往回走，我則繼續留在原地拚命找。幾分鐘後，他在我後面喚了一聲，手裡就拿著那條銀鍊子。

我立刻衝到他面前，驚喜地問：「你在哪裡找到的？」

「就剛剛走過的地方。」

「謝謝你。」我鬆了一口氣，一股鼻酸隨之湧上。

就在這時，徐子杰說：「右手伸出來。」

「咦？」我一頓，乖乖伸手，他便幫我將手鍊戴上。

我愣愣看著他動作，直到他把手鍊扣好，我吶吶道：「謝謝……」

「妳一直都戴著嗎？」他沉聲問。

「嗯，從去年生日就戴著了。」我微笑，「那天我身體不太舒服，在教室裡睡覺，醒來後就看到桌上放了一隻拉拉熊娃娃和一張卡片，這條手鍊就放在娃娃頭上，看卡片才知道是士倫送的。」

「妳後來有跟他提這件事嗎？」

「我有傳簡訊跟他說謝謝。」我深呼吸，聲音乾啞，「謝謝你幫我找到它，眞的謝謝！」

「如果找不到怎麼辦？」

我怔怔想著他的問題。事實上，我也不知道若找不到會怎樣，從未想過這個問題，也不敢想，因爲我已經寄託太多感情在這條手鍊上，對我來說，它已經是不可或缺的存在了。

見我遲遲沒回應，徐子杰便道：「問問而已。」

我看著他走向剛駛來的公車。車上一個乘客都沒有，我們隨便找個空位坐下，後來發現前座的椅背上，有一隻用水性筆畫上去的趴趴熊。

我眼睛一亮，拍拍徐子杰，「你有筆跟紙嗎？」

他從背包裡拿出紙筆給我，我埋首畫了起來，畫完後拿給徐子杰看，他喃喃道：「這是……」

「趴趴熊呀，有沒有比這隻像？」我指著椅背上的那隻。

他莞爾。

「再畫一隻給你看。」我又開始動筆，「我跟你說，我畫畫可是很厲害的喔。」

「是喔？」他語帶笑意。

「那當然。好了，你看，這是什麼？」我又秀圖給他看，這次他卻微微擰眉，「……不知道。」

「不知道？這是加菲貓啊，看不出來嗎？」

「加菲貓沒這麼瘦吧？筆給我。」他接過紙跟筆，迅速加上幾筆。

「你畫得太胖了啦！」

「哪有！這樣比較好吧？」

「這樣根本就不是加菲貓了，我來，筆給我！」

轉眼間，白紙上已經被我們留下一堆塗鴉。很不可思議，剛認識他時，想都沒想過自己可以和他這樣相處，而他也不再是一副冷冰冰的模樣，偶爾會露出溫柔的笑容。

我感覺到我們都變了，不知道以後是否還會有其他的改變？

和徐子杰在一起的時候，即使偶爾回想起從前，卻似乎已不像以往那樣悲傷。

即使心中的祕密再度被開啓，也不像從前那樣痛了……

隔天晚上，我到士倫家吃飯，受到他爸媽的熱情款待，他們對我一直疼愛有加。士倫的爸爸風度翩翩，我從小對他是既欽佩又崇拜，士倫的媽媽則是個氣質淑女，兩人處事和善，事業也很有成就，是我心目中的模範夫妻。

「來，士緣，儘管吃，這些都是妳愛吃的。」伯母挑了隻炸蝦給我。

「謝謝伯母。」我趕緊拿碗，恭敬接過。

「這麼久沒看到妳，越來越漂亮嘍。」伯父慈祥地笑著。

「沒有啦。」我靦腆地搖搖頭。

伯母接著說：「以前妳戴著大大的眼鏡，現在拿掉眼鏡感覺都變了呢，這樣才好，眼睛那麼漂亮，遮著太可惜了。」

「會嗎？我還是比較習慣她戴眼鏡。」坐在我旁邊的士倫說：「她戴眼鏡的時候看起來比較聰明，拿下後反而……」

「反而怎樣？看起來變笨了嗎？」我瞥向他。

「我可沒這麼說喔。」他聳聳肩。

伯父伯母笑吟吟地看著我們，伯父說：「你們兩個還是這麼愛鬥嘴。」

「是她愛跟我吵，嘮嘮叨叨的超囉唆。」

「喂，明明是你吧！」我忍不住反駁，他們馬上又笑了。

「士緣，現在有男朋友了嗎？」伯母突然問。

我愣了一下，搖搖頭。

「沒有？怎麼會？」她驚訝，「士倫！這是怎麼回事？」

我跟士倫同時抬頭，他一臉莫名其妙，「什麼怎麼回事？」

「士緣根本沒有男朋友，那你在做什麼？爲什麼不去追她？」

我跟士倫面面相覷，伯父開口：「我們原本希望士緣能當我們家媳婦呢。」

「吼唷，又在講這些……」士倫抓抓頭，眉宇擰起。

「你不是跟我說士緣有男朋友嗎？」她質問。

「我只說她有喜歡的人，哪有說她有男朋友？」

他一說完，我立刻拉住他小聲問：「你幹麼亂講話啊？」

「之前我媽一直逼問我啊，我只好直接講了，反正這也是事實啊。」他一副我也沒辦法的表情。

「你也不用這麼多嘴吧？」

「不這麼說我媽不會放棄……」

「我告訴你，我現在還是不放棄！」伯母接話，「在我心中，就只有士緣可以當我媳婦！」

士倫已經無奈到懶得回應，我則急忙答：「伯母，這樣不好啦，畢竟士倫他現在已經——」

「當他跟我說有女朋友的時候，我還以爲是妳，結果居然不是，氣死我了！」

「上次他還帶她來家裡玩過呢，」伯父問：「叫薇薇嘛，士倫說妳們也是朋友，不是嗎？」

我沒答腔，只是微微一笑。

「那孩子看起來很懂事，長得也很可愛，配我們士倫似乎是有點可惜了。」

「爸，怎麼連你都這樣啊？」士倫不悅地收起碗筷，「我吃飽了，你們慢用。」

「你這孩子——」伯母看著溜進廚房的他，眼神哀怨地瞧瞧我，「看你們從小就在一起，我還跟晏娟說好，以後要士倫把妳娶進門呢。士緣啊，妳眞的不喜歡我們家士倫嗎？」

「他……他條件太好了，我配不上啦。」

我繼續帶著笑容吃飯。只是，儘管滿桌佳餚，食物到我口中，卻還是化成了苦澀……

「受不了我媽，到現在還一直講這些事！」吃完飯，和士倫一起到公園散步，他一路上不停抱怨。

「你爸媽好像很喜歡薇薇。」

「對啊，不過，剛介紹她給我爸媽認識時，我原本還擔心我媽會不高興，因爲她比較喜歡妳，但她們後來處得不錯，我才稍微放心。」

「……是嗎？那就好。」我不再多問。

我們就這樣靜靜走了一會兒，直到一陣風吹來，也吹起了他喚我的聲音：「喂，士緣。」

「嗯？」

「妳現在跟妳喜歡的那個人怎樣了？」他看著我，「有進展嗎？」

我怔了一下，隨即說：「喔……有哇，當然有進展。」

「眞的嗎？對方到底是誰，問妳也不說，是不是學長？」

「你不認識啦！」我不自覺加快腳步。

「妳怎麼知道我不認識？告訴我又不會死，如果是我認識的人，說不定還可以幫妳！」

「我的事不用你管，你只要管好你老婆就行了。」我冷淡地回應。

「妳怎麼搞的？動不動就叫我不要管妳……」他擰起眉頭，「而且爲什麼要這樣說話？爲什麼只要提到薇薇，妳就是這個樣子？」

「我什麼樣子？」我停下腳步，直直盯著他。

「無論問妳什麼，我都覺得妳的回答口是心非。」他接著又說：「我不知道是不是因爲薇薇的關係，也不知道妳們到底發生什麼事，但妳眞的變得太多，變到我都幾乎不認識妳了！」

「變了不好嗎？」我忍住來自胸口的疼意，咬牙道：「難道你不覺得以前的我很沒用嗎？」

「爲什麼要這麼說？」他愕然。

「因爲這是事實，我厭倦有你保護的生活了！」我加重語氣，「你不會覺得我很煩嗎？我總是依賴你，要你幫我解決問題。就算你沒這麼想過，但我就是很討厭這樣的自己，也很想擺脫你！」

他傻愣地看著我，啞口無言。

「讓我試著脫離你的羽翼好不好？現在你該關心的是薇薇，不要再這麼在乎我的事了，我沒那麼軟弱。」語畢，我頭也不回地離開公園。

說出那些殘酷的話，讓我沒有勇氣再繼續看著他的臉，也只有在看不見他的時候，我才能不遮掩那些模糊視線的淚水，任憑酸楚淹沒我此刻的倔強。

吃完午餐後，我獨自走到美術教室後面，坐在那兒發起呆來。

聽見午休的鐘聲響起，我也沒打算離開，反而拿出手機，開始胡亂點著。

開啓通訊錄，瞥見士倫的名字時，我停頓片刻，然後略過，也一一略過雁琳、江政霖和其他人，卻在看見「徐子杰」三個字時，手指再度停住。

我盯著那串號碼許久，不知爲何，心底竟湧起想撥電話給他的衝動。我不曉得自己爲何會有這個念頭，只是看見這個人的名字，就忽然很想聽到這個人的聲音，跟他說話……

此時天空隱約傳來雷聲，似乎快要下雨了，思考半晌，我決定傳一段訊息給徐子杰。訊息傳送過去的那一刻，我不禁勾勾唇角，不知道那人看到會有什麼反應？

我放下手機伸伸懶腰，一記清脆鈴聲響起。

螢幕裡的訊息只有短短四個字：妳在幹麼？

再次拿起手機，傳送：在美術教室後面偷閒。

手機螢幕又傳來：是喔？

那兩個字令我莞爾，徐子杰就是徐子杰，省話一哥的工夫果眞一流。我不好意思再繼續鬧下去，於是傳最後一封訊息給他：好啦，沒事了，不打擾你午休嘍。

把手機擱在一旁，我又伸了下懶腰，正當意識快離我遠去時，手機響了。

快下雨了，回教室吧。

我靜靜望著這則訊息，沒有回傳。

一股暖意從心房流過，我不禁微笑，卻也嗅到一抹酸楚。

是因爲感動嗎？還是因爲自己對這種關心渴望已久？因爲想聽到他對我說些鼓勵的話，所以才想到他的嗎？原來我是這麼殘忍的一個人。

天空烏雲密布，我仍坐在原地不動。不知過了多久，手機鈴聲響起。

「喂。」我接起。

「妳還在美術教室後面？」徐子杰的聲音透過手機傳來，感覺更低沉。

「對、對啊。」

「知道了。」通話驟然被切掉，我一愣，以爲對方手機出問題，正要打回去，他的聲音卻從前方傳了過來，「不用打了啦。」

我嚇一大跳，看他筆直地朝我走來，不禁僵住，「你怎麼會過來？」

「沒啊，反正也不怎麼想睡，就乾脆過來晃晃。」他在我旁邊坐下，「所以妳剛剛傳的第一封訊息，答案到底是什麼？」

「第一封？喔，你說那個呀？」經他這一提我才想起那封訊息的內容：請問徐子杰先生，前天我在廣場對你吹奏的那首曲子，叫什麼名字？

「我沒聽過那首曲子。」

「你當然沒聽過，那是我當時隨興編的，根本就沒有名字。」察覺他投來的目光，我推推他，「我是鬧著玩的啦，誰知道你眞的會回傳啊？不過你看到這問題時應該覺得很奇怪吧？」

「是傻掉。」

我哈哈大笑。

「妳怎麼了？」

「什麼怎麼了？」

「妳跟士倫。」他淡淡地說：「他今天怪怪的，妳也很怪。」

「嗯……」我偏過頭，「可能是因爲昨晚我跟他說了一些不太好的話吧？」

「妳說什麼？」

「我說，我對他感到厭倦，叫他不要再管我的事。」

他沉默幾秒，「爲什麼？」

我也沉默，望著前方的樹木，緩緩地說：「因爲我很痛苦。」

現在只要閉上眼睛，士倫受傷的神情，就會在腦海裡不斷浮現，無法擺脫。

士倫他不知道，當從他父母口中聽到薇薇的事時，我立刻發現我又失去一樣原本屬於我的東西。

我很慌，很怕，想追卻追不回來，已經不曉得自己究竟還有什麼可以失去？難道我真的沒有獲得幸福的資格嗎？為什麼非要不斷剝奪我擁有的東西，直到我一無所有？

「我不知道該怎麼辦。」我深呼吸，「誰可以告訴我該怎麼做？」

傷害士倫，是我這輩子最不願意做的事。我不能原諒讓他失去笑容的人，所以我也原諒不了我自己。但對我來說，這是唯一能不再受傷的方法。

「我知道我很無情，也很自私，」我咬著唇，聲音乾啞，「可是我已經受不了了，我快瘋掉，真的快要瘋掉了……」

呼呼的風聲不時從我耳邊吹過，沒多久，一股力量將我輕輕往左邊推，最後停在一處溫暖的地方。

徐子杰不知何時已把右手放到我身後，將我攬向他，讓我可以倚在他的肩上。

我怔怔然，動也不動，沒有半點抗拒。

「我不知道要怎樣再去喜歡一個人。」我喃喃道：「也許這輩子，我不會再喜歡上士倫以外的人了。」

「嗯。」

「所以……對不起。」當眼眶漸熱，我的聲音也哽咽了，「徐子杰，我真的……對不起。」

視線模糊，我再也看不清任何事物，也看不到徐子杰此刻的表情，現在的我，甚至連抬頭面對他的勇氣都沒有。

「我知道了。」

最後，我聽見他這麼說。我微微一顫，淚水同時滑下，而他的擁抱，依舊是那麼溫柔。

他手心的溫度，讓我止不住眼淚，也止不住心痛，只能在他身邊顫抖地哭泣著……

「士緣，明天見嘍！」雁琳對我揮揮手。

「明天見。」我微笑，一轉過身，竟見薇薇站在校門口，她一看到我，就緩緩走過來。

她停在我面前，我眉頭微皺，漠然問：「有事嗎？」

「可以……跟妳聊一下嗎？」她輕語，臉色有些蒼白。

我跟她站在校門口一角，隔著一小段距離並肩站著。

她嚥嚥口水，「我想跟妳談士倫的事。」

「什麼事？」我雖裝作不解，心裡卻早已猜到七八分。

「妳跟士倫吵架了嗎？」

「沒有啊。」

她的視線轉了過來，像在觀察我的表情。「可是他今天怪怪的，人變得好沉默。」

「爲什麼妳會覺得跟我有關係？」我莞爾。

「因爲……」她有些慌。

「他說的？」

「沒有，他沒說！」她連忙搖頭，「我跟徐子杰都有問他，但他就是不說，所以我才會想……是不是妳跟他發生了什麼事？」

「就算我們眞的發生什麼事，」我漠然地問：「跟妳又有什麼關係？」

她感到錯愕，一時無法回應。我轉頭看她，她緊咬著唇，眼眶有些紅。

「反正又不是第一次，不久之後他就會恢復的，放心吧。」

見薇薇沉默不語，我接著道：「若沒其他事的話，我先走了，再見。」

「士緣！」她忽然抓住我的手，在我的注視下又馬上放開。

「還有事嗎？」

「我……」她欲言又止，好像快哭出來，始終無法接續下一句。

「再見。」說完，我轉頭離開。

只要聽到她問起士倫的事，我就覺得心浮氣躁。她那副不知如何是好的模樣，更是讓我感到不耐煩。從前覺得她很惹人憐愛，如今在我眼裡，竟變得如此荒唐可笑。

不想再面對她，深怕好不容易築起的牆，又會因她而崩塌……

「回來啦？」是媽的聲音。

「咦？媽妳不是明天才回來？」我進到客廳，「外婆怎麼樣？身體好一點了嗎？」

媽點點頭，然而她的眼神卻讓我覺得有些怪異。

「士緣，妳過來這裡坐一下，」她語調平平，「我有話要問妳。」

我放下書包走向她，然後坐在沙發上。「媽，妳怎麼啦？」

「我問妳一件事，妳要老實回答我。」

「什麼事啊？」

媽面無表情地看著我，「我不在這幾天，妳爸都幾點回來？」

我一愣。

「回答我。」她十分冷靜，「他是不是都沒在家吃飯？」

「爸他……」忽然間，我竟不敢迎向她的視線，喉嚨乾澀地道：「他說最近應酬很多，還有老朋友來找他，所以偶爾會跟他們出去吃飯，敘敘舊……」

「敘敘舊？」媽冷笑一聲。

「媽，怎麼了嗎？」一股熟悉的不安感，開始在我胸口蔓延。

「妳聞聞看。」她拿出一件衣服遞到我面前，是爸的外套。我先是遲疑，之後接過嗅聞，一股菸味及香水味立即撲鼻而來。我想起之前爸從我身旁走過時，就是飄散出這種味道，一股男人身上不該有的果香味。

「我正要拿這件外套去洗時發現的。」媽的語氣很輕。

「媽，也許是誤會……」

「誤會？」她又笑，然後深呼吸，「士緣，等一下妳爸回來，記得裝作什麼都不知道，不要跟他說我對妳提過這件事，聽到沒有？」

媽的表情讓我猜不出她的想法，我只能點頭。

她拿走外套丟進洗衣籃裡，沒多久，爸回來了，一見媽在家，就走過去和她說話。

當我看到媽用平靜的態度和爸交談，臉上還不時揚著笑，我不禁別開視線，深深的不安占據了我，頓時我像個迷路的小孩，無所適從。

翌日在餐桌上，媽的表現仍看不出異狀，還跟爸談笑自如，她這樣反而讓我更手足無措，甚至覺得快窒息。我用最快的速度吃完早餐，走出家門時忍不住大大喘了口氣，卻剛好發現士倫就走在前面。

我望著他的背影片刻，然後喚：「士倫！」

他停下腳步，回頭看我一眼，三秒後卻又別過頭繼續走。見他反應冷漠，我立刻上前朝他後腦勺直直敲下去，他當場慘叫一聲，抱頭蹲下。

「妳幹什麼?很痛欸！」

「幹麼不理我？」

「妳不是叫我不要管妳？」他站起來，不悅地摸著後腦。

「我是叫你不要管我，又不是叫你不要理我。」

「對我來說都一樣，懶得理妳這個冷血動物。」他瞪我一眼。

我笑了笑，「好啦，對不起，那天我心情不太好，話說得重了點，不是故意的啦。」

「妳說妳對我感到厭倦，是眞心話嗎？」

「我的意思是，你老愛像個女人家一樣婆婆媽媽的，讓我覺得很煩！」

「喂，妳欠揍啊？」

「開玩笑的啦！」我哈哈笑。

「妳倒輕鬆，還覺得沒什麼，我可是被妳害得晚上都睡不好。」他語帶哀怨。

「打擊眞有那麼大啊？」我眨眨眼。

「跟妳講眞的，妳還給我嘻皮笑臉！」

他用力捏我的臉，我迅速拍掉他的手。「很痛耶，都跟你道歉了還捏我！」

「一點誠意都沒有。」他終於露出笑容。「薇薇跟徐子杰都很擔心妳，別再擺出一張苦瓜臉，不然他們都以爲我把妳怎麼了。」

他突然攬住我的脖子，讓我嚇一跳。「喂，張士倫，你幹麼？」我急忙要推開他，但他的力氣太大，我根本無法掙脫。

「妳活該，看妳怎麼逃。」他不理會我的抱怨，反而笑嘻嘻地拖著我走。

終究沒辦法看到他那樣的表情而置之不理，我只習慣看到他的笑容，那個比任何人都溫柔的率眞笑容。若我奪去他的笑容，那將是我這輩子最大的罪惡。他並沒有義務陪著我一起痛苦，更沒有責任幫我逃出去。

我不想傷害他，卻又不知道該怎麼做。

面對內心的矛盾衝突，我只能在殘存無幾的理智中尋找解答。

聽完導師交代的事，我搬起桌上的作業，準備回教室去。

才一轉過身，隔壁桌老師驚訝的聲音就響了起來，「對方眞的這麼說？」

「是啊，我也很驚訝，我和徐子杰那孩子談過，不知道他會怎麼決定……」

聽到徐子杰的名字，我反射性地停下腳步，往旁一看，發現他們班的導師正在和其他老師交談。

「不需要考慮呀，這麼好的機會怎麼能錯過？」

「這孩子將來一定不得了。」

聽到這裡，我一頭霧水，直到走出導師室，都還不曉得他們在說什麼？正覺得好奇，有兩個人就朝我迎面走來，是徐子杰跟何利文。

「嗨，方士緣。」何利文對我打招呼，身旁的徐子杰倒沒什麼反應。

「每次看到妳幾乎都在搬東西，眞辛苦。」她瞧瞧我手上的作業，「你們老師也該找個人幫妳啊，對吧？徐子杰。」

徐子杰看看我，「我幫妳吧？」

「不用，我自己來就可以了。」我搖頭。

「是嗎？那我們就走嘍，掰掰！」何利文說完，兩人就要走進導師室。

我忍不住出聲，「徐子杰，等一下！」他們同時回頭，我接著說：「我有話要跟你說，可以來一下嗎？」

徐子杰沉默地向我走來，我刻意跟何利文保持一段距離，不讓她聽到我們的對話。

「什麼事？」他問。

「那個……」我抿抿唇，「這個週末，我想去廣場，你要去嗎？」

他看了我一眼，然後回答：「抱歉，最近有點忙，沒時間去那裡。妳自己去吧。」

「喔……好吧。」我有些意外，原以爲他會答應的。

「徐子杰，時間不夠了，快上課了！」何利文毫不客氣地直接把他拉走。

當他們走進導師室，我的目光跟著落在何利文拉著他的手上，一股奇怪的感覺油然升起。

回教室後，我發完作業，坐回位子上忍不住發起呆，不知道是不是錯覺，感覺徐子杰對我的態度似乎變得有點冷淡。回想他和何利文走在一起的畫面，一股悶悶的感受湧了上來。

逐漸……占據我。

放學後，和雁琳道別，我獨自一人走回家。經過公車站時，我往旁一望，距離不遠的小溪流被夕陽照得閃閃發亮，我停下腳步，靠在圍欄上眺望，沒多久又失了神。

忽然想起媽之前說的話，這幾天下來，她對爸的態度跟以前不太一樣，莫名的溫柔，也莫名的親切。她這樣讓我覺得很痛苦，想要逃走，不想待在家裡，不想看到媽的笑容，更不想猜測在那張笑臉下，藏的是什麼祕密和動機？

「士緣，」看到我站在路邊，士倫走過來，「妳在幹麼？」

我看看他，難得只有他一人，「你也還沒回去啊？」

「對啊，剛開完班聯會。」他站在一旁，跟著我一起看風景。

「能者多勞嘍，你就加油吧。」我笑了笑，這時鼻子一癢，忍不住打了個噴嚏。

「怎麼了？感冒了？」

「不是。」我吸吸鼻子，從書包裡拿出面紙。

「今年冬天冷得很快，衣服多穿點，這種天氣妳最容易氣喘。對了，說到這個……」

他對我微笑道：「下個月底就是妳生日了，妳打算怎麼過？有想要的東西嗎？」

「沒有。」我搖搖頭，離開圍欄，轉身邁開腳步，「就算有，我也得不到。」

「妳不說怎麼知道得不到？」他跟上我，「妳喜歡的東西，我幾乎都送過了，已經想不到還能送妳什麼了。」

「神經，我生日是下個月底，現在緊張這個幹什麼啊？」我笑罵。

「我本來就習慣事先準備啊，到時才不用煩惱。」他抓抓頭，走到我前面，擰眉咕噥，「這樣不就跟幫阿杰選禮物的情況一樣嗎？眞頭痛……」

我望著士倫的背影，在那一刻，忽然很想把心裡的話全告訴他。

我想要的東西，就只有你。其他的，我什麼都不需要。

「到時候阿杰應該也會送妳禮物，不曉得他會送什麼？」

一想到徐子杰，我的心湖又起了小小漣漪。不敢妄想他會送我什麼，拒絕他之後，就有點不敢面對他，只是貪心的我，卻又不想讓兩人的友誼因此破滅。

「他又不知道我生日幾月幾號。」我踢著地上的小石子。

「他應該知道。」士倫走在前面自言自語，我困惑地抬起頭，「只是不曉得他還記不記得？去年我是送妳娃娃嘛，當時……」

「還有手鍊啊，你忘啦？」

「手鍊？」他停下腳步，回過頭來，「什麼手鍊？」

「你不是還有送我手鍊嗎？你不記得了？」我笑出聲。

士倫納悶地盯著我，「沒有啊，我就只有送妳一隻拉拉熊而已，哪有什麼手鍊？」

我的笑容登時僵在臉上。

我拉高右邊的袖子，給他看手腕上的鍊子，「就是這個，當時跟娃娃一起送的呀！」

士倫走近我，低頭盯著手鍊，還伸手摸了摸仔細觀察，最後像想起什麼似的，眼睛越睜越大。

「怎樣，想起來了吧？」我笑了笑。

他慢慢對上我的目光，面色有異，神情複雜。「士緣，這不是我送的。」

我呆住。

「妳說這條手鍊，當時是跟我送妳的娃娃擺在一起的？」

「對，那時我身體不舒服在教室睡覺，醒來後就看到娃娃和這條手鍊擺在我桌上。」

士倫聞言，語氣一沉，「所以妳以爲是我送的？」

「對啊，本來就是啊！」我不禁激動起來。

「士緣，送妳手鍊的人不是我，」他認眞地看著我，「是阿杰。」

我一臉木然，極度懷疑自己的耳朵是否功能正常，「你說……誰？」

「手鍊是阿杰送的。」士倫再度開口，「很久以前，我在他家看過這條手鍊，這是他在國外比賽時得到的獎品，是特別訂做的，全世界就只有這麼一條。」

「……」

「那天我們自習課，我原本想趁妳上體育課時把禮物拿到妳班上去，卻臨時有急事。當時阿杰正好要到學務處，我就告訴他妳的座位在哪，拜託他回來經過你們班的時候，把禮物放妳桌上。」他喃喃說道：「但我沒想到妳那時待在教室休息，我沒問他，他也沒告訴我。」

我忽然覺得有些暈眩，良久，只能呆呆地將視線轉回手鍊上。

「士倫送的？」

「對呀，這是他去年送給我的生日禮物。你怎麼知道是他送的？」

「直覺。」

那時在廣場，徐子杰的回答我還記得很清楚，可是我卻想不起他的表情，一點點都想不起來。

大腦再也無法思考，我的思緒也變得一片黑暗。

什麼都看不見了。

第五章

「士緣，下來吃飯，聽到沒有？」

媽在房門外敲了好久，我始終無動於衷，躺在床上不動，也不回答。最後她失去耐性，生氣地喊：「不吃就算了，這麼偉大還要我上來叫！」

媽離開後，我抱著枕頭閉上眼睛，全身力氣像被抽光似的。房裡明明很安靜，我卻不斷聽見嗡嗡的聲音，很細小，很微弱，在耳邊揮之不去。

四周的昏暗，讓手機閃爍的燈光顯得特別刺眼，看著來電顯示，過了好久我才接起。

「妳終於接電話了，妳在房間嗎？」手機另一頭傳來士倫著急的聲音。

「嗯。」

「幹麼不開燈？妳在做什麼？打開窗戶啊。」

我視線慢慢移到窗邊，還是不想動。

「士緣，講話！」他有點生氣了。

「對不起，」我低語，「可不可以這樣說就好？」

聞言，他的口氣也慢慢和緩下來。「抱歉，因爲聽伯母說妳回來後，就一直把自己關在房裡，飯不吃，我打給妳也不接，所以我才會這麼緊張。」

他聲音裡的溫柔，竟讓我一時不知該怎麼回應。

「士緣，關於那條手鍊，」他說得很小心，看樣子也是苦惱很久，才決定提起，「那個……對不起。」

「你爲什麼要道歉？」

「因爲……」

「不用道歉啊，跟你又沒關係。」

是的，這跟士倫無關，從頭到尾就跟他無關。

「士……」

「不過是條手鍊嘛！」我輕輕笑了，「雖然我以爲那是你送的，不過幸好眞相大白了，不然就這樣繼續誤會下去，才眞是糗呢！」我故作開朗。

不敢再繼續說下去，我知道他已經注意到我在說謊。

「雖然我知道妳一直都戴著一條手鍊，卻沒發現……」他說。

「這跟你無關。」我深呼吸，「你不要去問他，在他面前也要裝不知道，好嗎？」

「爲什麼？」他訝異。

「我要自己去問他，這是我跟他的事。」

我知道士倫也很疑惑，但無論如何我都不想讓他插手，我必須自己弄清楚答案。

在那之前，我也必須壓抑自己的心情。

「士緣，我們走吧！」

當雁琳背著書包站在面前，我對她歉然一笑，「抱歉，我還有事，妳先回去吧。」

「怎麼了？老師又交代妳什麼事？要不要我留下來幫妳？」

「不用，我自己來就可以了，謝謝。」

雁琳離開後，我坐在位子上，拿出手機撥了徐子杰的號碼。

「喂。」他接了。

「我是方士緣。」我說：「你……現在在游泳嗎？」

「嗯。」

「那我可以去找你嗎？等你練完後，我有話跟你說。」

聽到他答應，我便切掉通話。

我待在教室陷入沉思，牆上時鐘的滴答聲迴盪在耳邊，似乎在暗示我做好心理準備。心裡有好多疑問，多到我恨不得現在就想衝去游泳池，卻還是決定等他游完泳再去見他，也為了讓自己有多一點冷靜的時間。時間差不多後，我背起書包離開教室。

一到游泳池門口，就看到他背上包包的身影，他正準備鎖門，「走吧。」

我點點頭，「現在這麼冷，還是每天游泳啊？」

「嗯。」

「你還真拚。」

走到校門口的這段路途中，我們沒說什麼話，只是自顧自地走。

在河堤上，我看著他走在我前方的身影，開口道：「徐子杰。」

「幹麼？」

「你知道我的生日是幾月幾號嗎？」

他沉默一會兒，才答：「嗯。」

「聽士倫說的嗎？」

「嗯。」

「那麼……去年我生日之前，我們認識嗎？」

他停下腳步，回頭看我。

「我們認識嗎？」

他搖搖頭。

「眞的？」

他沒有回應。

「既然我們不認識，那你爲什麼要送我這個？」我從口袋裡拿出手鍊，朝他伸去，「你爲什麼要送生日禮物給一個不認識的人？」

直到他的視線慢慢從手鍊重回我的眼裡，我還是無法從他的神情中猜出他的想法。

「爲什麼？說話啊！」他的漠然讓我不禁惱怒起來，明明決定不要這樣，卻控制不了，「你爲什麼要騙我？」

我不懂。

「你明知道這不是士倫送我的，卻還裝作不知情！」

我眞的不懂。

「看我這樣沾沾自喜，被蒙在鼓裡，你很得意嗎？很開心嗎？」

我停不了，所有的不甘心和憤恨，排山倒海朝我襲來，讓我完全招架不住。「你明知道卻還瞞著我，讓我一個人繼續自作多情。你明明知道這條手鍊對我有多重要，我把所有的感情全都寄託在這上面了！」

我鼻頭一酸，無力地慢慢蹲下。「你為什麼不告訴我？為什麼還要繼續騙我？看我這樣下去……」

「我從沒想過要騙妳。」他開口。

「那你當時為什麼不立刻就說？」我大吼。

心裡一直深信不疑的一切全部崩塌，為什麼事實竟會是如此？這叫我如何接受？又該怎麼去面對？

我不知道，真的不知道，只能失控地將所有怒氣全部發洩在徐子杰身上，怪他騙我，怪他當初為何要送我手鍊，若沒有這條手鍊，我現在就不會這麼難過，不會那麼痛苦！

「難道……」許久，他緩緩問：「只要是跟士倫無關的，對妳來說都無所謂，連一點意義都沒有嗎？」

「對，只要不是他送的，對我來說都沒意義，除了有關他的一切，其餘我都不要——」我昏了頭吼出這句話，等到回過神，已經來不及了。

徐子杰看我的眼神變得冷冷冰冰。

他迅速走近，取走我手中的鍊子，朝河堤用力一丟。我驚慌站起衝向圍欄邊，瞪著手鍊消失的方向！

「那這東西也沒有存在的必要了。」

我愕然回頭，眼前的他像完全變了個人，連眼神都冷得令人直打寒顫。

他頭也不回，調頭就走，沒多久就不見人影。我一陣無力，手扶圍欄動也不動。

一種比悲傷還要悲傷的感覺朝我襲來……

「士緣！」

走到家門口，抬頭見士倫就站在陽台，我呆呆看著他不發一語，回到房間打開窗。

「妳還好嗎？」

我只是笑了一下。

「那條手鍊呢？」他見我右手腕空空的，「妳問過阿杰了嗎？」

我頓時茫然，能告訴他，徐子杰已經把手鍊丟掉了嗎？

見我保持沉默，士倫便沒再追問，只叮囑我要早點休息。

他的關心，我無言以對，縱使知道他也很在意這件事，但無論如何我都不想讓他跟徐子杰的關係因此而變質。

關上窗戶，熄了燈，卻睡不著。只要閉上眼睛，徐子杰當時的眼神就會浮現腦海。

忽然間，我感到後悔。

雖然這件事給我的打擊很大，卻也為對他說過的那些話感到後悔不安。即使我氣他騙了我，但我並不想見他對我冷淡，而且他的反應，也讓我清楚意識到自己傷害了他。

我一直認為徐子杰和其他人不一樣，所以才願意對他敞開心胸，如今發生這件事，讓我覺得自己又再度遭到背叛；但是對於同樣傷害到他的我，無法抹滅的罪惡感，沉重得讓我覺得難受。

那一晚，我輾轉難眠，無法入睡。

隔天，我頂著沉重的眼皮和腦袋，跟雁琳一起去導師室，徐子杰跟何利文也在那裡。

「方士緣，過來一下。」導師看到我便喚道。何利文聽見，還涼涼地瞥我一眼，但她旁邊的徐子杰則是沒有任何反應。

我壓根沒仔細聽導師在講什麼，所有注意力都聚焦在旁邊那兩人身上。

「就這樣告訴同學，知道了嗎？」導師問。

「啊？好！」我一愣，點頭後就離開導師室，卻還是忍不住用眼角餘光注意著他們。

「士緣，怎麼了？」雁琳關心地問。

「喔，沒有啦。對了，老師剛才說什麼？」

「士緣，妳沒聽老師說話嗎？」她詫異。

「不小心……發了個呆。」

「妳是怎麼啦？這麼心不在焉的。」

「我……」

「不好意思，請別擋在門口可以嗎？」當何利文冷冷的聲音從背後傳來，雁琳立刻把我拉開。

何利文和徐子杰走出來，見我兩手空空，她挖苦地說：「這次沒搬作業啊？」

我沒理她，望了眼她身旁的徐子杰，他面無表情地關上門，直接從我面前走過，沒有一句招呼，彷彿根本沒看見我這個人。

我怔怔看著他的反應，顯然他的態度也讓何利文跟雁琳有些驚訝。何利文對我得意一笑，便轉身追上徐子杰。

雁琳拉拉我的手，困惑地觀察我的臉色，「士緣？」

「我們回去吧。」我轉身就走。

回教室後，我在座位上翻開英文課本，面對雁琳若有所思的目光，我只能視而不見。我雖然看似專心在背英文，腦子卻亂得連一個單字都塞不進去。

他憑什麼不理我？他以為自己是誰？

整件事明明都是他引起的，他憑什麼跟我耍脾氣？好像全都是我的錯似的！

我忿忿不平，完全沒想到他會用這種態度對我，只是越氣心中的失落感竟也越重。

「對了，妳們剛在導師室，有沒有聽到有老師在談徐子杰的事？」江政霖出聲。

「沒啊，幹麼這麼問？」雁琳眨眨眼。

「妳不知道嗎？他被國外的教練看中了。聽說前陣子對方來學校看過徐子杰游泳後，就希望他能到國外接受專業訓練。」

「什麼？真的嗎？」雁琳吃驚。

「真的啊，老師們都鼓勵他去。這麼天大的消息，很多人都知道了！」

「那結果呢？」她急忙追問。

「我也不知道，聽說徐子杰好像還在考慮。」

「考慮？這麼好的機會還考慮什麼呀？」

「我怎麼知道？我也是聽說的，不過若是他決定要去，大概明年二月就看不到他了。」

「明年？你是說下學期嗎？」雁琳嚇一跳。

「對啊，那時候他就要到國外去啦。」

「不會吧……」雁琳訝然，「士緣，妳知道這件事嗎？」

我整個人早已不知該如何反應，半晌後才默默搖頭。

我怎麼會知道呢？徐子杰也不曾提過，現在總是要透過別人，我才能知道他的事。

現今這種局面，我們不可能再像從前那樣，向對方互訴心事。我們像兩條平行線，沒有任何交集，偶爾在校園碰到面，他也是把我當隱形人，視而不見。

剛開始，我很氣他這樣的舉動，也忍不住跟著意氣用事，對他不理不睬。只是，這樣的日子過不到一個禮拜，我就已經快受不了了。

徐子杰說他喜歡我，原來這就是他所謂的喜歡，可以如此簡單說放就放，說不理就不理。他是眞的打算不再跟我有任何關係了嗎？

我明白自己已經快到極限，心中的疙瘩令我難受，而他若無其事的樣子，更是讓我心寒。

爲什麼我就是無法忍受他對我視若無睹？無法忍受他連普通的噓寒問暖都不屑給我？難道，我對他來說，已經一點意義都沒有了嗎？

每天被這樣的心情反覆折磨，讓我覺得自己快瘋了！

放學後，我拖著沉重的步伐走出學校，有人叫住我，是之前來找徐子杰的那個女生。

「同學妳好，還記得我嗎？」她主動打招呼。

她清秀的臉龐，讓我一時之間有些茫然，「妳……是來找徐子杰的嗎？」

「不，我剛好經過這裡，沒想到會碰到妳。」她笑了笑，不像是在說謊，「如果妳有時間，要不要到我打工的地方坐坐？」

「咦？」

「我沒別的意思，只是單純想請妳去我打工的店裡喝喝茶。」她甜甜一笑，「可以嗎？」

雖然不怎麼想去，她的親切笑容卻讓我無法拒絕。

她把我帶到一家裝潢典雅的下午茶店，和櫃檯的服務生打過招呼後，對我說：「妳想喝什麼？」

我瀏覽Menu，「一杯……蜂蜜紅茶。」

「好，妳坐一下。」她離開，很快就看她換上服務生的制服到櫃檯去。

沒多久，我的紅茶就送來了。她忙了一會兒後，來到我對面坐下，「不好意思，沒時間招呼妳。」

「沒關係，妳忙完了嗎？」

「嗯，今天客人不多，老闆也有事要提早打烊，但打烊前都會讓我們店員喝茶休息一下再回去。對了，我還不知道妳叫什麼名字。」

「方士緣，士氣的士，緣分的緣，叫我士緣就可以了。」

「好，士緣。我叫成楓，楓葉的楓，大家都叫我小楓。」

眞是人如其名，連名字都這麼美。

「心情好點了嗎？」

「什麼？」

「剛剛看妳很沒精神呀，喝了這裡的紅茶，有覺得好多了嗎？」她溫婉一笑。

我愣愣地望著她，心裡有些感動，覺得她人眞的很好。「那個，請問妳跟……」

「嗯？」

突然很想問有關她跟徐子杰的事，卻又不知該如何開口，才剛認識，就問這種問題也太失禮了。

「沒有，沒什麼。」我搖頭，決定不問了。

「妳是想問我跟阿杰的事嗎？」

我心頭一驚。

「妳的表情很容易猜得到。」她微笑道，「妳跟他很要好嗎？」

「……還好。」

「他現在過得好不好？」

我點頭。

「他以前很熱愛游泳，相信現在還是吧？」

再點頭。

「果然。」她笑意加深。

「小楓姊妳……」我終於鼓起勇氣問：「妳喜歡他嗎？」

聽到我的問題，她先是頓了下，然後頷首，「嗯。」她的坦白讓我一時忘了回話，這時她也問：「妳呢？也是嗎？」

我連忙搖頭，「不，我沒有，對不起，我只是好奇，沒有別的意思。」

「沒關係啦，就算妳喜歡他，我也不會覺得驚訝啊。」

「為什麼？」

她沉默片刻，像在思索，「嗯……他這個人很難讓人不注意，也很容易會被他吸引。」

接著，她繼續說：「國中的時候，我曾經跟他交往過一段時間，我當時很喜歡他，他卻只能把我當學姊看待。」

「那妳之後……都沒再遇到喜歡的對象嗎？」我問。

她苦澀地勾勾唇角，「我上高中後，有跟其他男生交往過，就是為了忘掉他。不過每次我都會後悔，當初眞不該跟阿杰交往的。」

「為什麼？」我不懂。

「因為那時，就算他對我沒那種感情，卻還是願意認眞對待我，只對我一人溫柔。和他分手後，那些體貼跟溫柔反而變成我無法忘掉他的理由，就算後來喜歡上其他人，我還是覺得他們沒辦法和阿杰相比。」

看見她噙在眼角的淚，不知為何，我的心竟也隱隱抽痛起來。

「再次見面後，我們談了很多，他告訴我，他已經有了喜歡的人，不能再接受我。」

我的心倏地一顫。

「老實說，我很驚訝，我沒想到他會有喜歡的人。這麼說雖然有點不太好，但我眞的不敢相信。」她再度展露笑顏，「聽他那樣說，我釋懷了，雖然難過，但我願意祝福他，因爲他曾經讓我覺得很幸福很快樂，現在他能眞正喜歡上一個人，我很爲他高興。」

語落，她輕輕說：「妳知道嗎，我覺得被他喜歡上的那個女孩，眞的很幸福。無論對方是什麼人，只要被他喜歡上，那個人最後也一定會喜歡他的。」

「爲什麼……？」

她看著我，眼神溫和，「總有一天，那個人會知道的。」

我無法再開口。

一個小時後，我站在廣場中央。

悅悅一看見我，一邊喚我的名字，一邊從遠方衝來，撲進我懷裡。

離開紅茶店後，我獨自坐公車來到這裡，曾經跟他一起來過的地方。

「悅悅，只有妳一個人嗎？」

「嗯，佑傑他們回家了。」她眨眨眼問：「士緣姊姊，子杰哥哥在哪裡？」

我抿唇，不知該怎麼回答。

「爲什麼子杰哥哥沒來？我有東西要給他。」悅悅歪著頭說，「士緣姊姊，他等一下會來嗎？」

「我覺得被他喜歡上的那個女孩，眞的很幸福。」

我傷害了他。

聽完小楓姊的話後，我終於頓悟，以徐子杰那樣的溫柔性格，一定是因爲怕我難過，才不願意告訴我實話。

他包容了我那麼多，我不僅不體諒，還對他說出那種話。因爲太害怕自己會受傷，拚了命將自己武裝起來，卻因此傷害到他。

那個不知何時在我心中已占有分量的人……

「他……」我語氣不穩，甚至有些顫抖，「不會跟我一起來了。」

「爲什麼？爲什麼哥哥不能來？」悅悅很焦急。

「因爲……」我緊咬下唇，聲音乾啞，「他已經討厭我了。」

語畢，我蹲下將悅悅緊緊抱住。

鋪天蓋地而來的濃濃酸楚幾乎使我崩潰，那一刻，我眞的覺得自己是這個世界上最差勁的人。

吃完晚餐後，我回到房間，躺在床上。

手機響起，我懶懶一瞄，來電顯示讓我立刻跳起來，開心地迅速接起，「Anna！」

「士緣，好久不見。」對方語帶笑意。

「妳回國了嗎？」我興奮。

「是呀，前天回來的，一直忙到剛剛才有時間打給妳。妳過得好嗎？」

「還可以啦……」我乾笑，「那我什麼時候能跟妳見面？我可以去找妳嗎？我超想妳的！」

「我也是，不過明天開始又要忙了，這樣吧，等我有空約個時間到老地方聚聚，好不好？」

「當然好！」我馬上答應，同時聽見嘟嘟聲，「啊，有插撥。」

「那我們下次再聊，掰掰。」

「掰掰。」我看看手機顯示的來電者，是士倫，我拉開窗簾，他就站在陽台。

「找我幹麼？」

「妳在做什麼？」他疑惑地問。

「跟我朋友……講電話啊，怎麼了？」

「也太激動了吧？我在房裡都聽得見妳的叫聲，是哪個朋友讓妳叫得這麼沒氣質？」

「張士倫！」

「開玩笑的啦。」他笑了笑，「心情不錯喔？」

「是呀。」

「喔？跟阿杰和好了嗎？」

一聽到徐子杰的名字，我臉上笑容立刻褪去一半。

士倫有些訝異，「怎麼……你們還沒和好？眞的鬧翻啦？」

見我沒回答，他又問：「妳有問他吧？那條手鍊……」

「有，只是還沒問清楚原因，就不歡而散了。」我緩緩問：「你沒有去問徐子杰為什麼吧？」

「一開始是想問，但不知道怎麼問。因爲他的態度和平常一樣，而且已經過那麼久，我還以為你們沒事了。」

士倫的話讓我的心再度一沉。果然，徐子杰早已不在乎，只有我還在庸人自擾。

這樣的我，簡直跟傻瓜沒什麼兩樣，但我真的沒想到，他已經討厭我到這種地步。

討厭到不想再跟我有任何關係……

天空，黑壓壓一片。

我站在走廊望著樓下來來去去的人影，大概是快上課了，大家的腳步都有些匆促。

「等一下會不會下雨啊？」雁琳說。

「會吧。」

「真討厭，下雨就麻煩了。」她拉拉我的衣服，「士緣，可以跟妳一起回去嗎？」

「跟我回去？」

「前幾天新聞報導一家麵包店，好像就在妳家附近，裡面的麵包看起來都好好吃喔，連我媽都說想吃吃看，所以我打算今天去買！」

「喔……對，我家那裡是有一家很受歡迎的麵包店。」我點點頭，隨即微笑，「那放學就一起走吧。」

此時上課鐘響起，所有人都快步走進教室。

「士緣，走吧。」

「嗯。」正要轉身，我的目光卻倏地在某處停住。

我盯著在一樓走廊的兩個身影。

徐子杰跟何利文搬著書並肩走在一起，走得很緩慢，看得出兩人正在交談，即使隔著一段距離，我仍看得見徐子杰臉上的微笑，很淡，很輕，卻讓我動彈不得，只能像個木頭人般呆站在原地，直到他們走出視線。

這一幕，雁琳也看到了，也倍感訝異，「好稀奇，我第一次看到徐子杰笑耶。」

我沉默不語，直接回到教室。

放學後，雨下個不停，我跟雁琳共撐一把傘，一路上她一直跟我聊天，看得出來她感覺到我的異常。儘管她不停跟我說著笑話，我卻只能勉強勾勾唇角，雖然對她過意不去，但現在要我自然的笑，不知為何忽然變得那麼難。

當我們經過橋邊，我望著河水，不自覺停下腳步。

「士緣，妳怎麼啦？」雁琳問。

我沒回答，只是專注凝視河面上的急湍。

「只要是跟士倫無關的，對妳來說都無所謂，連一點意義都沒有嗎？」

一直以來，我把那條手鍊視為我最珍貴的寶物，看不見其他東西。

無論是誰，我都不許有人將它從我身邊奪走，因為那是我對自己感情許下的約定。

我必須守護它，不讓它受到任何人的踐踏與羞辱。

無論是誰，都不可以……

「那這東西也沒有存在的必要了。」

我離開傘下，快步跑下橋邊的階梯，雁琳嚇得大叫：「士緣，妳要做什麼？」

我甩掉肩上的書包，鞋子一脫，徒步踏進河裡，想要尋找手鍊。

那一刻，我完全沒考慮到找回手鍊的可能性有多高，只知道自己一定要將它找回來。刺骨的風雨打在身上，膝蓋以下被河水凍到幾乎麻痺，我的視線也因雨水而逐漸變得模糊……

「士緣，這樣很危險，妳不要再往裡頭走了！」雁琳似乎也跑下來，在我身後大喊。我隱約聽見人群的喧譁聲，橋上似乎已經聚集了一群人。

我鍥而不捨地繼續尋找，卻遲遲不見手鍊的蹤跡，也許被勾在河床深處……對，也許在最深處。

正要往前走，有人從後面一把抓住我的手。

「方士緣，妳發什麼瘋？不要命了嗎？」江政霖使勁將我拖回去。

「你放開我，我還沒找到，我東西還沒找到！」我死命想甩開他，但連雁琳都跑過來拉住我，我激動地扯著嗓子喊，幾乎要喊破喉嚨。「那個是我的，是我的！誰都不能搶走，我一定要找到它！」

「不管是什麼，一定早就不見了，不可能找得到，妳死心吧！」江政霖大吼。

我的腦袋一片空白。

「對啊，士緣，妳自己看，水流這麼急，妳要找的東西不可能還在的啦！」雁琳焦急地勸阻我。

我茫然地望著他們兩個，他們見我停止掙扎，便迅速把我拉離河邊。他們鬆開手的剎那，我雙腿一軟，整個人癱坐在地，強烈的寒意襲來，凍得我連嘴唇都在顫抖。

那麼輕易地丟棄這段感情，直到現在才想挽回，我是眞的重視這份感情嗎？

明知道已經回不去，明知道那不再屬於我，我卻還在裝傻，騙自己那份感情總有一天會再回來。

他明明知道……我以爲他懂，我眞的以爲他能瞭解的，但他爲什麼要這樣對我……

我感覺到有人走近，然後蹲下，我抬起頭，望向眼前這個人。

在那雙深不可測的美麗黑眸裡，我看不出他流露出的情感到底有多少？究竟有多深？只知道自己已漸漸迷失在那雙眼睛裡，再也看不清前方的路……

徐子杰的目光一直停留在我眼中，但雨水讓我看到的只有模糊一片。

我望著他許久，最後用力甩了他一巴掌，一股熱流瞬間竄入眼眶，融解眼角的冰冷，化成眼淚滴落下來。我狠狠地瞪他，渾身顫抖，淚水怎麼也止不住。

他沒在意左臉頰上的紅印，反而伸手將我拉進懷裡。

我拚命掙脫，想要推開他，他卻將我抱得更緊，怎麼樣都不肯鬆手，直到我發不出聲音，無力地靠著他悶聲哭泣。

「好稀奇，我第一次看到徐子杰笑耶。」

不要讓我看到你對其他人露出那樣的笑容。

曾經有過的恐懼，伴隨雨聲越來越清晰。

記得那一天，也是雨天。

「外面是不是在下雨？」我警覺地抬起頭。

「士緣……」坐在身邊的人凝視我。

「在下雨，外面在下雨！」我緊摀耳朵，「我不要聽，不要聽到那聲音！我不要聽！」

她馬上抱住不斷發抖的我，溫柔安撫。「沒有下雨，士緣，妳看，是大晴天呢。」

「我不要！我討厭雨聲，我討厭下雨！我不要我不要！」我在她懷中失控尖叫。

「士緣，妳冷靜點，快看！」她指著窗外，「眞的沒有下雨，看到陽光沒有？」

我怯怯地往窗邊看了一眼，發現從外頭映射進來的橙色光線，才逐漸冷靜下來。

「妳看，是不是？天氣這麼好，絕對不會下雨的，妳不用害怕。」

「……不可能。」我恐慌搖頭，「一定會再下雨的，我不要。Anna，萬一又下雨怎麼辦？我眞的不行，我會瘋掉……」

她只是靜靜擁著我，溫柔安撫我。

我痛恨下雨。

因爲雨總是能輕易使我想起從前，想起那份恐懼，那份不堪。

我害怕下雨的日子，彷彿會讓時光再度倒流，重新回到那個時候。

我慢慢睜開眼睛，發現自己在作夢，同時注意到眼前的陌生環境。

我坐起來，有個陌生女子背對我站在衣櫃前，聽見聲音，她轉身拿著衣服走來。

「妳醒啦？」她的微笑很親切，「有沒有哪裡不舒服？」

她是一位很美麗的女人，那雙黑色的明亮眼眸，讓我覺得十分熟悉。

「請問……」正想問她這是哪裡，一陣敲門聲拉走我的注意力。

「姊，」徐子杰走進房間，對那女人說：「好了嗎？」

她點頭，微笑看了看滿臉驚訝的我，便步出房間。

她是徐子杰的姊姊？他們怎麼會在這裡？難不成這裡是……

「這是我家。」他看出我的疑問，走到床沿邊坐下。

「爲什麼我會在你家？」我疑惑地問。

「妳在橋那裡昏過去了。」

「我要回去。」我迅速起身，他卻拉住我的手，不讓我下床。

我冷聲：「放開我。」

「我有話要跟妳說。」

「我跟你沒什麼話好說的！」我滿腔怒火燃起。

「我帶妳過來，就是為了告訴妳有關手鍊的事。」

我僵了一下，想到那條手鍊，胸口一陣抽痛，「現在說這些幹麼？手鍊早被你丟掉了不是嗎？把我當隱形人理都不理，看我現在這樣你滿意了？報復成功了？過癮了沒？」見他不吭一聲，我忍不住激動地喊了出來，「笑我啊，你不是想看我淪落到這種下場嗎？大聲嘲笑我啊！你根本沒在乎過我的感受，只是覺得我很可憐——」

「對！」

我愣住。

「妳說得對，」他冷然，「我是覺得妳可憐。」

我呆了好一會兒，最後舉起雙手，用力朝他身上打下去，近乎失控地大吼，「你跟那些人一樣，在我面前耍什麼心機？我是笨蛋才會相信你，你們都一樣差勁——」

他猛然抓住我的左手吼道：「那是因為妳的關係！」

我沒有動作，在他眼裡看到了憤怒。

「我沒在乎妳的感受？那妳呢？看妳為張士倫痛苦難過的樣子，我就好受嗎？」他沉著嗓子，冷冷的語氣逐漸急促起來，「我沒那麼偉大當什麼守護者，我很貪心，很憤怒，甚至嫉妒張士倫。我也希望妳能多在乎我一點，我不是只要在背後看著妳就能滿足！」

我呆若木雞，一句話都說不出來。

「想知道我現在的感覺嗎？」他壓低聲音，也像在壓抑某種情緒，「就跟妳最初得知士倫和周戀薇交往的感覺一樣，在知道妳曾經為他做出那種傻事後！」

我驚愕，腦袋一片空白，「你……在說什麼？」

他鬆開抓著我的手，我不自覺移動視線，左手腕上那道淡淡的疤痕，就這麼直接映入眼簾。

心臟狠狠一震，我迅速用力抽回左手，滿臉驚恐。

「我的手錶呢？」我緊握手腕，嚷叫道：「我的錶在哪？把它還給我！」

「泡在水裡太久，我幫妳把手錶脫掉後就發現它壞了。」

「還給我！」

「已經扔了。」他睨我一眼，「妳爲了遮住傷口，才刻意戴那種錶？」

「閉嘴，不要再說了！」我完全陷入祕密被揭開的恐慌裡，更受不了他話裡帶酸的諷刺，只能摀住耳朵，將頭壓在膝上，什麼都不想聽。

室內一片靜謐，過了好久好久，他打破沉默，「還記得吧？那時候妳問我，爲什麼要送生日禮物給一個不認識的人。」

我一怔。

「事實上，是妳不認識我，」他恢復平靜的口吻，「但去年我就已經知道妳這個人了，只是當時對妳印象不深，只知道妳是士倫的青梅竹馬，直到高一下學期，我才開始眞正注意妳。」

高一下學期？

一聽到這五個字，我不禁打了個冷顫。

那段日子，就是我的煉獄。

「是嗎？」半晌，我冷笑，「那你一定也知道，我當時生活有多麼多采多姿嘍？」

他沒答腔。

「那時一認識薇薇……我們就成爲好朋友，我還把她介紹給士倫認識。薇薇知道我喜歡士倫，不但鼓勵我，還說會幫我，我很感動，卻也很遲鈍，因爲我沒想到她會把這件事告訴另一個人，更不知道薇薇其實也喜歡士倫。當時，所有人都認爲我沒有資格和士倫在一起，便千方百計想挑撥離間。結果就是，原本要促成我跟士倫的計畫，卻演變成方士緣橫刀奪愛，這簡直就是電視劇裡的芭樂情節吧。」

深呼吸，眼眶卻還是熱了，我努力壓住那股酸楚，乾笑道：「從此，大家都認定我想搶走好朋友的男友，開始惡整我。把廁所門封死不讓我出來，還會順便丟幾隻昆蟲來跟我作伴；打開便當，幸運一點，只有毛毛蟲幾隻，衰的話，就是一隻死蜘蛛在裡頭。」

徐子杰將視線轉向我，神情有些怪異，似乎很難相信我的遭遇。

「反正只要是能整人的把戲，幾乎都在我身上施展過，講不完的。」我甩甩手，輕哂：「但也多虧她們，現在幾乎沒什麼東西能嚇倒我了。」

「妳沒告訴士倫這件事嗎？」他問。

「我怎麼可能告訴他？而且，自從他跟薇薇交往後，也不可能花太多心思在我身上。」語畢，我看著他，忍不住問：「難道你是因爲這樣才注意到我的？」

「我不知道妳被欺負，但有聽到別人談論你們三個人的事，只是我沒什麼興趣，當時也沒想過去問士倫。」他淡淡地說：「去年妳生日那天，士倫拜託我幫他把禮物拿給妳，到你們班後，發現妳一個人在教室裡。」

「那天……我身體不舒服，所以在教室休息。」我咕噥。

「妳當時正在睡覺，我把東西放在妳桌上後，就發現妳在哭。」他凝視著我，「妳睡得很熟，臉上留有淚痕，一看就知道妳剛哭過。」

我喉嚨一乾，不自覺移開目光。

「那個時候，我就想把手鍊送給妳，自己也不知道為什麼。」他低聲述說：「學期末最後幾天，士倫跟周戀薇開始交往後，我立刻就想到妳，因為我知道妳是喜歡士倫的。」見我面露驚訝，他又說：「看妳跟士倫相處的樣子，我就感覺得出來。」

我呆呆地盯著他。

「接下來的日子，我不曉得妳是怎麼過的，我沒再見妳笑過，直到開學，士倫向妳介紹我的那天，我對妳的轉變感到很納悶，但是看妳對周戀薇的態度，就大概猜到是怎麼回事了。」

心口傳來一股悸動。

「你真的……一直在注意我？」我不敢相信，他居然會注意那個時候的我。

「嗯。」他頷首，「因為這樣，一開始對妳或許是同情，但跟妳相處後才漸漸發現不是那回事，甚至還會因為妳將手鍊誤認為是士倫送的而那麼珍惜，感到生氣。」

「生氣？什麼時候？你第一次帶我去廣場的那次嗎？我怎麼感覺不出來。」

「因為當時妳對我大聲道謝時，我覺得從前的妳回來了，氣不知不覺就消了一半。」

他淺淺一笑。

我的雙頰莫名一陣燥熱。

「我沒注意到自己為什麼會不高興，直到我生日那天，看到妳在我面前哭，才發現自己是喜歡妳的，只是之前沒察覺到。」

「那、那到底……是什麼時候？」

「不知道，也許是看妳在教室哭著睡著那次就開始了吧。」

語畢，他握起我的左手，我想收回，他的力量卻不允許我這麼做。他靜靜凝睇我左手腕的傷痕，低語：「不要再做這種傻事了。」

一陣暖意從心裡流過，我不禁微微一顫，眼眶卻也再度溼熱起來。

匡啷！樓下傳來巨大聲響，他立刻步出房間，我也下床跟過去。

一個不鏽鋼鍋掉在廚房地板上，裡頭的湯全灑了出來，徐姊姊驚慌地站在鍋子旁邊。

「Mon Dieu！」她哭喪著臉，說了一句我聽不懂的話，應該是法文吧。看到我們出現，她不好意思地說：「對不起，嚇到你們了。」

「小心點，別踩到了。」徐子杰冷靜地拿起抹布，直接就蹲下開始清理。

他不疾不徐的處理方式及熟練模樣令我訝然，我問：「要不要我幫忙？」

「不用，妳到客廳坐吧。」他頭也沒抬，繼續清理地上的湯汁，「姊，妳也去客廳吧。」

徐姊姊一臉頹喪，跟著我走到客廳，尷尬地敲了敲頭，「討厭，好丟臉喔，原本想做晚餐的，居然被我搞砸了，我怎麼這麼笨手笨腳？」

我忍不住好奇地瞅著她，雖然這對姊弟氣質相似，個性卻是天壤之別。

「我叫子伶，那個孩子的姊姊。」她對我展顏一笑，指指徐子杰。

「子伶姊妳好，我叫士緣。請問……你們現在住在一起嗎？」我記得他姊姊已經嫁到國外了才對。

「不，我住在法國里昂，我先生因爲工作的關係來台灣幾天，我跟著一起回來看我弟弟。」

「那伯父伯母，現在也都還在國外嗎？」

她搖頭，笑了笑，「我父母已經去世了。」

我一僵，倍感錯愕地瞪大眼睛。她溫和地說：「在兩年前的空難。」

我喉嚨乾澀，趕緊回答：「對、對不起，我不該問這個問題的。」

「沒關係。」她仍笑得婉約，「對了，妳的衣服我幫妳拿去洗，也已經烘乾了，等等拿給妳。妳身上這件衣服是我以前穿的，我很喜歡，就送給妳吧。」

「啊，這怎麼可以？這麼漂亮的毛衣——」我一慌。

「妳就收下吧，反正我也不能穿啦，丟了我也捨不得。」

她此刻的美麗微笑，讓我不禁呆了幾秒，她的笑容，竟讓我瞬間想起某個人……

「妳跟阿杰是同學嗎？」

「對，但……不同班。」

「他會不會很囉唆？」她小聲問。

我搖搖頭，他應該是冷漠才對吧。

她眨眨眼，然後哀怨道：「我這個弟弟話雖然少，卻老愛對我說教！」她嘟嘴的模樣令我不自覺笑了，有種孩子氣的可愛。她接著說：「不過我的確是比較迷糊啦，阿杰就不一樣了，什麼事都可以自己處理好。每次我闖禍他都會幫我解決，而且還不讓我幫忙，可能覺得我會越幫越忙吧？」

「知道就好。」徐子杰的聲音從身後悠悠傳來。

子伶姊嚇一跳，回頭埋怨，「幹麼偷聽我們說話？」

「是妳講話太大聲了。」

阿杰拿著抹布要走開，子伶姊卻腳步輕盈地跳到他背後抱住他，笑容滿面，「阿杰，你就跟我去里昂嘛，這樣我比較放心。」

「死心吧，我不會去的，還有……」他瞥她，「別再用跳的，別忘了妳是個孕婦。」

我吃驚，「子伶姊，妳懷孕了？」

「嗯，三個月。」

「哇，恭喜妳。」

「謝謝。」她甜甜一笑，然後手機就響了，她接起來就說法語，大概是她丈夫吧。

這時，徐子杰拿了一個袋子過來給我，「妳的制服，我姊已經幫妳弄乾了。」

我接過袋子，向他道謝。他看看客廳的時鐘，「走吧，士倫應該快到了。」

「士倫？」我頓住。

「他說他會來接妳。」他叮嚀，「別忘了書包。」

我怔怔看著他走到門邊的身影。

從他家走出來時，雨已經停了，天色也暗了，只有空氣冰冷依舊。

「子伶姊很可愛。」我笑了笑，「沒想到可以見到她。」

徐子杰不接話，只是脫下自己的外套，披在我身上要我穿著，這樣的舉動又讓我的心再度一顫。

「怎麼了？」

「我……問你一件事，你不要生氣。」我抿抿唇，瞄一眼還在屋內講電話的子伶姊，「你當年會和你的學姊交往，是不是跟子伶姊有關？」

他沉默注視我片刻，「爲什麼這麼問？」

「因爲我覺得，子伶姊和你學姊，笑起來的時候很像。」剛才一看到子伶姊的笑容，我立刻就注意到這點。

還來不及聽到徐子杰回答，已經通完電話的子伶姊，直接從屋內衝出來。「妳要回去了嗎？」

「對，不好意思，打擾妳了。」

「再多坐一會兒嘛，我還想跟妳聊聊天呢！」

「喂。」徐子杰看她一眼。

「有什麼關係，幹麼這麼快就叫人家走呀？」她哀怨地說。

「有人來接她了啦。」他視線往樓下一落，我也跟著望去，果眞看見士倫騎著腳踏車在一樓等著。

「男朋友？」她眨眨眼。

我笑著搖搖頭。

「走吧。」徐子杰先走一步。

我回頭對她說：「謝謝妳，子伶姊，很高興認識妳！」

「我也是，掰掰。」她笑嘻嘻地對我揮手。

我迅速下樓，卻看到徐子杰跟士倫在前方不知道在說什麼，臉色有點凝重。我一走近，他們立刻停止談話。

「身體還可以嗎？」士倫問。

「嗯。」我點了個頭，走到他身邊。坐上車之前，我望向徐子杰。

「謝謝你。」一時之間，我只吐得出這句話。

徐子杰沒有回應，士倫把我的書包背在自己身上時，也是不發一語。這兩人的莫名沉默，讓我不禁懷疑他們是不是吵架了。

「上來吧。」士倫說。

「好。」轉身的那一刻，徐子杰突然拉住我的手，俯身湊近我。

「對不起。」他喃喃道，還來不及反應，他就已經放開我，從我耳畔離開。

「士緣，快點啊。」沒看到剛才那一幕的士倫催促著。

「來、來了！」我坐在後座，還來不及跟徐子杰說再見，士倫就已經迅速踩下踏板，嚇得我趕緊抓住他腰際的衣服！

我回頭，徐子杰還站在原地目送我們，不一會兒車子轉彎，就看不見他了。

那句「對不起」，是什麼意思？

我轉身看向士倫的背影，見他始終不發一語，我忍不住喚：「欸，士倫。」

「幹麼？」他的聲音低低的，沒什麼起伏。

「你怎麼啦？突然那麼沉默，很不像你耶。」

他沒回應。
我嘆一口氣，然後道：「在前面停車！」
「妳要幹麼？」他終於回頭。
「你別問，停一下就對了！」
他在前面的便利商店門口停下，我直接走進店裡，出來後，他正坐在椅子上。
我將手中的東西遞給他，他一抬頭，我便說：「生氣就喝點甜的，拿去吧，你最愛喝的可可。」
他一接過，我就在他旁邊坐下，「現在可以告訴我，你在不高興什麼了嗎？張士倫先生。」
幾秒鐘後，他悶悶地開口：「爲什麼要騙我？」
「什麼？」
「妳喜歡的人根本不是田徑社的學長。」他毫無溫度的視線投來，「爲什麼要騙我？」
我的心臟瞬間漏跳一拍！
爲什麼他會突然問這個？他知道什麼了？難道徐子杰剛剛跟他說了什麼嗎？
腦袋一片混亂，我完全不敢迎上他的視線，卻還是感受得到他緊盯著我的目光，心底同時湧上我最害怕的疑問。難道，士倫已經知道我對他……
「爲什麼不跟我說實話？我就這麼不值得妳信賴嗎？」他眼睛的焦距一動也不動，「妳喜歡的人，眞的有讓妳難以啓齒到必須說謊嗎？」

我緊咬下唇，依舊不敢回答。

大概是見我臉色不對，士倫的態度終於緩和下來，「抱歉，語氣太衝了，我知道也許妳有自己的苦衷，我只是……不高興妳騙我而已，不是故意要對妳發脾氣的。」

停頓，他又說：「如果可以，我也希望妳可以和妳喜歡的人在一起，可是若妳眞的不想說……」

聞言，我怔了一下，聽他這麼說，應該是還不知道眞相。

我幾乎就要虛脫，只是在鬆口氣的同時，心裡卻也湧起一股失落。

「我不是故意要騙你的，」我語音乾啞，「其實是因爲，我喜歡的那個人……」

「什麼？」他專注聆聽。

「他已經有女朋友了，我有點不能接受事實，所以才會……」我極力想著能讓他接受的理由，卻始終心虛不敢抬頭。

聽見我的回答，他沉默了，然後慢慢露出微笑，「知道了，妳不用說了。」

發現他不再生氣，我終於放下了心，就在這時，他卻忽然拉起我的手，然後把可可拿到我面前。

「妳的手怎麼涼得跟冰棒一樣？」他說：「來，拿著，雙手喔。」

還不知道士倫想做什麼，他已經牽起我的另一隻手，讓我捧著那罐可可，接著雙手覆蓋在我的手上。我被他這舉動弄得呆住，同時感受到從熱可可和他的手心傳來的溫暖。

「這樣就比較不冷了吧？」他昂起臉笑，「小時候我都是這樣幫妳取暖的，還記得嗎？」

「記得啊。」我臉熱到不敢抬頭看他的眼，只能垂下視線，目光落至左手上，手腕的疤痕被外套袖子遮住，看不見了。

我的視線停駐在黑色外套上，這件徐子杰剛爲我披上的外套。他之所以讓我穿上這件外套，就是爲了不讓士倫發現這道疤痕嗎？

士倫載我回家的途中，我始終靜靜凝視著他的背影，陷入深深的迷惘之中。

第六章

太晚回家，原以爲會遭到媽的責罵，一踏進家門才發現她不在。

士倫見我杵在客廳，問：「怎麼了？」

「我媽不在。」

「出去了吧？」

「可是她出去居然不關燈，連門都沒鎖，這……」媽一向細心謹愼，不可能會這麼粗心。

「嗯，說到這個，我也覺得伯母今天好像怪怪的。」士倫回想，「妳還在阿杰家時，我特地來跟伯母說妳會晚點回家，但她根本沒認眞聽我講話，而且好像急著要去哪裡。發生什麼事了嗎？」

「沒事啦，可能她臨時有重要的事要處理吧。」我笑笑回應，「對了，你很久沒來我房間了吧？要不要上來坐坐，我泡茶給你喝。」

他看著我，唇角微揚，「剛好我也有些話想跟妳說。」

兩人一同上樓時，我注意到士倫的神情還是有些奇怪，彷彿心事重重。從徐子杰家回來後他就一直是這個樣子，難道他們眞的吵架了嗎？

進到房間，士倫的目光立刻落在我床上的史努比，「那隻娃娃幾乎占了妳的床一半了。」

「對呀，有時候我還會抱著它睡呢。」我坐在床邊，「你想跟我說什麼？」

他沉默了一下，坐在書桌前時，盯著我右手片刻。

「妳今天會跑下河堤，是爲了找那條手鍊嗎？」

我不禁呆了，他怎麼會知道？

「我當時也在場。」看出我的疑問，他說：「我跟阿杰一起回去，走到橋那裡，就聽說有個女生衝下河堤不知道在找什麼，那時阿杰臉色一變，直接往河堤下衝，我才知道原來那個女生就是妳。」

他看著自己的手，接著道：「後來，妳暈過去，阿杰說要先把妳帶到他家，我原先不肯，但他說有些話無論如何也要跟妳談清楚。那時我就知道，就算我不允許，他也會把妳帶走，所以我只好說晚點會去接妳。我想了很久，只有一個結論，那就是阿杰可能把那條手鍊丟到河裡，或者是妳自己丟的。剛去接妳時，我直接問他，他也承認了，我差點當場揍他一拳。」

見我面露驚愕，他微微苦笑，「因爲我不能諒解他的做法，更不能原諒他害妳不顧危險做出這種事。雖然你們已經和好了，但我還是很生氣，沒想到他又叫我別擔心，你們之間的關係並不是我想的那樣。」

「什麼意思？」

「因爲他知道我誤會你們的關係了，我警告他，妳已經有喜歡的人了，叫他尊重妳。」

「你這樣跟他說？」我睜大眼睛。

「他也知道的，之前在甜甜圈店裡，妳就有說過。」他緩緩嘆氣，「結果阿杰就回問我，如果妳喜歡的那個人從一開始就不存在，我會怎麼樣？」

爲什麼……他要跟士倫這麼說？他剛才道歉就是因爲這個？

我不懂，我眞的不懂徐子杰眞正的想法。

「聽到妳的解釋，我就不怪妳了，畢竟妳也是不得已的。只是那個時候，阿杰對妳的態度眞的讓我覺得很奇怪。不過仔細想想，又覺得不可能，他現在應該完全沒那個心思去碰感情的事才對。」他看著我，「妳應該聽說他被國外的教練看中的事吧？」

我默默點頭。

「他現在每天都在游泳，寒假又要到別校去比賽，下學期大概只能再留一個月左右。」

「他……眞的會離開嗎？」我吶吶問。

「當然，那位教練國際知名，聽說栽培出不少優秀選手，他親自選定阿杰，這可是比中樂透還要幸運耶。我們老師簡直樂歪了，但我是喜悲參半，爲他高興，也覺得捨不得。」

聞言，我沒有再開口。

我抱著膝蓋靜靜發呆，直到士倫離開後，我還是坐在床上動也不動。

爲什麼……明知道士倫對我這麼關心，甚至不惜和自己最好的朋友撕破臉，若是以前的我，一定會爲徐子杰這樣的心意竊喜不已，但爲什麼現在連一點點喜悅的感覺都沒有？在知道徐子杰將會離開之後，反而陷入一股莫名的失落？

面對這樣的轉變，我感到有些慌亂，是什麼時候變成這樣的？又爲什麼會變成這樣？越來越搞不懂自己，眞的不懂……

翌日早上，一下樓，媽就催促我去吃早餐。不曉得媽昨晚幾點回來的？又去了哪裡？但我並沒有問媽，腦中紛亂的思緒也讓我不想開口。

到了學校，一進教室，我就感覺到四周的聲音瞬間少了一半。不少同學紛紛用眼角偷瞄我，尤其是那群八婆，眼神凶狠到簡直要把我吃了一樣。

「方士緣，妳今天要不要請假啊？」江政霖小小聲的建議，就連雁琳也走過來拉拉我，「士緣，完了啦，妳今天很危險……」

「什麼啊？」我滿頭問號。

「妳跟徐子杰的事已經傳翻天了，妳不知道嗎？」江政霖說。

原來是這件事，的確有些不妙，都忘了當時放學有很多學生經過，不可能沒人察覺，更何況對方還是徐子杰。原本就很討厭我的那些女生，應該更痛恨我了。

第一堂下課，我和雁琳在教室聊天，突然聽到有人衝進來大吼，「方士緣！」臉色鐵青的何利文，完全無視周遭的愕然目光，直接闖進班上朝我而來。

「妳很厲害嘛，方士緣。」她冷然的笑容藏不住憤怒，「妳就是靠這副樣子，騙了不少人吧？」

「什麼樣子？」我冷靜地回。

「裝可憐的樣子啊，這次做給徐子杰看是怎樣？找到下一個目標了嗎？」

全班同學都在一旁看熱鬧，那群八婆幸災樂禍地竊笑著。

「搶不到張士倫，就轉而對徐子杰下手？真是高招啊，不知羞恥也該有個限度吧。他們跟妳這種人完全不一樣，拜託妳去照照鏡子，別自取其辱！」

「喂，妳幹麼這樣汙辱人？」雁琳怒瞪她。

何利文迅速掃了她一眼，隨即笑道：「汙辱人？我告訴妳，你們都被她的外表給騙了，她看起來是個乖乖女，實際上卻是個充滿心機的小人！」她故意話中有話，我也終於知道她的目的。

「利文！」此時門口又傳來另一個人的聲音，眾人看到是薇薇，全都嚇了一跳。

薇薇注意到當下的詭譎氣氛，馬上跑向何利文。「妳果然在這裡，妳在做什麼啊？」

何利文一看到她，伸手拉住她指著我說：「薇薇，妳來得正好，妳告訴他們，方士緣是怎麼打妳男朋友主意的，又是怎麼想破壞你們兩個的！」

當何利文一說出這句話，我就注意到有些同學看著我的眼神逐漸改變。

「妳在說什麼啊？」薇薇滿臉慌亂，碰觸到我冰冷的視線時，她馬上別開眼，倉皇道：「她沒有破壞我們，完全沒有。不要再說了，我們快走吧！」

然而何利文非但不離開，還不讓她走。「薇薇，妳怕什麼啊？她想拆散你們本來就是事實，你不必這樣委屈求全，現在就告訴她，叫她休想得逞！」

薇薇連忙阻止她再說下去。我唇角一揚，開始拍手鼓掌，其他同學詫異地看著我的舉動，連何利文跟薇薇也怔住了。

「好感人，」我放下手，語氣平淡，「看到妳爲朋友打抱不平的樣子，實在令我敬佩。」

「……士緣？」薇薇愕然。

「原來，不管是站在事實的一方，還是謊言的一方，都不會改變支持妳的決心，這才是眞正的朋友。」我對她莞爾一笑，「眞羨慕妳，薇薇，能有這樣的朋友不容易，一定要好好珍惜喔。」

她震驚地望著我，沒多久眼眶就漸漸紅了起來。

「方士緣，妳憑什麼說話這麼酸？妳就是看薇薇善良好欺負，妳根本沒那個資格跟她爭張士倫！」何利文大罵。

「我當然沒資格啊，他們可是大家公認的完美情侶，我想爭士倫，根本就是癩蛤蟆想吃天鵝肉。有這樣的男朋友，還有這麼護著自己的好朋友，無論是誰都會羨慕，我說的句句都是眞心話啊。」

「少來這一套，妳以爲我不知道妳在想什麼嗎？虛僞！」

「隨便妳怎麼想，我本來就不指望妳會相信。」

何利文似乎還想再說什麼，卻被雁琳及時擋下。「何利文，鬧夠了就請妳離開，已經快上課了！」

何利文打量了雁琳一會兒，語氣緩下，「羅雁琳，眞心勸妳別跟方士緣走得太近，她可是偷過東西的人，而且還是薇薇的東西。連自己最好朋友的東西都敢偷，當心哪天妳的東西也會忽然消失不見！」

同學們聞言都不敢置信，議論紛紛，就連江政霖也吃驚地看著我。

我早料到她會說出這件事，所以並不驚訝，同時也意識到這天終於來臨。這就是何利文的目的，她想要再一次孤立我，讓我徹徹底底變成孤單一人。

就和一年前一樣。

「所以呢？」雁琳反問。

雁琳的回答讓我一愣。

何利文一臉不可思議，「她會偷別人的東西耶，甚至還把歪腦筋動到朋友身上，妳還敢繼續跟這種人在一起？」

「抱歉，」雁琳依舊淡然，「我不認識妳說的那個人。」

我倏地抬頭望向雁琳，她對我微笑，將我拉了起來，並且親密地挽住我的手。

大家都怔怔地看著雁琳的舉動，而薇薇的目光更始終都停留在她挽著我的手上。

「我想妳們弄錯了，我所認識的她，並不是這樣的人喔。」雁琳露出甜甜的笑容，「妳說的那個充滿心機的方士緣，我根本就不認識。」

「妳說什麼？」何利文瞠眼。

「我並不認為她是妳說的那種人，相反的，我還覺得她是我見過最善良的人，要不然，我也不會把她當成我最好的朋友。」

所有人都安靜不語，江政霖也張大嘴巴，我看著雁琳的笑，仍然反應不過來。

「所以，請妳們不要再這樣羞辱我的朋友，也不要說些想讓我討厭她的話。」雁琳的視線落到薇薇身上，她將頭輕靠在我肩上，唇角笑意變得更深，「要我背叛自己最好的朋友，這種事，我做不到。」

那一瞬間，我看到薇薇臉上完全失去了血色。她彷彿快要站立不住，立刻轉身衝出教室。

何利文只是狠狠地瞪住我，咬牙切齒，「方士緣，妳不簡單嘛，是怎樣賄賂別人來當靠山的啊？」她的臉色十分難看，眼神更是充滿鄙視和厭惡。

「我聽不懂妳在說什麼。」

「妳少裝了，我知道妳的陰謀！」何利文大吼：「妳根本就是在威脅薇薇，妳這個小人！」

「我威脅她什麼？」

何利文緊咬下唇，此時上課鐘聲響起，為這緊張的一刻劃下句點。

「告訴妳，我不會讓妳稱心如意，妳也別想改變什麼！」何利文說完就跟著那些女生離開。其他同學面面相覷，不時竊竊私語，這種詭異的氣氛一直到老師進教室才停止。

我看看雁琳，她又對我笑了一下，接著也回到座位。

忽然間，我居然猜不透雁琳在想什麼？

「要我背叛自己最好的朋友，這種事，我做不到。」

那句話，我很確定她是對著薇薇說的，但她為什麼會這麼說？

放學後，雁琳和往常一樣背著書包走來，「我們走吧，士緣。」

跟著她離開教室，她神色自若，手也習慣性地挽著我，看不出任何端倪。

「雁琳，」走出校門口，我忍不住開口，「妳今天爲什麼要幫我？」

「爲什麼不幫妳？」她用訝異的口吻說：「妳是我朋友，怎麼能讓妳平白無故被那個女人罵到臭頭啊？」

「可是妳有聽到她說的吧？我偷過東西，而且……」從她口中聽到朋友兩個字，我胸口莫名一揪。

「那是她說的，妳根本就沒偷過東西。」見我一臉震驚，她笑了笑，「那件事，不是早就還妳清白了嗎？她現在提起，也只是想讓大家誤——」

她話還沒說完，我便抓住她的手，「爲什麼妳相信我？」

「因爲我知道妳不會做這種事，所以我相信妳。」

我怔怔然地盯著她，「那妳爲什麼要對薇薇說那些話？」

「因爲我討厭她啊。」

「什麼？」

「應該說……」她嘆口氣，「是瞧不起她吧。」

「爲什麼？妳跟她……」

「是沒有什麼過節啦，但我對她的所作所爲眞的感到很厭惡！」

「什麼所作所爲？妳到底在說什麼？」

雁琳定定地看著我，「因爲她讓妳變得太多。」我再次呆住，她接著說：「我跟妳去年同班，那時妳和周戀薇是好朋友，妳愛笑、單純、沒什麼心機，經常可以看到妳笑嘻嘻的模樣，尤其是待在張士倫身邊時，妳的神情總是非常開心。當時我就知道，妳一定非常喜歡張士倫。」

她抿抿唇，雙眸一歛，「直到張士倫跟周戀薇鬧出緋聞，妳開始被班上同學欺負，我雖然沒參與，但也沒幫妳。後來妳被全班同學孤立，然後他們倆在一起……過了暑假，再見到妳時，妳就變了。妳不再笑容滿面，對任何人都充滿戒心，也沒再和周戀薇有交集。我猜想讓妳改變的主因應該就是她，因爲妳們曾經那麼要好，直到她跟張士倫成了男女朋友之後，一切全變了樣。」

語落，她再度直迎我的視線。

「我想跟妳說實話，士緣。」她緩緩道：「我一開始會接近妳，是因爲……」

「我知道，妳是因爲同情我。」我想也沒想，「妳看到我跟薇薇的僵局，所以覺得我很可憐吧？」

她面露難色，囁嚅道：「一開始……是這樣沒錯，但跟妳相處的這段期間，我覺得和妳在一起，是件很快樂的事。」

「別開玩笑了，全世界最無趣的人就是我，跟我在一起怎麼會快樂？」我失笑。

但雁琳不斷搖頭，「雖然妳誰都不相信，但妳還是願意讓我接近妳，而且也願意關心我，甚至還費盡心思替我解決煩惱，這就表示妳的內心還是跟從前一樣的，我相信妳！」

我注視她許久，輕輕一笑，「謝謝妳。」

她緊緊握住我的手。

「不管妳接近我的理由是什麼，妳願意替我說話，甚至把我當作妳最好的朋友，這樣我就已經很感激了。」我的聲音變得沙啞，「但是，妳以後不要跟我在一起了，不要理我，也別管我。」

雁琳驚愕，慌張得立刻紅了眼眶，「爲什麼？如果妳是因爲我說同情妳而生氣，我跟妳道歉。」

「我沒有生氣。」我努力擠出一絲笑容，「我也想一直跟妳當好朋友，但我眞的不行。」

「爲什麼不行？我聽不懂！」她哭了。

「我……」我緊咬下唇，忍住哽咽，「因爲我很自私，還是不敢完全相信任何人。我不想再受傷，就算只有一點點也無法再承受。除了自己，我誰也不相信，也沒勇氣再相信了！」

「我也是啊，我也曾經跟妳一樣，誰都不相信，可是現在好不容易找到一個值得我付出眞心的朋友，怎麼可能說放棄就放棄？」

「所以我說我自私，有沒有妳我都無所謂，我不稀罕！」我大吼：「那些背叛我的，全都是我曾經最信任的人，妳要我怎麼相信妳？憑什麼要我百分之百相信妳絕不會像那些人一樣背叛我？」

她愕然地看著我，眼淚掉個不停。我頭也不回地快步跑掉，無法再繼續面對她，也不能再留在她身邊了。

方士緣，妳到底在做什麼？不是早就決定不再爲任何人付出感情嗎，爲什麼現在心卻這麼痛？難道還記不住教訓，非要再受一次傷才夠嗎？

奔跑到最後，我停下腳步靠著電線桿不停喘息，聽見書包裡傳來音樂聲，調整好呼吸，看著手機來電顯示，停頓幾秒後接起，「……喂？」

「妳怎麼了？」另一頭問。

「什麼怎麼了？」

「剛看到妳跟妳朋友在校門口吵架。」

我又停頓了一下，隨即苦笑，「怎麼連這種事都會被你看到？」

「妳不知道的事可多了，連我現在在妳身後都不知道。」

我馬上回頭，果眞見他緩步朝我走來，我又笑：「你什麼時候也會做這種無聊事啦，徐子杰？」

「認識妳以後。」他將手機放回口袋。

「最好是，少把責任都推給我。」

他瞧了還在喘氣的我一眼，「妳還好吧？」

「很好啊。」我深呼吸，「奇怪，你家不是在另一個方向嗎？你該不會是擔心我才跟來的吧？」

「是啊。」他的態度始終平靜。

我沉默片刻，忍不住掩嘴笑起來，卻掩不住那份莫名的鼻酸。

爲什麼每次這種時候，他都會出現呢？

「我沒事，你不用擔心啦。」我扯扯嘴角，小心翼翼地收拾情緒，不讓他發現異樣，「你回去吧，謝謝你。」

他看著我好一會兒，接著邁步越過我說：「我送妳回去。」

我望著他，心裡卻沒有想拒絕的念頭，於是連忙快步跟上前。

我不知道要跟他說什麼，他也始終不發一語，兩人就這麼一前一後地走著，這樣的沉默，卻反而讓我的心情漸漸平復下來。

知道此刻他就在身邊，竟能給我這麼大的安心感……

到了家門口，我向他道謝，並且道別，卻在開門的那一刻感覺到他仍在身後。

「你不回去嗎？」

「妳先進去，我再走。」他唇角微揚。

我靜靜凝視他，回了個微笑，就走進屋裡。家裡一片寂靜，燈沒開，媽還是不在。

不想再去理會爸媽的事，我上樓準備回房，此時手機傳來訊息提示音。

若有事，可以聯絡我。

是徐子杰傳來的。

我望著訊息片刻，回到房間，把書包丟到地上，倒向床，今天發生的事，一下子又全都竄回腦海。

覺得疲倦，很累，耳邊還不時迴盪著何利文的怒罵聲，以及雁琳的哭喊聲。

身子沉重，意識也越來越模糊，我闔上眼睛，就這樣慢慢入睡。

直到耳邊又出現爭吵聲，我迷濛地睜開眼，看看時間，竟然已經晚上八點多了。

聽到一陣摔東西的聲音，我嚇得迅速從床上跳起，跑下樓一看，杯盤碎片散落一地，眼前一片凌亂。

「什麼狗屁加班，根本就是去跟那個野女人私會，你眞當我眼睛瞎了嗎？」媽歇斯底里地對著坐在客廳的爸怒吼。

「就跟妳說不是，妳哪隻眼睛看到我跟她在一起？拿出證據來啊！」

「你要證據？好，我拿給你看！」媽從櫃子裡拿出一個紙袋，從裡頭抽出一疊照片，「你怎麼解釋？倒是好好解釋給我聽啊！」媽用力將照片甩在爸臉上。

爸拾起其中一張照片，瞬間臉色大變，「妳找人調查我？」

「調查你又怎樣？不然你還想把我當白痴，繼續騙下去嗎？」

「他媽的，妳居然找人跟蹤我，妳憑什麼這麼做？」爸盛怒，站起來大吼。

「憑我是你的妻子，你法律上合法的妻子！」

「妳算什麼妻子？從不懂得體恤，只會咄咄逼人，我早就已經受不了妳了！」

「是啊，我不懂體恤，那個女人就懂？對你百依百順，完全符合你的胃口是嗎？」媽冷笑。

「妳——」見他氣得抬起手，我立刻出聲制止，「爸，住手！」

爸的手霎時僵在空中，和媽同時往我這裡看。媽的眼淚撲簌簌地掉，跑來把我拉到身邊，指著爸厲聲喊：「士緣，妳聽到了吧？妳爸到現在都還在跟那個女人廝混，說什麼跟她沒關係了，根本是在騙我們！」

媽抓得我手發疼，我趕緊掙脫，拿起照片一看，上頭有兩個人的身影，一個是爸，一個是爸以前的女同事，兩人擁著彼此走進汽車旅館。

靜默半晌，我抬起眸，平靜地問：「爸，你不是已經跟那個女人分手了嗎？」

「緣緣，妳聽爸說……」

媽用力把我拉到她身後，朝爸大罵，「還有什麼好說的？你不只騙我，就連士緣都騙，你還想解釋什麼？」

「我在跟女兒說話，妳不要插嘴！」

「女兒？你還把她當女兒嗎？爲了那狐狸精我看你根本連女兒都不想要了吧！」

「妳不要再胡說八道了好不好？妳就是這樣我才不想跟妳繼續生活在一起——」

「哈！終於說出來了吧？其實你早就這麼想了吧？當初還信誓旦旦說什麼不會再辜負我跟士緣，會用心補償我們母女，原來那些話全是狗屁，全是謊言！」

我不想再聽下去了，轉頭上樓奔回房間，用棉被把自己裹住，卻還是掩蓋不了他們的對罵聲。

就這樣過了好久好久，爭吵聲還在繼續，我緊摀耳朵，覺得快發瘋了，忍不住大叫一聲，抓起枕頭用力往門邊一砸，身旁的手機也同時掉落在地。

我盯著手機發怔，慢慢撿起來，打開訊息。

我讀著徐子杰今天傳給我的訊息，樓下刺耳的爭吵聲不斷傳來，一股恐懼頓時油然升起。

緊握手機猶豫許久，我終於忍不住打電話給徐子杰，響幾聲沒回應，正要掛斷，他接起了，「喂？」

「那、那個……」我嚥嚥口水，聲音微顫，「對不起，你睡了嗎？」

「還沒。」他說，「妳怎麼了？」

「我……」

「好啊，那就離婚吧，我也不想再跟你這種人生活下去！」

「妳說離就離，妳有沒有想過孩子？緣緣要怎麼辦？」

「你管不著，她不需要你這種在外頭拈花惹草的父親，因爲那是一種恥辱！」

「妳自己想想看妳爲她做過什麼，妳根本就不關心孩子！」

「你還敢跟我談『關心』？你又爲她做過什麼了？以爲給錢就算盡義務了嗎？在外頭養女人讓她來破壞我們的家庭，你算什麼父親啊？」

我將手機拿近嘴邊，想蓋過他們的對罵聲，「徐子杰，我……」摔東西的聲響越來越近，也越來越清晰。

我緊閉雙眼不讓淚水潰堤，卻壓不住聲音的哽咽，「我受不了了，我好怕……」

「我現在去找妳，妳準備一下。」

我有些茫然，以爲聽錯了，「你、你要過來？現在？」

「對，我很快就到，十分鐘後在門口等我。」

我先是呆坐不動，接著毫不遲疑換上便服，十分鐘後，我帶著手機下樓。

盛怒中的媽，迎上來擋住我，「士緣，我再也不能跟這種人生活，我要跟妳爸離婚，妳自己看要跟誰？決定權在妳！」

我又是震驚又是錯愕，爸則坐在沙發上不發一語。

「快點決定，妳要跟我還是跟那個混蛋？早點決定，早點斷得乾乾淨淨！」見我神情木然不發一語，媽又抓住我肩膀，「妳是啞巴嗎？快點回答啊！」

我奮力掙開她，直接往玄關衝去。爸一驚，「緣緣，妳要去哪裡？現在很晚了！」

一衝出門外，徐子杰已經騎著腳踏車出現，待爸媽追出來，發現我已坐上腳踏車後座，爸慌忙喊：「緣緣，妳要去哪裡？」

我抓著徐子杰的衣服，不斷說：「快走……快點走！」

徐子杰毫不猶豫地猛力踩下踏板，不一會兒，爸媽在背後呼喊的聲音漸漸遠去。我終於鬆了口氣，視線回到徐子杰的背上，目光就沒再離開過。

我忍不住將頭輕靠在他背上，伸出雙手，緊緊擁住他。

腳踏車飛快前進的速度，使得夜裡的風在我臉上劃下一道道刺骨的冰冷感覺。

想要逃，腦海裡只有這個念頭，只想逃得遠遠的，越遠越好。

不曉得過了多久，腳踏車慢慢停下，我才睜開眼睛，一片遼闊的廣場映入眼簾，四周空無一人，城市的夜燈將廣場溫柔包圍住，有種迥異於天亮時的美。

我站在廣場中央靜靜眺望遠方，深深吸了口氣，大聲叫了出來！

喊叫聲劃破四周凍結般的死寂，我肆無忌憚地繼續大喊，直到累了才停止。

「嘿嘿，這樣大叫……」我笑著喘氣，「好舒服，暢快多了！」

「會冷嗎？」

我搖頭，歉然地說：「對不起，這麼晚還打電話麻煩你。」

「沒差，反正明天放假。」徐子杰席地而坐，我也跟著坐下，他又問：「要不要跟妳爸說一聲？」

繼續搖頭，我將頭靠在膝蓋上，低語：「好不容易才逃出來的。」

「發生什麼事了？」他低沉的語調帶著溫柔，竟讓我不敢抬頭，深怕一抬頭眼淚就會掉下來。

「沒事，爸媽吵架而已。」

「我聽到摔東西的聲音，」他伸手輕輕撥開我的瀏海，「沒傷到妳吧？」

他的觸碰讓我有些緊張，不禁對上他的視線。

那雙眸裡的沉靜，讓我一時忘了回神，如此近距離對望，加上他的觸碰，我感到雙頰微微一熱。

「沒有。」我別過頭，話音乾啞。

「士倫呢？他不知道妳爸媽吵架嗎？」

徐子杰的問題使我一愣，過了半晌才答道：「他……應該很早就睡了，房裡的燈沒亮，而且他陽台的窗戶是氣密窗，關上就聽不到外面的聲音。」

徐子杰安靜了幾秒，「妳爸媽經常這樣大吵嗎？」

「雖然他們之前也曾這樣吵過，但我想，這可能是最後一次了吧？」

「什麼意思？」

「他們決定要離婚了。」我淡淡地說，「其實，早在一年前他們就想離了，是因爲士倫的爸媽不斷勸說，才讓這段婚姻勉強維持下去，可是兩人心裡都已經有了疙瘩，不可能再回到從前。」

「離婚的理由……是什麼？」

我看著他片刻，然後微笑，「我爸在外面有小三。」

最初得知爸外遇，是在一年前，那時，媽經常偷聽爸講電話，或偷看他的手機。後來證實有第三者，而且還是爸的同事，媽氣得直接跑到爸公司大鬧一場，吵著要離婚。然而爸並沒有這種打算，所以決定和第三者分手。後來女同事辭職離開公司，且因爲爸的懇求，再加上士倫的父母不斷好言相勸，媽才終於態度軟化，願意再給爸一次機會。

在這之後，媽卻開始變得神經質，只要爸的手機響起，她一定會特別注意是誰打來的，若對方是女的，她的疑心病立即發作：是誰打的？爲什麼要打給爸？打破砂鍋問到底。

爸變得一點自由都沒有，天天被壓得喘不過氣，當初決定維繫婚姻與家庭的堅決逐漸動搖，導致一向溫和的他竟轉性對媽破口大罵，甚至重蹈覆轍，再次外遇。

當爸的外遇變成街坊鄰居茶餘飯後的閒聊話題，那些無聊耳語，我只能裝作不在乎，並且不斷鼓勵、安慰自己，再加上當時有士倫在我身邊，我始終相信自己能夠熬過去。

「那妳有什麼打算？」

我茫然地搖頭，「不知道，雖然媽要我趕快做決定，但我現在腦袋一片空白，不曉得怎麼做才好。」

「既然遲早都要面對，這時候就先別想了。」他溫柔地拉著我站起身。

我怔怔看向他的眼睛。

「閉上眼睛。」

「啊？爲什麼？你要幹麼？」他的話讓我忍不住後退，他卻把我拉回來，讓我轉過身子背對他。

「眼睛閉起來，快點。」

我反抗不得，只能聽從，下一秒就感覺到他握住我的雙手，慢慢抬起，接著張開。

他動作輕柔地在我身後引導著我，和他的距離，已經近到連背都感覺得到他的體溫。

我聽見來自胸口不安分的心跳聲。

「記得，眼睛別張開。」他叮嚀。

「爲什麼要這樣做啊？」

「等一下就知道了。」

「這姿勢有點熟悉耶，接下來該不會要我說『我在飛』吧？」

「不是叫妳演鐵達尼號，放心。」他語帶笑意，放開我的手，「就這樣，開始往前走。」

「什麼？這樣很奇怪耶！」

「這裡又沒其他人。」

雖然難爲情，但爲了搞清楚他到底想幹麼，我還是用這個詭異的姿勢開始向前走。

走著走著，手臂有些痠，但不知道爲什麼，耳邊原本還聽得見風聲，卻漸漸寂靜下來，風拂過肌膚的觸感反倒來得更加深刻，那股沁涼滲進血管，流至心臟。

完全的靜謐，那些怒吼聲及破碎聲消失了，只剩雙腳踏在草地上的沙沙聲。

良久，我停住腳步，放下雙手，唇角揚起，回過頭時，徐子杰已經離我有些遠，但他始終站在原地，用帶著淺淺笑意的眼神看我。

我就這麼注視著他。

如果一年前就能認識他，該有多好？

如果當時他就在身邊，現在的我會不會更快樂一點？

曾幾何時，對徐子杰的依賴已經越來越深，他剛才提到士倫時，連我自己都不敢相信，身處極度不安與恐懼的那一刻，我第一個想要求救的人居然不是士倫，而是他。

我明白自己只是在利用徐子杰對我的好，將原本對士倫的依賴轉移到他身上。我也很清楚自己並沒有雁琳口中說的那麼善良，對於她的付出，說不感動也是騙人的。

只是，我眞的怕了。

以前，我打從心底認定薇薇是我最重要的朋友，我一直以爲自己在她心中也是如此，所以從來不曾想過她會背叛我。薇薇帶給我的傷痛太深，我並不勇敢，還沒有勇氣再靠近任何一個人，所以在對雁琳產生像從前對薇薇相同的情感之前，我必須離開，無論對方是否眞心待我，只要先確保我自己不會再受到傷害就好。

但是徐子杰呢？因爲他即將離開這裡，想把握和他在一起的時時刻刻，所以至今還不願從他身邊離開？這個問題一直在我腦海盤旋，遲遲沒有答案。

「這時候才回家沒問題吧？要怎麼進去？」送我到家門口時，徐子杰問。

「放心，我已經傳訊息給我爸了，而且我也有家裡的鑰匙。」我拿出鑰匙在他眼前晃了晃，接著目光一落，「對了，我剛才就想問你，這台腳踏車好像和之前的不一樣，原本那台沒有後座不是嗎？」

「妳發現了？之前那台被我姊摔壞了，這一台是我偷來的。」

「什麼？偷來的？」我一驚。

「原來的不能騎了，只好先騎鄰居的，等一下偷偷還回去就好。」

「看不出來你會做這種事。」我忍不住笑，不好意思地搔搔臉，「不過……你也是爲了趕來這裡，才會這麼做的吧？謝謝你。」

他的笑很溫柔，「快進去吧。」

「嗯，晚安。」關門前一刻，發現徐子杰還是等到我進門後才離開。

當門一闔上，我緩緩將頭輕靠在門上，眼眶，沒來由地溼了。

刺耳的手機鈴聲把我從夢中拉回現實。

趴在床上的我伸手東摸摸西摸摸，抓到手機後，我勉強出聲：「……喂？」

「士緣，妳還在睡嗎？」士倫問。「我現在在妳房門口。」

「在我房門口……啊？」我登時清醒，「爲什麼？」

「來找妳啊，妳先整理一下，我十分鐘後再上來。」

一切掉通話，我頂著凌亂的頭髮迅速起床，換下睡衣去刷牙洗臉，整理狼狽的儀容。

十分鐘後，士倫果然回來敲房門了。

「怎麼啦？幹麼突然跑來？」我困惑地看著站在房門口的他。

他沒有回答，表情也沒有變化，只是牽起我的手往樓梯走去，我傻住，「欸，士倫，你怎麼啦？」一到樓下，我就聽見一陣啜泣聲。

「晏娟，妳也別這樣，應該先冷靜下來，好好溝通才對啊！」士倫的母親勸道，與士倫的父親坐在媽的身邊。

「妳要我怎麼冷靜？你們也看到啦，是他對不起我。我不想再看到他，我一定要離婚！」媽坐在沙發上不斷哭泣，一看見我，直接劈頭問：「決定好了沒有？妳到底要跟我還是跟妳爸？不過，妳別傻了，他根本不想要妳，他恨不得早點把我們趕走，這樣就可以名正言順把那女人帶回家！」

「士倫，」士倫的父親面色凝重，「你先帶士緣出去。」

他點點頭，隨即拉著我快步離開屋子。

「喂，士倫，放開我……」當鈴聲響起，他才終於停下腳步，從口袋裡抽出手機。

「抱歉，今天沒辦法去了，臨時有事。」他對著手機另一端說，口氣平靜，甚至有點冷淡，「沒有，我現在跟士緣在一起。」

我看著他，同時感覺到他牽著我的力道似乎逐漸加重。

「嗯，就先這樣，掰。」

他一收回手機，我忍不住問：「誰打來的呀？」

「薇薇。」他的回答讓我詫異。

士倫怎麼會這樣和薇薇說話？我從沒看過他用這種冷漠的態度對待薇薇。

「走，我帶妳去吃早餐。」他對我笑了笑，完全沒發現我的困惑，而那隻緊握著我的手，也始終沒有放開的意思。

在早餐店裡，我一邊吃蛋餅一邊問：「你跟你爸媽怎麼會來？」

「伯母早上打來跟我媽哭訴，後來他們就急著跑去妳家了。」士倫說。

「是喔……那我爸呢？你有看到他嗎？」

「沒有。」

我沉默半晌，「看樣子，只能接受這個結果了。」

「妳說離婚？」

「不然呢？反正我早就想開了。」

「妳變堅強了。」他唇角一揚，「若是以前，妳一定早就哭著跑來找我了。」

「以前比較依賴你嘛，誰叫當時只有你對我最好，會替我操心。」我也笑了。

忽然他的神情黯淡下來，語氣也一沉，「可是我也不是什麼好人。」

「什麼？」

「我曾經傷害過妳。」他注視著桌面，「當時對妳說的那些話，讓我到現在都還耿耿於懷，一想到自己曾對妳說過那樣的話，我就覺得自己差勁透頂，很難原諒自己。」

「喂，拜託，我都差不多忘記那件事了！」心裡滿是驚愕，我的喉嚨倏地乾澀，卻還是努力故作鎮靜，「而且我又沒怪你，當時你也不是故意要說那些話的。」

「不管是什麼情況，我都不該那樣，當時我只想到自己，完全沒聽妳怎麼說，也沒考慮妳的處境跟感受。」他露出悲傷的苦笑，「什麼青梅竹馬……自以爲是最瞭解妳的人，結果我卻這樣傷害妳。」

我呆呆地看著他，難道士倫一直都是這樣責備自己的嗎？

「抱歉，不該在這時候跟妳說這些的。」他微笑著說，眼裡仍帶著自責，「雖然現在說再多也於事無補，但我還是很想跟妳說聲對不起，一直很想……」

「我說了，那件事我早就已經忘記，也不在意了。」我繼續吃早餐，「而且我從不覺得那是你的錯，若換做是我，應該也會跟你一樣，沒有心思去理會其他事。」

聞言，他有些詫異，沒再開口。

我從沒料到，士倫直到現在還會那麼痛苦。本來以爲時間會讓那道傷痕慢慢痊癒，只要再過一段時間，我們就可以堅強地放下過去，然而那道傷痕卻還是牢牢將我們束縛住，無法逃脫。

現在的士倫有薇薇在身邊，一定可以逐漸釋懷，甚至遺忘，但我能夠完全走出來嗎？我眞的可以嗎？那一刻，我忽然沒了把握。

「你今天跟薇薇有約對吧？」吃完早餐，我們繞到公園散步，「你不用管我了，去找她吧。」

「沒關係，我剛才已經跟她說了。」他淡淡地回應。

我停頓片刻，「還是聯絡她一下吧，她會擔心的。」

「擔心？」他失笑，「是跟妳在一起又不是跟別人，有什麼好擔心的？」

就因爲是我，她才會擔心。不知情的士倫，竟還覺得我大驚小怪。

照理說，我應該會因爲薇薇的不安而感到竊喜，甚至覺得痛快，可是此刻我卻連一點點喜悅感也沒有，只是平靜看待。我不知道這算不算是改變？

之後的週末兩天，我都沒見到爸，就算想知道他在哪裡也不敢問，深怕媽又會情緒失控。爸的手機始終打不通，我很擔心，眼看媽離婚的心意已決，事情應該沒有挽回的餘地了。

爸呢？他是怎麼想的？也和媽一樣嗎？真的決定讓這個家四分五裂了嗎？

星期一早晨，士倫站在家門口，對我微笑。

他假日這兩天幾乎都在陪我，我實在不想占用他和薇薇約會的時間，他卻始終堅持，也不曉得他是怎麼跟薇薇解釋的？

一進到教室，原本熱絡的氣氛登時安靜下來，除了那群八婆一直以來的冷眼相待，連其他同學投射過來的眼神也怪怪的。我環顧四周，嗅出和一年前相似的氣味。

不經意看向雁琳時，發現她也望著我，眼裡帶著淡淡的憂傷。我忽略那道目光，拿出課本準備等一下的晨考，鴉雀無聲的教室也漸漸恢復喧鬧，卻還是能夠接收到不少停留在我身上的關注目光。如何利文所願，上次她說的那些話，果真造成了影響。

第一堂下課，我獨自站在走廊觀看別人打籃球，一陣腳步聲靠近，是雁琳。

「士緣……」她怯怯地想拉我的手，卻還是收了回去，「我們談一下好不好？」

「我沒心情。」我繼續望著操場。

「我們一定得這樣嗎？妳這樣孤立自己又有什麼好處呢？」

在雁琳說話的同時，我注意到教室裡有幾個女生正在窗邊注意我們，甚至想偷聽我們說話。

「妳離開吧，我想靜一靜。」我面無表情。

「士緣，妳別這樣好不好？」她哭了，「妳這樣我不知道該怎麼辦，拜託妳不要不理我。」

她的哽咽和語氣讓我的心隱隱抽痛，卻還是只能維持一貫的冷漠，「還有其他人比我更適合當妳的好朋友，沒必要這麼執著。」

「我不要，我最重要的朋友就是方士緣，我不要其他人！」

「可是我不需要妳啊！」我不耐煩，「妳眞的很煩，拜託妳離我遠一點！」

我一喊完，雁琳馬上被另一個人拉過去。「羅雁琳，妳夠了沒啊？妳還求她幹麼？」江政霖滿是不解地看著我，「方士緣，妳是怎麼回事？雁琳這麼護著妳，妳怎麼可以對她說這種話？」

「你心疼喔？那這護花使者就給你當吧！」我的態度冷漠。

雁琳傷心地不斷啜泣，江政霖也愕然地瞪著我，最後他咬牙切齒地說：「王八蛋，我眞他媽的看錯妳了！」他立刻把雁琳拉回教室，這一幕，班上的同學看得一清二楚。

那次之後，江政霖就再也沒用正眼看過我，每當雁琳不死心地想來找我，馬上就被他拖得遠遠的。其他同學同樣不再給我好臉色看，也沒再跟我說話。

就這樣，我變成班上最惹人厭的人。至於雁琳，她身邊開始出現一群人，她們爲雁琳打抱不平，雁琳曾經在何利文面前那麼努力護著我，想不到竟會被我如此對待。

看到雁琳現在和其他同學相處融洽，更讓我確信自己這麼做是對的，要是再跟我往來，雁琳遲早也會被我拖下水，成爲大家欺負的對象。爲了對付我，何利文什麼事都做得出來，所以在那之前我必須離開雁琳，沒理由讓她跟我一起遭受這種對待。

下課時間，在導師室門口，意外碰上何利文跟薇薇兩人。

薇薇似乎已經習慣不正視我，視線總是移往別處，何利文倒是很愉悅地跟我打招呼，「嘿，方士緣，氣色不錯嘛，沒被修理得很慘吧？」

聞言，薇薇對她投了個不解的眼神。

「聽說妳班上已經沒人肯理妳了，連那麼護著妳的羅雁琳都被妳拋棄了，眞的很可憐耶。」

薇薇睜大眼睛，一臉愕然，似乎並不曉得這件事。

何利文笑得得意，「不過，早點看清楚妳的眞面目也好啦，妳本來就是對朋友都可以無情的人嘛！」

我面無表情地盯著她半晌，最後問：「妳是白痴嗎？」

「妳說什麼？」何利文的笑容瞬間消失了。

「老是什麼朋友朋友的……妳眞的知道這兩個字的意思嗎？要不要我解釋給妳聽？」

她們面露困惑，我走近一步，開口道：「朋友就是，表面上跟妳很好，卻會在暗地裡捅妳一刀的人。」

薇薇面露驚愕。

「在妳最無助，最需要幫助的時候，躲得最遠的那個人，也是朋友。」

薇薇的臉色開始發白。

「還有啊……」我輕笑，「一旦扯上利益，哪還管什麼情分呀？朋友最終不過就是用來幫助自己得到某樣東西，利用完就丟掉的一顆棋子罷了。」

她們兩人的臉色一陣青一陣白，再也聽不下去的薇薇迅速離開。

何利文狠狠怒瞪我，冷然問：「這樣折磨薇薇，妳很痛快嗎？」

「妳覺得我在折磨她嗎？」我淡淡回問：「我只是說出我的想法，沒有其他意思，『朋友』兩個字對我而言就是這麼回事，沒有半點意義。」

「妳每次都故意在薇薇面前說這些話，不就是爲了看她痛苦嗎？」

「她爲什麼要痛苦？她有做什麼『壞事』嗎？」我又笑了。

「妳少裝蒜，妳明知道她很後悔！」何利文吼了出來。

「妳用不著在這邊對我大呼小叫，何利文。妳並不是什麼正義之士，也沒資格跟我討論這些。」我收回笑容，眼神冷下，「請妳轉告薇薇，跟她說不需要後悔，如果她眞有這種想法，我這輩子都不會原諒她。」

語畢，我直接走過她身旁，上課鐘響起，我沒有回教室。

我來到學校圖書館的閱覽室，裡頭沒有人。

坐在椅子上，我靜靜發呆，覺得疲憊，眼皮沉重，趴在桌上沒多久，就逐漸失去意識……

「我只要有士緣就好了。」

薇薇的聲音。

「如果士緣有男朋友了，我一定會醋勁大發，然後再偷偷陷害妳男友，不把妳讓給他，嘻嘻。」

她笑得很甜，很美，雙手緊緊挽著我，深怕我跑走似的。

「欸，妳不覺得張士倫跟薇薇最近走得很近嗎？」

「他們該不會在一起吧？」

「可是，不是聽說方士緣喜歡張士倫嗎？怎麼搞的？」

「我不要，我最重要的朋友就是方士緣，我不要其他人！」

「妳是怎麼回事？羅雁琳這麼護著妳，妳怎麼可以對她說這種話？」

「這樣折磨薇薇，妳很痛快嗎？」

夠了，夠了，不要說話了，拜託不要再說話了。

爲什麼每個人都要逼我？爲什麼……

「雖然現在說再多也於事無補，但我還是很想跟妳說聲對不起，一直很想……」

最後，連爸媽的怒吼聲也出現了。

胸口彷彿被重重壓著，讓我喘不過氣，越是不讓自己去聽，那些人的聲音就越大，幾乎要把我吞噬。

破碎聲一遍又一遍，刺耳的尖銳聲令我頭痛欲裂，就快窒息。

停止，拜託停止，我不要聽，我不要再聽了——

「喂。」一個低沉嗓音傳來。

霎時，那些聲音全都消失不見，一片漆黑中出現一道曙光。

我緩緩睜開眼睛，看見一張熟悉的臉。

「妳沒事吧？」

我一時之間說不出半句話，只能呆愣地盯著他。

「妳在流汗，氣色也不太好。」他伸手輕撫我的額頭，溫柔問：「做惡夢了？」

縱使不斷這樣冰凍自己的心，可是爲什麼，只要看到他，聽見他的聲音，整顆心就像被瓦解，所有僞裝全都失效，不堪一擊？

「徐子杰……」我不自覺喚他的名字，一股濃烈的酸楚猛地襲來，喉嚨同時哽住。

倘若有一天，他離開了，我該怎麼辦？

要是失去了他，我該怎麼辦？

我不自覺慢慢離開座位，朝他靠近，最後輕輕將額頭靠在他胸前，整個人，整顆心，都在顫抖。

曾幾何時，這個問題已成了我心中最大的恐慌，對徐子杰的依賴，不知不覺已經變得這麼深，深到不敢想像沒有他的日子，會是什麼模樣。

直到這一刻，我才終於領悟到，原來自己多麼需要這個人。

「妳怎麼了？」

徐子杰的聲音，馬上將我拉回神，我意識到自己的舉動，手裡還抓著他的袖子，嚇得趕緊鬆手，和他拉開距離。

「對、對不起！」我結巴，整個人尷尬不已，「你怎麼……會在這裡？」

「因爲無聊。」

「無聊？」

「嗯，所以乾脆過來睡覺。」

「最好是，我才不信。」

然後我們都笑了，不曉得爲什麼，總覺得自己明白他會出現在這裡的眞正原因。

「妳不回教室嗎？」

「嗯。」雖然已經習慣同學對我的冷漠，但還是不想回去，「你這個乖學生才不該蹺課跑來睡覺，回去回去！」

「反正上課也是在睡，有差嗎？」他的回答讓我又笑了。

我們站在其中一排書架前，他問：「妳家裡的事，後來怎樣了？」

「不知道，我爸電話打不通，也沒回家。」我從架上抽出一本書，隨意翻閱。

「分開一陣子也好，彼此先冷靜一下吧。」

「是啊。」我點頭，發現他正在瀏覽一本體育雜誌，封面照片是一位運動員在游泳。

我靜靜凝視那張圖片半晌，開口：「對了，你不是被某個知名教練看中了嗎？對方還希望你去國外。」

他停頓一下，「嗯。」

「那你……」我嚥嚥口水，「會去嗎？」

他頭也不抬，「嗯。」

聽到他的回答，忽然間，我覺得自己很傻，明知道他一定會去，爲何還要問？明知道這對他而言是個大好機會，他可以朝著理想前進，我卻連一點替他高興的心情都沒有，只有深深的失落和難過。

「那你要加油喔。」我勉強笑道：「等你將來拿奧運金牌，爲國爭光！」

我努力讓自己的聲音聽起來開朗，所幸他始終沒抬頭，因此沒有注意到我臉上不自然的笑容。

走廊外突然傳來腳步聲，我嚇一跳，趕緊拉著徐子杰躲到後排書架。閱覽室的門被打開，館長走進來將手中的物品放在辦公桌上，然後關起窗戶，拉上窗簾，關燈後便離開了。

我鬆一口氣，不禁抬眸瞧了一眼徐子杰，他正好也轉回視線，兩人目光一對上，我才赫然發現自己幾乎完全貼著他，手裡還緊抓他的衣服。我臉一熱，連忙拉開彼此之間的距離，「對不起，徐子杰，我不是故意——」他卻抓住了我的手，不讓我繼續後退。

怔怔然與他對望幾秒，他就將我擁入懷裡。

我一時無法反應，只能動也不動地讓他抱著我。

四周昏暗，只有依稀從窗簾細縫中竄進來的微光在地上若隱若現，在這寧靜的空間，別人看不到的地方被他擁抱著，他的溫度，他的氣息，都讓我感到無比溫暖。

腦海一片空白，整個人彷彿迷失了。

我闔上眼睛，最後竟也情不自禁地伸出手，再次拉住他的衣服……

直到窗外傳來雷聲，我的身子猛然一顫，下一秒便用力推開他，轉身衝出閱覽室，逃到美術教室後面，靠著牆坐下來，不斷喘息，腦袋混亂。

方士緣，妳在做什麼？妳到底在做什麼？

我不斷在心裡問自己，不敢相信自己居然會做出這些事。

對於徐子杰的舉動，我不是抗拒不了，而是根本不想抗拒。我居然對他的擁抱產生依戀，不希望他放開我。

不要離開！

面對來自心底的真實呼喊，讓我不禁恐慌起來。

為什麼我會對徐子杰有這種心情？我怎麼能有這種想法？真的太誇張、太差勁了！

自從聽他親口說出要離開，胸口就一直隱隱作痛，連呼吸都會痛。

我喜歡的人，不是士倫嗎？我的心裡不是一直都只有士倫嗎……

放學後，我心不在焉地走出學校，一踏出校門口，就有人叫住我。

爸提著公事包站在大門旁，我驚訝地立刻跑過去，「爸，你怎麼會在這裡？」

他沒說話，只是笑得溫和，拍拍我的肩。

我帶爸走進一家店裡，小楓姊一看到我，臉上漾起驚喜的笑，拿了菜單來幫我們帶位。

和爸一起坐在靠窗處，我仔細端詳他，幾天沒見，瘦了不少。

「爸，你這幾天去哪裡了？一直聯絡不到你。」

「對不起，讓妳擔心了，爸爸只是到別的地方走走而已。」他微笑，卻掩不住眼裡的黯淡和疲憊，「妳媽她……現在怎樣了？」

「有好一點，只是情緒還是不太穩定。」

我點的熱紅茶送來，我端起杯子啜了一口，同時聽見爸說：「緣緣，對不起。」

我一頓，抬起眸。

「爸爸不該騙妳，一開始我是眞的想要重新來過，爲了妳，我不想讓這個家變成這樣。可是……我跟妳媽眞的不行了，雖然我曾經想要挽回，但我沒辦法再繼續跟她生活下去。」

爸乾啞的嗓音帶著顫抖，沒多久就紅了眼眶。我怔怔望著他，忽然覺得眼前這個人竟有些陌生。

從什麼時候開始，爸的頭髮已經參雜著些許灰白？

歲月不知不覺在他臉上留下一道又一道的痕跡，我看到的卻不是堅強。一個扛起家中重擔十幾年，作爲全家依靠的男人，竟會在我面前流露出最脆弱無助的一面。

爸是經過多少痛苦掙扎，才會做出這樣的決定？和媽從彼此相愛、信任，到猜忌，到最後演變成分離，沒人願意看到這種結果，卻也無法改變。

難道所謂的愛，走到最後，都會變成這樣嗎？

那種感覺，也許我無法深刻體會，但至少不該再成爲他們的牽絆，繼續這樣的生活。

如果是因為我的話。

「爸，」我開口，「你和那個人在一起……幸福嗎？」

爸帶點驚訝，眼角隱約泛著淚光。

「你幸福嗎？」我再問。

沉默許久，他沉痛地闔上眼睛，點頭。

「爸，」我淡淡道：「我知道，你一直都在包容著媽，但是現在已經沒必要這麼做了，既然不適合在一起，就分開吧。」

「緣緣……」

「我已經不小了，也知道這種事是強求不來的，你為我們做的已經夠多了，既然現在你的幸福在別的地方，就去追求吧，不用擔心我。」我莞爾一笑，「就算你跟媽離婚了，我也還是爸的女兒啊。」

爸的眼淚終於掉了下來，沒有再說話。

即使他帶給我和媽傷害，我仍希望他能得到幸福，至少爸和媽曾經相愛過，也曾誠心誠意決定將一生託付給對方過，他們有過愛情的證明，而我就是那個證明。

這樣就夠了吧？對我而言，或許這樣就夠了。

爸離開後，我還坐在原位，靜靜注視玻璃窗外的景色。

外頭早已開始飄雨，甚至越下越大，只是不曉得是不是心理作用，那綿綿不斷的雨聲，竟讓我心底湧起一絲絲恐懼。

我忍不住嘲笑自己的神經質，那一關我早就跨過去了，不該再害怕，也沒理由再害怕。

就在這時，小楓姊走來喚我一聲，已經換下制服的她，在我對面坐下。

「妳忙完了嗎？」我問。

「對啊，晚點還有課呢。」

「好辛苦喔，這樣不會太累嗎？」

「還好，我習慣了。」她笑吟吟地說：「倒是妳，還好嗎？看起來沒什麼精神。」

我沒有馬上回應，靜默片刻，然後說：「小楓姊……我可以問妳一件事嗎？」

「當然可以，什麼事？」

我抿抿唇，「妳……有時候會不會覺得，不知道自己在想什麼？」

「什麼？」她眨眨眼。

「我的意思是，明明是自己的事，卻還是會很迷惑，無法釐清自己眞正的心情和想法，不曉得自己要的到底是什麼……妳曾有過這種感覺嗎？」

她凝視我好一會兒，恬淡地笑著說：「當然有，這就是人矛盾的地方，明明是自己的事，有時卻反而更難瞭解，就像妳喜歡一樣東西，問妳爲什麼喜歡，妳可能也說不上來，沒有理由，就是喜歡，不是嗎？」

聞言，我忽然想起，徐子杰似乎也曾跟我說過相同的話。

「我也一樣，就是喜歡妳，沒有理由。」

我再度陷入沉默。

「就算現在不明白，總有一天也一定會明白，就看妳什麼時候才能發現了。」

「咦？」

「有時候，妳並不需要刻意去尋找答案，因爲答案其實早就已經在妳心裡了，只是妳還沒有發現，或是不願意面對而已。」她笑得溫婉。

小楓姊的這番話，在我腦海裡盤旋好久，好久。

當時的我，卻怎樣也料想不到，在不久的將來，我眞的找到我要的答案。

卻也再度把自己推回絕境……

第七章

十二月，寒冷，卻熱鬧洋溢，不管是在學校，或是在校外，專屬於聖誕節的氣氛，讓班上不少同學期待節日的到來。

幾個女生聚在雁琳身邊，熱烈地聊著聖誕活動的事，和大家一起嘻笑討論的她，臉上已不復之前的黯淡與悲傷，變得燦爛許多。她沒再來跟我說話，也沒再找我，我們之間已形同陌生人。也許現在對她而言，我已經是她不想再面對的過去吧？

當女生們開口邀請江政霖參加聖誕活動時，免不了又拿雁琳來調侃他。

這陣子以來，江政霖對雁琳的關心，所有人都看在眼裡，也漸漸察覺到兩人相處多了份微妙的曖昧。對於這樣的發展，我覺得很欣慰也很高興，卻也只能在心裡默默祝福。

周遭的事物逐漸改變，我也變了，變得越來越沉默，有時甚至可以整天不說一句話，久而久之，我在班上開始有了「啞巴」的綽號，偶爾那些八婆還會藉故對我冷嘲熱諷。

「欸，江政霖，你這裡風水好像不太好，常有陰氣冒出來，要不要換個位子啊？」

「對啊，你都不覺得背後涼涼的嗎？」

然而江政霖從未回應，更不曾附和對我的嘲諷。這些惡意，我早就習慣，根本不會在乎。

畢竟這種事，也不是第一次發生。

某天放學，士倫從身後叫住我，薇薇和何利文也和他在一塊。

「士緣，只有妳一個人嗎？」他納悶地環顧周遭，「妳最近好像都是一個人回去，之前常跟妳在一起的那個女生呢？」

士倫並不曉得我被班上同學排擠的事，何利文她們也不可能會告訴他。

「一起回去吧，我們在等阿杰，等一下他就來了！」士倫說。

看到薇薇和何利文兩人臉上不自然的神情，我回絕：「不了，我想先回去。」

「怎麼啦？這麼沒精神。」士倫困惑。

「我很好。我先走了，再見。」

轉過身時，我眼角餘光剛好瞄到何利文冷冷的微笑，以前見她那副模樣，我一定會故意留下，讓她再也笑不出來，然而這次說什麼也無法跟他們一起，除了不想面對她們，還有另一個原因……

走出學校，手機就響了，來電顯示讓我立刻喜逐顏開，「喂？喂？Anna！」

「這麼興奮呀？下課了嗎？」對方笑了起來。

「嗯，妳忙完了嗎？」

「是呀，這禮拜六見個面吧？我們到阿勇以前開的店裡去吃飯，就約十一點半，好嗎？」

「嗯，沒問題！」

「那我們禮拜六見嘍。」

一結束通話，我忍不住興奮地發出小小歡呼，想到可以和許久不見的Anna碰面，心中原先的鬱悶瞬間煙消雲散，甚至開心到晚上睡不著覺，直到兩點才終於入睡。

隔日早上，媽像往常一樣在廚房催促，「動作快一點，不然會遲到。」

「喔。」

我在餐桌前坐下，早餐吃到一半，她又喚：「士緣，媽要回雲林了。」

我放下手中的吐司。

「妳爸爸只會逃避現實，到現在還不肯出現，我已經沒耐心等他回來。」媽的聲音伴隨水聲從廚房傳來，有些冰冷，「離婚協議書我已經簽好了，媽會尊重妳的意思，看妳是要留下，還是跟我回雲林都可以，盡早決定。」

我低聲說了句：「知道了。」便拎起書包出門上學。

媽的語氣，我聽不出是憤怒還是難過，只是當聽見她淡淡說出和爸一樣的決定，那份苦澀的失落感又再度湧上心頭。

明明早就知道會是這樣的結果……

「辛苦了，放在這邊就好。」班導說。

我把一疊作業放在辦公桌上，正要離開，班導叫住我，然後用著正經，甚至帶點嚴肅的態度問：「方士緣，妳最近……是不是出了什麼事？」

「什麼？」我眨眨眼。

「我發現班上同學對妳的態度好像有些怪異，是不是發生了什麼事？」他滿是關切。

我怔愣幾秒，然後一笑，「沒有啊。」
「真的嗎？」
「真的。」
「嗯，沒有就好，因爲我看妳最近跟班上同學好像沒什麼互動，所以……」
「老師，你是不是上班太累了？有妄想症唷。」我打趣道。
他啞然失笑。
離開導師室後，我一邊在心裡暗嘆不妙，一邊走回教室，卻在途中看見士倫從保健室走出來。
「士倫，」我走上前，上下打量他一番，「你怎麼了？受傷了嗎？」
「喔，我沒事。」他笑了笑，搖頭，「我是送阿杰過來的。」
「他怎麼了嗎？」我忽而一陣緊張。
「他早上游泳的時候不小心受傷了，而且還有點發燒，叫他回家又不肯，只好逼他先在保健室休息。勸也勸不聽，他實在有夠固執。」語落，他無奈地瞥我一眼，「這一點跟某人還挺像的。」
「什麼？」
「沒事，聽不懂就算了。」
「喂，你給我說清楚，跟誰很像啊？」
「要上課了，先走嘍，掰掰！」他笑嘻嘻地迅速溜掉。
受不了這傢伙，我忍不住朝保健室的門望去。

自從上次和徐子杰在圖書館分開，已經過了兩個禮拜，我幾乎沒再見到他。我們沒再聯絡，因爲尷尬，我不敢找他，也不曉得怎麼面對他。

可是，我必須承認自己很想見他，尤其在見不到他的這段日子裡。眞的，很想見他。

最後不知道哪來的勇氣，我輕輕打開保健室的門，探頭一瞧，其中一張病床被白色簾子遮住，我悄悄地繞到簾子後面，果然徐子杰就躺在床上。

他的左頰上貼著一塊紗布，睡得很沉，完全沒察覺到身邊有人，似乎眞的累壞了。

我緩緩走近，發現他臉上的紗布有些脫落，想偷偷幫忙調整，當手指就要碰上紗布時，他卻忽然翻了個身，驚得我猛地倒退，不小心撞上後面的櫃子，發出不小的聲響。

他慢慢睜開眼睛，望著我問：「妳在幹麼？」

「抱、抱歉，我不是故意要吵醒你的，我只是——」我驚魂未定。

「別緊張，我又不會罵妳。」他坐起來。

聽出他的聲音比以往更低沉沙啞，我吶吶問：「你……身體還好嗎？」

他雖然點頭，氣色卻不佳。我凝視他片刻，將手貼在他額上，驚呼：「怎麼這麼燙？燒成這樣還不回去休息，留在學校幹麼啦？」

「沒事，不嚴重。」他說，沒有移開我的手。

「怎麼可能不嚴重？還有你的臉，怎麼會受傷？」

「跌進游泳池不小心撞到。」他回得輕描淡寫。

「跌進游泳池？是燒到昏頭了嗎？」我困惑。

他唇角微微揚起。

「那是士倫的傑作吧?要不要我幫你重新換紗布?」

「妳怎麼知道?」

我莞爾，「那傢伙什麼都厲害，就是手非常不靈巧，像包紮這種事最好別叫他做，免得把你包得像木乃伊一樣。」我找出醫藥箱，搬來一張椅子坐在他旁邊，「把你的紗布拿下來吧，幫你換新的。」

他靜靜看著我，然後伸手拆下紗布，我小心翼翼地替他處理傷口，一股奇妙的感覺油然而生。

之前運動會時，他曾經在這裡幫我治療傷口，如今居然換我反過來幫他，讓我感到有點不可思議。

「好，這樣就沒問題了，別去動它喔。」我笑了一下，將藥品收回藥箱，「你好好休息吧，要不要幫你倒杯水?」

他沉默地盯著自己的手，動也不動，之後喚了聲:「欸。」

「嗯?」

他轉眸看我，「去跟士倫告白吧。」

我的笑容登時僵在臉上。

「什麼?」我腦中一片空白，只能乾笑，「你在說什麼玩笑話?」

「我說真的。」

「你在想什麼?」我唇角的笑意逐漸消失，「這種時候要我去跟他告白，你瘋了嗎?」

「妳應該跟他坦白的。」

「然後呢？這有什麼意義嗎？」

「妳的心情應該讓他知道。」

我不懂徐子杰爲什麼要跟我說這些，也無法理解，但是他的話讓我很受傷，胸口彷彿被搗了一拳。我完全不經思考便脫口而出：「你希望我去告白？」

他沒回答，只是別開視線。我覺得難過，越來越難過。

「老實說，有時候我眞的搞不懂你在想什麼。」我聲音微微發顫，「之前說喜歡我，不會放棄我，現在卻突然要我去跟別人告白，你的用意是什麼？在耍我嗎？」夾雜在語氣裡的激動情緒，連我自己都訝異，在他說出那句話後，我的心裡好像有什麼東西碎裂了。

「你……」我壓住語氣的不穩，緩緩問：「你說喜歡我，其實是騙人的吧？」

聞言，他愕然地回望我。

「不然我不能理解你爲什麼要這麼做。」心裡的惶恐越來越深，「你並不是眞的喜歡我，對吧？」

見他遲遲不回應，我沒有勇氣繼續追問下去，默默起身，前腳才剛跨出去，他卻用力把我拉回去，我整個人跌坐在床，下一秒就被他緊緊抱住！

「我不知道！」他的低吼既壓抑又痛苦，「我不知道，不知道到底該怎麼做了……」

我無法動彈，思緒一片茫然。

他就這樣擁著我，過了好久，才慢慢鬆開手。

「抱歉。」他別過頭，面無表情地說：「妳回教室吧。」

我愣愣地看著他，半句話都說不出來。

回教室後，我完全無心上課，腦海裡全是剛才的徐子杰，還有自己。

當他開口要我跟士倫告白的時候，我的心就莫名抽痛，很痛很痛，但並不是因爲那字面上的意思，而是因爲是他要我這麼做的緣故。

他是怎麼了？而我自己又是怎麼了？

這種解不開的迷惘，誰可以給我答案……

星期六中午，我依約來到一家歐式餐館。

一年前，這裡原本是間下午茶店，我經常會來光顧，我跟Anna就是在這裡認識的，店長是她的大學同學，是位個性溫和的親切大叔，後來他結婚，回到台南老家，這裡就變成一間義大利餐廳。自Anna去國外留學後，我就沒再來過這兒了。

我在靠窗的位子坐下，無論是擺設，風格，都和以前完全不一樣。以前我很喜歡這裡，因爲在這裡總會有人聽我說話，讓我暫時忘記一切煩憂，數不清自己曾經在這裡掉過多少次眼淚。

當店員招呼客人的聲音響起，我往大門一瞧，看到那張熟悉的面孔時，我開心得幾乎要從座位上跳起來。我用力朝她揮手，「Anna！」

她背著包包迎面走來，笑容滿面地在我對面坐下，「好久不見了，士緣。」

「妳剪頭髮了？看起來變得完全不一樣了耶，很好看！」我看著她那頭俏麗的短髮。

「謝謝，我還在想會不會太短呢。」她呵呵笑道：「妳也是啊，改戴隱形眼鏡以後很可愛。」

「哪有，還是醜小鴨一隻。」

她笑了一陣，然後問：「妳過得好不好？」

「還可以……至少比以前好多了，雖然還是有發生一些事。」

「一些事？」

「就我爸媽的事，他們還是決定離婚了，不過這次我有心理準備，也認爲他們分開未必是壞事，這樣，至少我就不用再爲他們的事提心吊膽啦！」

「嗯。」她點點頭，凝視著我，「那妳和士倫呢？」

「唔……沒什麼變呀，還是和從前一樣。」我故作輕鬆，卻發現自己的聲音越來越小，也漸漸不敢對上Anna關注的視線。

每當Anna用那樣的眼神看我，我就很怕下一秒眼淚會潰堤。想對她訴苦，想告訴她其實我還是很痛苦，儘管想讓自己忘卻，占據內心的那些東西卻不減反增，很亂，很難受，沒有人能夠幫我。

「Anna……」我悶聲，不敢抬頭，「那個，我……」

她握住我放在桌上的手，溫柔道：「妳說。」

我深呼吸，抿了抿唇，「我覺得自己變得好奇怪。」不知不覺聲音也跟著發顫，「每個人……都說我變了，就連士倫也是，可是我仍覺得自己還在原地打轉，還是跟以前一樣懦弱，明明決定要改變了，但爲什麼我越來越不認識自己了……」

「妳是從什麼時候開始有這種感覺的呢？」Anna問。

我思考片刻，最後得到的答案連自己都詫異。

在遇見徐子杰之後。

一開始，我只能把所有注意力放在士倫和薇薇身上，對那時的我而言，心裡就只有悲傷跟憎恨，沒有其他。直到遇見徐子杰，和他相處後，才讓我覺得自己眞的有所改變。

他讓我在一個人的時候也不覺得難受，當我難過時也一定會陪在我身邊。不知不覺，我開始習慣有個人在身旁，習慣有個人會傾聽我的聲音，讓我慢慢從束縛中走出來，所有的悲傷和憎恨也不再那麼強烈。

就在手鍊事件之後，我發現徐子杰在我心中的分量越來越重，他的一怒一笑都會影響我，而上次在保健室他對我說的話，更是讓我難受，心痛到幾乎窒息。

「我眞的不懂，」我茫然地喃喃自語，「我喜歡的明明是士倫啊，爲什麼……」爲什麼會對徐子杰有這種心情？自己完全搞不清楚，只能任憑那種感覺越來越深，越來越強烈。

「士緣？」Anna不解，「妳在說什麼？」

我肩膀一顫，瞬間如夢初醒，倉皇地搖頭，「沒、沒有，我在胡言亂語！」

忽然間，我不敢把心裡的話都告訴Anna。

就算她對我再好再體貼，若知道我眞正的想法，一定也會瞧不起我，覺得我很差勁，我不能讓她看到這麼醜陋的自己，我不要。

「總……總之，雖然有時候心情還是會悶悶的，但還能調適得來，妳不用擔心。」我趕緊擠出一絲笑容。

「士緣——」

「Anna，拜託妳，」我盯著桌子，懇求道：「好不容易能再和妳見面，我不想談這個話題了……可以嗎？」

「嗯，我明白了，對不起，不該跟妳一直談這個，難得能出來玩，本來就要開開心心的。」

「對不起。」

「妳不用道歉，是我太囉唆了。」她握緊我的手，「不過，士緣，如果有什麼心事，一定要說出來，我永遠都會聽妳說的，好嗎？」

我點點頭，眼睛微酸。

「好，既然我們今天有的是時間，那要不要聽聽我這幾個月在國外留學的趣事？」她眨眨眼。

我笑了，「好呀，我要聽！」

「我在英國碰到一個很好玩的醫生家族……」

那天是這些日子以來，我過得最快樂的一天。

聽著Anna在國外生活的點點滴滴，時間就過得好快，和她在一起，我就不會再胡思亂想，不再強迫自己去面對不想面對的事。我現在相信一切都會好轉，因爲Anna回來了，我最信任的人回來了，她會陪著我，當我的依靠，一這麼想，我就感到如釋重負，彷彿得到救贖，也讓我重新燃起信心，相信自己能夠解決那些煩心事。

我一定可以。

「啊——好冷好冷，冷死了！」上學途中，士倫一邊哀號，一邊把圍巾往上拉，「該死的寒流，害我今天起床超痛苦，簡直生不如死！」

「就是啊。」我縮縮脖子。

「阿杰也眞慘，居然在這時候生病，他現在一個人住，也不知道有沒有辦法照顧自己，唉！」

我沒有說話，只是靜靜走著。

到了學校，士倫和我道別，就朝他教室方向走去。當我轉身正要離開，卻不小心撞到後方的人，對方的書包立刻掉落在地，課本也滑了出來。

趕緊彎下身幫忙撿起那些課本，耳邊卻聽見班上那群八婆的聲音，「喂，走路小心一點好不好？雁琳，妳沒事吧？」

我怔了一下，這才發現剛才撞到的人是雁琳。

雁琳平靜地說了句：「我沒事。」便跟著蹲下來撿書。

「眞沒禮貌，撞到人都不會道歉的。」

「妳忘了啞巴是不會說話的嗎？」

「對唷，我還眞的忘了耶！」

我不理會她們的嘲笑，將課本遞還給雁琳時，淡淡說了聲：「對不起。」

聞言，她抬眸望向我，我起身調頭就走，耳邊還聽得見那些八婆不斷叨念。

隨著聖誕節逐日接近，氣溫也越來越低，冷冽無比，如同我現在在班上的處境。

我坐在座位上眺望窗外，快下雨的灰色天空，像是一陣陰霾，怎麼掃也掃不去。

令人討厭的……十二月。

找老師簽完教學日誌後，我離開導師室，在經過保健室時不禁停下腳步。不曉得徐子杰的感冒要不要緊？臉上的傷好了沒有？明明擔心他的情況，卻又不知道該怎麼關心。

「嘿，方士緣。」何利文從對面走過來，瞥瞥保健室的門，「站在這裡幹麼？來找人嗎？」

我沒回答。

「如果妳是想來找徐子杰，恐怕要失望嘍。他今天請病假，聽說狀況挺嚴重的。」語落，她笑吟吟地看著我，「不過妳別擔心，因爲放學後我會和薇薇還有張士倫一起去他家看他。」

心底湧起一陣酸，她的話讓我覺得難受。

「妳看起來好像很難過。」見我始終不回應，她唇角的笑意變得更深，「我說妳啊，就算現在沒有人願意理妳，也不該在徐子杰面前裝可憐吧？這樣死賴著人家，都不會覺得不好意思嗎？只是稍微對妳好一點就會錯意，自作多情，眞的很好笑耶妳。」

我咬著下唇，還是不回應，然而她的一字一句卻猶如針扎，不斷刺進我心裡最深最痛的地方。

「不過，妳之所以這樣孤立自己，不惜傷害羅雁琳，我大概知道是什麼原因，妳是怕她也會跟妳一樣，被大家欺負吧？」

我一愣。

「我猜對了？之前還說什麼朋友對妳而言沒意義，原來只是講好聽的。妳這麼爲她著想，連我都覺得感動，但妳那位『朋友』連這點都沒想到，還跟著大家一起孤立妳，搞了半天，原來也是個虛僞的人！」

我握緊拳頭，終於忍不住咬牙回應：「不准妳這麼說她。」

「爲什麼？我說的本來就是事實啊。」

「她跟妳不一樣！」

「小姐，承認事實吧，她之後還有再來找妳嗎？還有那麼難過嗎？現在沒有妳，她也過得很好啊，這就證明妳對她而言根本就沒那麼重要，不是嗎？」

我呆呆地瞪視著她，她的話竟讓我連一點點反駁的餘地都沒有。

「就算徐子杰對妳好，妳也別誤會了，誰都看得出來那只是同情而已，清醒一點吧！」聽到放學鐘聲響起，她笑了笑，「好啦，懶得跟妳聊了，我要去徐子杰家了，掰掰。」走過我身旁時，她又停住，「其實妳根本不用爲羅雁琳做那麼多，她跟著大家冷落妳，妳卻還在爲她辯解，眞不知道妳是天眞還是愚蠢？」

何利文快步離開後，我無力地靠在保健室門口，直到聽見有腳步聲逐漸靠近才回過神。只見雁琳背著書包，獨自一人站在不遠處，就這麼與我靜靜對望。

我愣了一會兒，正想調頭離開，她就衝過來從背後抱住我，不讓我走。

她開始啜泣，緊擁著我的手微微顫抖，哭泣聲也越來越清晰，那哭聲像是在責罵，責罵我的傻，竟讓我溼了眼眶。

我深呼吸，冷然地說：「放開我。」

她用力搖頭。

「我不知道妳剛剛聽到什麼，但可別誤會了。」

「士緣，拜託妳不要再裝了。妳眞的以爲這樣做是爲我好嗎？告訴妳，我根本就不快樂，妳這樣做只會讓我更痛苦而已！」

我閉上眼睛，覺得胸口好疼。

「士緣，妳不要再推開我了好不好？。」她把我抱得更緊，「我需要妳，眞的很需要妳。」

她的話讓我沉默許久，忍不住笑了。

「妳眞的很奇怪，」我低語，眼淚同時落了下來，「我到底哪裡好？值得讓妳哭成這樣。」

她沒有回答，仍抱著我泣不成聲，這樣的她，讓我再一次深深覺得自己是個不折不扣的大傻瓜。

我很迷惘，很想保護自己珍惜的東西，卻不懂到底怎樣做才是對的？

我整個人，整顆心，再度失去了方向。

回到家門口，一打開門，屋內傳來媽的怒吼聲，我朝客廳一看，爸回來了，就坐在沙發上抽著菸，而媽站在一旁臉色鐵青，指著桌上的一張紙咆哮，「是男人的話就趕快簽字，別再拖拖拉拉的！」

「妳別再大吼大叫了，能不能等緣緣回來再說？」爸擰眉。

「怎麼？難道你想在女兒面前簽字嗎？怎麼會有你這種父親！」

「妳眞的是……不可理喻！」被激怒的爸，放棄再跟媽爭辯。

我緩緩走進客廳，「我回來了。」隨即走到媽面前，「媽，妳別再鬧了，這樣沒辦法解決問題。」

媽先是錯愕，接著眼淚急急落下，傷心欲絕地吼：「好啊，現在連妳都向著妳爸是嗎？你們都覺得我無理取鬧是嗎？你們父女倆根本都一個樣，我就是上輩子欠你們兩個的，無所謂，隨便你們！」說完，她走出客廳，用力甩門離開屋子。

爸深深嘆一口氣，疲憊地揉著眼角，沉聲說：「緣緣，跟爸爸吧，妳不需要忍受妳媽那脾氣，不然以後痛苦的是妳。跟著爸爸吧。」

我盯著桌上那張離婚協議書，低應：「我知道。」

爸抬眸，眼神流露出喜悅。

「在媽身邊那麼久，她的個性我再清楚不過了。」我淡淡說：「但是……就是因爲太清楚，所以我更必須陪在媽身邊。」

爸愕然不解，「爲什麼？」

「爸，」我看著他，「媽雖然看起來很堅強，但其實她很脆弱，就是因爲她太過死心眼才會這樣，你應該也很清楚才對。」

爸沒有回答。

「就算你們離了婚，爸的身邊至少還有人陪伴，但媽沒有，她只有一個人。她就算再孤單寂寞也絕不會說出來，而她就只有我這個女兒，我不能在這個時候離開她。」我在這一刻做出決定，「所以……我要跟著媽，我會跟她回雲林。爸，對不起。」

爸靜靜注視著我許久，雙眸才慢慢斂下。

「好，爸爸知道了。」他微笑，眼角卻泛著淚光，「沒事了，妳上樓吧。」

看見爸將臉埋入掌心，我忽然很想再跟他說些什麼，喉嚨卻發不出聲音，只能默默離開客廳。

一回房間，我整個人靠在門邊，肩膀一鬆，書包掉在地上，淚水也滾了下來。

我緊摀雙唇不讓自己哭出聲音，接連不斷的打擊，讓我再也無法壓抑自己的情緒。

我背叛了那個最疼我的爸爸，比誰都還要疼惜我的爸爸。

一直以為自己可以坦然面對這一切，但看到那張離婚協議書後，我才發現自己在自欺欺人，我根本就不願離開他們任何一個。我真的很愛很愛爸媽，就算常有爭執或不開心，卻從未想過他們有朝一日眞的會分開。看到爸聽見我的決定後，臉上露出的表情，我覺得自己罪孽深重。

爲什麼必須在我最愛的兩個人之中做抉擇？爲什麼？

「怎麼了？又感冒了嗎？」當晚，士倫打給我。

我不想讓士倫看見我哭到紅腫的眼睛，因此騙他說身體不舒服，正躺在床上休息。

「安啦，睡一覺起來就沒事了。」我盡量回得自然，不讓他聽出異狀。

「若明天還是不舒服，就請病假，我回來後再去看妳，知道嗎？」

他溫柔的語氣讓我內心湧上一抹酸楚，我抿抿唇，「嗯。」

要是士倫知道我要離開，他會怎麼樣？假如他知道我即將不在，他會說什麼呢？

「聽說，伯父已經回來了？」士倫問：「他們還是決定離婚嗎？」

「嗯。」

聞言，他沉默一陣，「士緣。」

「嗯？」

「妳不會走吧？」

我愣了一下

「妳不會離開這裡吧？」

輕咬下唇，我沒有回答，視線卻再度因淚水而模糊一片。

「喂，士緣，說話啊！」他急了起來，「妳會一直留在這裡吧？」

「你在緊張什麼啦？」我笑了笑，「我當然會留在這裡啊。」

士倫語氣明顯放鬆下來，「真的嗎？妳不許騙我。」

「我哪敢騙你啦？又不是不要命了。難得你會這麼緊張，這麼捨不得我啊？」

「廢話。」他咕噥，「一直都習慣有妳在，要是妳忽然不見了，我不知道會變成什麼樣子？」

「神經呀你，哪有那麼嚴重？」我哈哈笑道：「那要是薇薇不見了，你豈不是會瘋掉？」

「那不一樣。」他低應，「妳們兩個不能相提並論。」

他認眞的口吻使我語塞，不敢再跟他繼續深聊，於是趕緊換個話題，「對了，今年聖誕節，你有什麼活動嗎？」

他靜默片刻才回答：「班上會開個小派對。」

「是喔？」原以爲他會跟薇薇單獨過節。

「嗯，不過之後又要再開一次派對了。」

「爲什麼？」

「妳生日啊，忘啦？剛好就在月底，還可以順便跨年耶。」他語帶笑意。

經他這一提，我才想起自己的生日也快到了，最近發生太多事，根本就沒心思想這些，「沒差啦，不用幫我辦什麼慶生趴了。」

「怎麼可以不辦？我還打算叫阿杰一起來耶！」

聽他提起徐子杰，我又頓住，想起何利文說的話，「你今天……有去他家探病，對嗎？」

「對啊，和薇薇還有何利文一起去的。」他疑惑，「妳怎麼知道我有去他家？」

「我……隨便猜猜的。那他現在好點了嗎？」

「嗯，再休息一兩天應該就沒事了。」

「那就好。」我不禁鬆口氣，看徐子杰病成那樣，家裡又沒人照顧他，也不知道是不是眞能好好養病？

「妳好像很擔心阿杰？」

「關心一下不行呀？」

士倫又笑起來，「總之，我決定要叫阿杰來替妳慶生，看妳是想去唱歌或是去玩都可以，到時妳這個壽星可別落跑。」

「哇哈，你眞瞭解我，我正打算這麼做耶。」

「喂！」

雖然現在語氣輕快地跟他討論慶生的事，我的心裡卻充滿悲傷和不捨。

過完生日，也許就要離開這裡了，不能對士倫說實話，至少現在還不能告訴他，等他發現我騙了他，一定不會原諒我的。

絕對不會。

中午，我拎著便當走到美術教室後面，幾分鐘後，一陣急促腳步聲也跟著響起。

那人跑來的第一件事就是緊緊抱住我，我忍不住說：「別人看到一定以為我們是同性戀啦！」

「我才不管那麼多呢！」雁琳氣喘吁吁，滿是開心，「一想到又可以跟妳在一起，我興奮到昨晚都睡不著。」

「媽呀，我雞皮疙瘩都起來了。」我失笑，和她一起靠牆坐下，「來的時候沒被她們看到吧？」

「沒有，我有特別留意。」

「那就好。」正要打開便當，卻見雁琳臉色黯淡下來，「怎麼啦？」

「真的不能讓大家知道我們和好了嗎？」

「不能。」我用筷子夾起飯，「大家對我的態度是不會改變了，如果知道妳跟我重修舊好，接下來被冷落的就是妳。」見她一臉難過，我安慰她，「妳不必覺得過意不去，這種狀況我習慣了，但我不希望連妳也受到這種對待，就照我說的做吧。」

「可是看她們這樣對妳，我很不好受。」她難過地說。

「我真的沒什麼感覺，她們頂多就是愛用話來刺我，沒什麼大不了的。」我輕鬆地說，「而且能夠跟妳和好，我已經很滿足了，真正的朋友，有妳一個就夠了。」

聞言，她眼眶微紅，點點頭。

「對了，我一直想問妳一件事，妳跟江政霖真的在一起了嗎？」

「才沒有！」她大聲反駁，臉卻紅了，「妳不要聽那些人亂說！」

「我只是問問而已，這麼激動幹麼？」我噗嗤一聲。

「唉唷，真的沒有啦！」

鬧了好一會兒，才終於停止這個話題，接著雁琳又像想到什麼似地說：「對了，士緣，我前幾天聽到一些謠言，不曉得是不是真的。」

「什麼？」

「就是——」她抿抿唇，「聽說徐子杰跟何利文，他們兩個正在交往。」

我登時停止咀嚼，筷子懸在空中片刻，我說：「不可能。」

雁琳似乎對我的回答感到意外，「可是謠言傳得挺凶的，聽說她還到徐子杰家去……」

「那是因爲徐子杰生病，她才去探病，士倫跟薇薇也有去啊，又不是只有她一個人，八成是她自己跟別人亂說的吧。」我不以爲然，挾起一片青菜，「叫她別做白日夢了，徐子杰不會喜歡她的。」

「妳怎麼知道？」雁琳睜大眼睛。

我一時不曉得該怎麼回答，因此說：「直覺。」聳聳肩，連自己都不禁被這熟悉的對話給逗笑了。

雁琳忽然若有所思地盯著我，「士緣，妳……」

「怎麼了？」

「我想問妳一件事，」她抿唇，「妳現在……還喜歡張士倫嗎？」

我沒有回應。

當雁琳發現我臉上的笑容褪去，趕緊說：「士緣，妳不想回答沒關係，我只是問問而已。」

「我喜歡他，」我平靜地看著便當，「我還是很喜歡他。」

她靜默，最後點頭笑了笑，「嗯，我知道了。」

我勾了勾唇角，繼續把便當吃完，沒再說話。

放學後，雁琳已經先跟其他女同學回去，我一離開教室，就聽到幾個八婆在走廊交談，「你們看，是利文跟徐子杰，他們一起回去了！」

聞言，我不禁跟著朝樓下操場看去，果眞見到他們兩人一起往校門口的方向走。

「我就說吧，他們果然在交往！」

「明天要不要去問問利文啊？」

「不用了吧，都這麼明顯了。」

「早就說他們遲早會在一起了。」其中一個八婆說到這，眼神刻意飄向我，「不像有些人，老愛從中作梗，以為稍微跟對方有交情，就死纏著人家不放！」

我瞥了她一眼，調頭就走，她還刻意提高音量，「別一天到晚只想著怎麼拆散人家，搞清楚自己有幾兩重吧！」

我加快腳步。走出學校後，我的心情莫名煩躁，不想馬上回家，於是在附近閒晃。後來我走進一家書店，在裡頭消磨了一段時間，走出來時天已經黑了。我又繞到附近的便利商店，想買罐紅茶喝，在櫃檯結帳時，店門開了。

「歡迎光臨！」聽到店員喊，我不經意跟著往門邊瞧，下一秒整個人就頓住。

徐子杰背著書包走過來，好奇地問：「還沒回去？」

「……正要走了。」看見他的臉，一股奇怪的感覺忽而湧上。

「等我一下。」他走到冰箱前，也拿了罐紅茶出來，結完帳後，我們一起步出店裡。

「你感冒好點了嗎？」

「嗯。」他點頭，卻還是有點鼻音。

「怎麼這時候才回去？」

「剛剛去訂蛋糕。」

「蛋糕？」

「聖誕夜那天我們班要開派對，我是負責訂蛋糕的。」

「是喔？」我頷首，「跟何利文……一起去訂蛋糕？」

「妳怎麼知道？」

「我今天看到你們一起離開學校。」

「嗯，我們一起負責的。」

這麼說，直到剛才，他都跟她在一起。

「原來是這樣，」我淺笑，然而那股情緒卻依舊卡在胸口，「我就說嘛，那些人說的怎麼可能是眞的……」

「什麼？」

「大家都說你跟何利文在一起，你不知道嗎？」

聞言，他沒有回答，反而面無表情的將視線轉向前方。我有些訝異，我以爲他會否認。

「喂，幹麼不說話？」我笑著推他，故意用打趣的口吻問，但他依舊不吭一聲。

我漸漸笑不出來，不禁有些驚慌。「難道……是眞的？」他轉身要把空罐子丟進垃圾桶，我馬上抓住他的手，「你眞的跟她在一起了？」

我沒意識到自己的激動，一心急著想跟他確認這件事。

他低頭注視著我，淡淡地回答：「是又怎麼樣？」

我的腦海登時一片空白，喉嚨發不出半點聲音，抓著他的手也慢慢鬆了開來。

他望著我的舉動，又道：「騙妳的。」

我錯愕，他淺淺一笑，我竟一時反應不過來，只能瞪大雙眼看著他。

「你……爲什麼……」我的聲音發顫。

「我只是沒想到連妳也會問我這些。有很多人問過了，我也已經回答到不想再回答了。」

我抿著唇，不自覺握緊手中的罐子。

「抱歉，只是開開玩笑。」他嘆息，「就當作是一般八卦，聽聽就算了吧。」

見我依舊沒答話，他又看了看我，接著微微俯身，唇角一揚，「妳很在意嗎？」

我的心狠狠一跳，下一秒我就將喝完的空罐子奮力往他身上一丟，然後頭也不回地快速跑走。到家後，我直往二樓衝，用力關上房門，並將書包甩在地上。

我癱坐在門邊，無力地低頭喘息，沒多久聽到手機響起，士倫打來問：「妳怎麼現在才回來？」

我說不出話，只能趕緊調整紊亂的呼吸。

「喂？士緣，妳有在聽嗎？」

「有，我有聽，」我聲音很低，「怎麼了，有什麼事嗎？」

「喔，之前不是跟妳提過幫妳慶生的事嗎？我今天邀阿杰了，他說……」

「不必了！」我立刻回道。

「什麼？什麼不必了？」士倫一頭霧水。

「我不想慶生，所以不用叫他來了。」滿腔的憤怒，使我無法控制情緒。

「什麼？我都已經跟他講好了！」他驚訝。

「那就跟他說取消了！」

「妳怎麼啦？爲什麼火氣突然這麼大？」

「我現在不想聽到他的名字！」說完，我掛上電話抱住膝蓋，內心的混亂令我煩躁到想尖叫。

剛開始聽到徐子杰和何利文交往的傳聞，我雖然震驚，卻很肯定這不會是眞的。然而剛才聽見徐子杰的回答後，胸口就像被一股強大的力量狠狠撞擊，痛得我喊不出聲音。而他開玩笑的口吻更是令我惱怒，我的眼前瞬間被怒氣蒙蔽，什麼也看不見。

只要回想起徐子杰與何利文走在一起的那幕，心底就會湧上一股濃濃的酸意，煩躁、氣惱，難受到幾乎讓我失去理智……

「喂，妳跟阿杰到底怎麼了啦？」隔天早上走出家門口，士倫一見到我就問。

「沒什麼啦。」昨晚幾乎沒睡，現在已經有點暈頭轉向了。

「沒想到你們又鬧彆扭了，」他神情嚴肅，語氣也變了，「是不是他又對妳做了什麼？」

我一愣，很快便想起他們之前曾鬧得不愉快，不能再讓士倫因爲我又跟徐子杰起衝突，「沒有啦，他沒對我做什麼，是我自己亂發脾氣，心情不好拿他當出氣筒——」

「心情不好？爲什麼？」

「已經沒事了，你不用擔心，再不快點走會遲到！」我拉著他跑，不讓他有繼續發問的機會。

其實這也是事實，整件事本來就跟徐子杰沒什麼關係，是我自己莫名其妙在生悶氣。但爲什麼我會那麼不高興，連我自己也不知道，更不明白爲何這件事會讓我心煩到徹夜未眠……

「那麼派對就在教室舉行，沒有問題吧？」開班會時，康樂股長在講台上徵詢大家的意見，全班同學都表示同意。放學後，還有人特地留下來討論買蛋糕跟交換禮物等事宜，我則是收拾書包直接回家，這樣的熱鬧和我完全沾不上邊。但到了晚上，雁琳撥來一通電話。

「士緣，那天妳也會來學校吧？」她問。

我並沒有把派對的事放在心上，自然也沒想過會不會去，因此當雁琳問起，我一時答不出來。

「我不想去。」半晌，我坦白。

「是喔……」她難掩失望，「那我也不去，跟妳一起過節好不好？」

「爲什麼？妳不是已經答應其他人要去了嗎？」

「因爲我以爲妳也會來呀，可是聽妳這麼說，我也不想去了，不想讓妳一個人……」

我沉默了一會兒，最後嘆氣，「好啦，我再考慮一下。」爲了不讓她繼續煩惱，我下了這個結論。

「眞的嗎？」她雀躍不已，「那太好了，士緣，妳一定要來喔！」

這個傻雁琳，完全忘記現在是什麼情況，還這麼興高采烈，就算我去了，到時她也不能找我說話吧？即便如此，卻還是不想聽到她失望的語氣，我承認自己動搖了，爲了她，我願意重新考慮。

「這禮拜六，妳舅舅跟舅媽會來家裡，順便一起吃晚飯。」隔天吃早餐的時候，媽對我說。

「禮拜六？」我愣住。

「怎麼了？妳有事嗎？」

「我那天……要去學校參加聖誕派對。」

媽一聽，沒什麼情緒反應，只是淡淡地說：「沒關係，沒空就算了，妳去學校吧。」

對於舅舅他們的來訪，我雖然很意外，但也猜得出他們是爲了爸媽的事而來，這麼說，那天爸也可能會在家。一想到這，我就不想待在家裡，所以還是去學校吧。

我和雁琳約好在美術教室後方吃午餐，一跟她說這件事，她立刻開心大叫：「太好了，我還擔心妳不會來呢！」

「有必要高興成這樣嗎？」我不禁失笑。

我沒有告訴雁琳家裡的事，她不知道我爸媽即將離婚，更不知道我即將要離開這裡到雲林去。

和士倫一樣，一面對他們就完全說不出口，不曉得還能隱瞞多久。

放學後，許多同學紛紛結伴採買隔天聖誕夜要吃要玩的東西，雁琳也被其他女生拉去買交換的禮物，走出教室時，她偷偷對我微笑，表示再見。

我剛要走出教室，有一個八婆忽然叫住我，接著三人一塊來到我面前。

「有事嗎？」

「沒什麼事，只是想問一下，明天晚上妳會不會來？」她雙手環抱胸口，「如果會，那我們勸妳最好別來。」

我愕然。

「妳應該很清楚自己現在在班上的立場吧？為了妳好，最好還是別來，大家根本不會歡迎妳，來了只會破壞氣氛，妳也不希望大家因爲妳而玩得不開心吧？聽說老師也會來，若他問起，我會幫妳跟他說的，不用擔心。」

我靜默許久，冷冷問：「那我是不是該謝謝妳呢？」

「妳是該謝我啊。」她笑得高傲。

我甩頭離開，走到最後幾乎變成用跑的，踏出校門口的時候卻不愼撞到人，差點跌倒。

「痛……妳在幹麼？走路不會小心一點嗎？」被我撞到的何利文，滿臉不悅與厭惡地撫著手臂。

我一陣恍惚，接著就發現徐子杰站在她旁邊。

注意到徐子杰的目光落在我身上，我立刻拔腿就跑。回到家門口時，士倫從身後叫住我。

「怎麼啦？衝這麼快，在急什麼？」他納悶。

「沒有啊……」

「真的沒事嗎？看妳喘成這樣。」

我說不出話來，闔上雙眼，調整呼吸，試著讓紊亂的心平復下來。

「妳的臉色怎麼怪怪的？」他伸手輕撫我額頭，這個舉動使我微微一凜，忍不住抬眸望向他。

現在站在我面前的人明明是士倫，然而這樣的語氣、眼神、溫柔，全都讓我不由自主想到另一個人。

「士緣？」他喚。

我緊抿著唇，最後慢慢地將他放在我額上的那隻手移開，「……對不起。」不敢去看他此刻的表情，我趕緊轉身開門，回到屋裡。

徐子杰與何利文在一起的畫面，始終在腦海裡揮之不去。

但更讓我驚訝且匪夷所思的，是剛才我明明看著士倫，心中想的竟是另一個人，最後甚至還推開了士倫的手……

我陷入混亂，亂得再也無法平靜面對這樣的自己。

翌日週六，我在家裡混了一天，窩在客廳看電視時，士倫打了電話給我，問我要不要一起去學校。

「聽說你們班今晚也有辦活動，跟我們班一樣都是六點半，現在時間差不多了，一起走吧。」

「喔，好啊……」

「如果會，那我們勸妳最好別來。」

「怎麼了？」發現我突然沉默，他問。

「我……會晚一點去。今天晚上，我舅舅跟舅媽要來家裡，我跟他們打聲招呼後再出門。」

「是喔？那好吧，到時學校見嘍！」

「嗯。」掛上手機後，我對著電視發愣，沒多久媽從廚房裡探出頭來，「士緣，妳不是要去學校嗎？快點去啊，外頭很冷，外套記得穿厚一點。」

「知道了。」我懶懶地回應，隨即關掉電視，離開客廳。

回到房間，從衣櫃拿了件外套，我坐在床邊陷入深思。時間一分一秒過去，最後我還是決定去學校，因爲越想越氣。

她們憑什麼叫我不要去，那群八婆越是不想看到我，我就越是要出現在她們面前，她們還能拿我怎樣？

在心裡忿忿罵了一陣，我起身步出房間，離開了家。

天色已經完全暗下，刺骨的冷風令我直打冷顫。已經快七點了，同學們應該都已經在教室了吧？

還沒進到教室，就聽見裡頭傳來音樂和嘻笑聲。我沒有馬上進去，而是站在門前稍微瞄一下，很快就找到雁琳，也看到班導。

班導問：「全班都到了嗎？有誰沒來嗎？」

他這一問，原本熱鬧的教室瞬間安靜下來，大家面面相覷，一副心照不宣的模樣。這時昨天找我說話的那個女生，突然舉手大聲說：「老師，方士緣沒來。」

雁琳訝異地看著她，老師疑惑地問：「只有方士緣沒來嗎？爲什麼？」

「昨天她跟我說，她今天有事，沒辦法來。」她講得煞有其事，大家幾乎都相信了，但沒人出聲。而雁琳始終神情複雜的緊盯著她，像是在懷疑她說的話。

「是嗎？那麼大家今天就好好玩，別留太晚，東西也要收拾乾淨，知道嗎？」

班導叮嚀完後，班上立刻又恢復原先的熱鬧，幾個同學甚至還把班導拱上台，逼他唱聖誕歌，爲今晚的聚會拉開序幕。

我全身僵硬的站在門外。我該進去嗎？若此刻出現在大家面前，會怎麼樣？

「妳也不希望大家因爲妳而玩得不開心吧？」

我再度望向教室裡頭，思考半晌後，決定離開。

雖然對不起雁琳，但要是眞的進去了，只會讓我的處境變得更難堪。只是想著想著，還是會覺得自己很沒骨氣，明明決定不受那群八婆影響，結果馬上就打退堂鼓。

我直接回家，走進玄關時，聽見客廳傳來一群人的交談聲，有爸媽，還有舅舅跟舅媽的聲音。

這個時候突然回來，爸媽也會覺得奇怪吧？我甚至可能還會被捲入他們的紛爭，就算有親戚在，情況應該也不會比學校好到哪去，所以我又靜悄悄地退出家門。

我獨自走在街上，沒有目的地，只是到處閒晃，不曉得到底走了多久，直到聽見水花聲，我才終於停下腳步，仔細察看此刻站定的地方。

長長的白色階梯，中間還有一座圓型噴水池，是徐子杰生日那天，我們兩個一起待的地方。從那次之後，我就沒再來過，可能是因爲聖誕夜的關係，今天坐在這裡的情侶，比當時更多。

手機裡有好幾通未接來電，都是雁琳跟士倫打來的，我沒有回，只是坐在階梯上，靜靜眺望遠方的夜景。去年的今天，我們班和士倫班一起在學校辦派對，當時我因爲被班上同學排擠，且爲了士倫跟薇薇的緋聞而傷心難過。

那時的我，還相信薇薇和士倫之間沒什麼，因爲我相信她絕不會做出對不起我的事，直到最後才發現我錯了，所有事實的眞相，我永遠是最後一個才知道。

「妳不恨她嗎？」

我最重要的朋友，卻奪走我的全部，我的眞心眞意換來她的狠心背叛，曾將幸福託付在她身上，換來的卻是讓士倫離我越來越遠。我不是聖人，沒辦法說看開就看開，說釋懷就釋懷，更遑論原諒。

只是，悲傷永遠比恨意還要來得多。從那次開始，我的天空不再蔚藍，只有一片灰，不懂該怎麼重拾快樂，我以爲自己會一直這樣下去。

直到徐子杰出現。

他讓我看到不同的藍天，足以撫慰傷痛的藍天，讓我的世界漸漸變得不再只有恨意和痛苦。和他在一起，總是讓我能暫時忘掉從前不開心的事，不知不覺什麼都想說給他聽，而他也會回以鼓勵及諒解的微笑，兩人之間的距離越來越近。

只是當我意識到這點時，情況卻已經變得不對勁。

「到底是怎麼回事啊……」我低下頭，無力嘆息。

「什麼怎麼回事？」

忽而響起的聲音使我猛然抬頭，發現徐子杰就站在眼前，我嚇到魂差點飛走！

「妳的表情很好笑。」他直接坐在我旁邊。

「你怎麼會在這裡?!」我驚叫，這人突然冒出來是想嚇死誰呀？

「妳猜猜。」他一副老神在在的樣子。

「少跟我打哈哈，你現在不是應該在學校嗎？」

「是啊，但溜出來了。」

「為什麼？」

「找妳啊。」

「找我？幹麼找我？」我一頭霧水。

「跟妳說妳倒大楣了，」他語氣平淡，「士倫知道妳又落跑了。」

「他為什麼知道？」我瞪大眼睛。

「他到妳班上去找妳，卻沒見到人，後來問妳朋友，她說不知道妳去哪了，打給妳都沒接。」

是雁琳……

「後來士倫也有打給妳，甚至打到妳家去，還是找不到妳。他以為妳發生了什麼事，現在急得要命，妳最好趕快回電話給他。」

我背脊發涼，兩手抱頭，面露驚恐，這種狀況我哪敢打啊？不被他殺了才怪！

徐子杰靜默片刻，最後直接拿起自己的手機，「喂？士倫，是我。」見我驚訝的張大嘴巴，他繼續說：「沒事了，我找到她了。」

我連忙抓住他的手拚命搖頭，用眼神求他別再說下去。

「她說身體忽然不舒服，所以去了診所一趟，手機不小心調成靜音，才沒聽到來電。」他面容平靜，回得不疾不徐，「沒有，已經走了，她說要回家休息，你回去再問她好了。嗯，就這樣，掰。」

當徐子杰放下手機，我早已呆若木雞，半晌後才恢復說話能力，「你怎麼可以連謊話都說得那麼自然啊？」

他聳聳肩。

「抱歉，害你必須跟士倫說謊。」我小聲地說，「可是你怎麼會找到……怎麼會知道我在這裡？」

「我不知道，只是把所有跟妳去過的地方找一遍，幸好妳在這裡，不然我就要去廣場找了。」

「為、為什麼？我不懂……」心臟驀地漏跳一拍。

「除了擔心還會有什麼理由？」他瞥了瞥我。

「又不是被誘拐，有什麼好擔心的？」我別過頭，臉微熱，「現在找到人了，你快回學校去吧。」

「我都已經跟士倫說有事要先回去，現在回學校，妳不怕他起疑？」說完，他將一個小紙盒放在我手上，「拿去，這是給妳的。」

我納悶地看他一眼，打開紙盒，裡頭是一塊白色奶油蛋糕，上頭還點綴著美麗的粉紅色雪花。

他臉上掛著一抹淺淺的微笑，「聖誕快樂。」

因為驚訝而說不出半句話的我，視線再度落在蛋糕上，鼻頭居然莫名一酸。

所有埋藏在心底的委屈，都在此時一湧而出。一直告訴自己沒關係，不想覺得自己可憐，可是為什麼，聽到他這一句聖誕快樂，我的心裡會激動得久久不能自已。

「這是你們班的蛋糕？」

「嗯。」

「你不吃嗎？」

他搖頭，「本來就是要給妳的。」

「你就這麼確定會找到我？」

「我沒想那麼多，打算看到妳就給妳了。」他偏頭打量我，「這蛋糕跟妳現在的裝扮還挺搭的。」

「什麼？」

「蛋糕是白的，妳的帽子和外套也是白的。」

「你……你有什麼意見嗎？」

「沒啊，只是覺得很可愛。」

我沒想到他會講出這種話，臉馬上又熱起來，我別過頭，拿起短叉咕噥：「聽不懂你在說什麼，我要吃蛋糕了。」

低頭想掩飾臉上的失措表情，我卻始終感覺到他落在我身上的目光。我尷尬不已，終於受不了他的注視，把蛋糕遞到他面前，「不要只有我吃，你也吃一點吧。」

「妳吃就行了。」

「只有我一個人吃很怪耶。」

「沒差，我不想跟雪人爭蛋糕。」

「什麼雪人？」

「妳現在的裝扮就很像雪人，圓滾滾的。」他似笑非笑。

「喂，什麼叫圓滾滾的？」我瞪他，趁機把蛋糕上的奶油抹在他臉上，他嚇一跳，才一拭去馬上又被我補上，「咦？我發現你這樣比較好看，不要擦掉啦！」

「浪費奶油啊妳。」他抓住我的手，阻止我再亂來。看到他臉上的奶油，我忍不住開心地笑了起來。他站起來準備落跑，我立刻抓住他，「唉唷，玩一下又沒什麼關係！」

「妳自己玩，我要走了。」

「等一下啦——」忽然間，耳邊傳來一陣巨大聲響，一道道螢光飛向天際，最後在天空中開出一朵朵繽紛火花。現場所有人驚歎連連，不約而同抬頭仰望那些如彩虹般璀璨的美麗煙火。這突如其來的聖誕禮物，讓大家臉上都露出笑容，與身邊的人緊緊依偎著，享受這段甜蜜浪漫時刻。

我望了望徐子杰，他始終專注地凝視煙火，火花的光芒不時照亮他的側臉，也照亮他的黑色眼眸。

煙火繼續綻放，站在我們前面的一對戀人，情不自禁地親吻彼此，這幅畫面吸引住我的目光，只是下一秒從左手傳來的溫暖觸感，瞬間又將我的注意力拉走，人也怔愣了一下。

徐子杰握住我的手，對上我訝異的目光時，唇角淡淡一勾，然後又轉頭繼續欣賞煙火。

他手心很溫暖，我心底原先的憂愁與酸楚，都在這道溫暖中逐漸煙消雲散，取而代之的是一種安全感，以及悄悄浮現的莫名情愫。

看著他握著我的手，我沒有掙脫，沒有尷尬，沒有困窘，只有種淡淡的，無法言喻的喜悅與滿足，在心裡慢慢發酵。

在當時，我忘了那種感覺，叫做幸福。

隔天一早，士倫跑到家裡找我，他一看見我就問：「還好嗎？到底是哪裡不舒服？」

「我……我已經沒事了，你別擔心。」他焦急的模樣讓我心虛。

「抱歉，昨天晚上本來想早點回來的，但被拖住完全走不了，到家的時候已經太晚，想說妳可能睡了，就決定今天再來看妳。」

他眼神流露出的濃濃憂心，竟在那一刻令我心揪，莫名一疼。

「太誇張了啦，就算我不舒服你也不用這樣，擔心過度了。」

「沒辦法，我就是這樣。」他無奈苦笑，「幸好昨晚阿杰碰到妳，不然就得一直擔心妳是不是出了什麼意外。」

「幹麼詛咒我？」

「誰叫我怎樣都聯絡不上妳。總之沒事就好，不准再把手機調靜音啦！」語落，他推了我額頭一下。

直到現在，昨晚的一切仍在腦海中不斷重播，被徐子杰握住的手，還殘留他手心的溫度。

漸漸地，我連士倫的眼睛，都無法直視。

那天，幫媽收完衣服，爸忽然把我叫到客廳。

「爸，怎麼了？」我坐在他旁邊。

「昨晚……我跟妳媽談過了，決定讓妳跟她一起回雲林。」他揚起一抹極淡的笑，「畢竟這是妳的選擇，爸爸會尊重。」

我不發一語。

「離婚協議書，我們都簽字了，妳媽媽希望能在最近幾天就把妳帶走。」

「最近？」我微愕，「什麼……時候？」

「這個月底。」

我木然地望著他，腦袋登時空白。爸一見我這般神情，立刻道：「緣緣，妳可以再考慮一下，若妳不想離開，就別勉強，妳可以留在這裡。」

還不知道該怎麼回應，媽冷冷的聲音就從樓梯口傳來，「怎麼？這時候還想挽留女兒？」她拿著洗衣籃下樓，「既然士緣已經決定要跟我，你就別再對她說這麼多。」

「我知道，但妳一定要這麼快帶她走嗎？」爸問。

「這時不走，什麼時候走？我不想繼續浪費時間。」

「妳——」

「媽！」我忍不住喊了出來，「可以……等到過年再走嗎？」

爸看著我，眼裡盡是心疼。媽也沉默一會兒，問：「妳後悔了？」

「不是，我只是想跟朋友們好好道別，不想走得那麼突然。」

語畢，他們都不發一語，最後，爸開口對媽說：「今年，我們一起幫緣緣慶生吧？」

我跟媽都一怔，爸微笑，「一起替女兒慶生，就我們三個。」

媽沒有回答，只是拎著籃子默默進到浴室。爸看著我：「怎麼樣？緣緣，全家一起過，嗯？」

見我頷首，他摸摸我的頭，隨即起身離開家裡。

我呆坐在沙發上陷入沉思，直到手機響起才回神。

「喂？士緣！」雁琳在電話那頭焦急道：「妳昨天是怎麼了？到哪裡去了？我都聯絡不到妳！」

我停頓片刻，「對不起，我……」

「沒關係，我知道一定是那幾個八婆搞的鬼。」她說：「士緣，妳今天有空嗎？我想跟妳見面，有件重要的事想告訴妳。」

因爲愧疚，我沒有拒絕，最後和她約在小楓姊上班的那家下午茶店。

只是一到那兒，卻不見小楓姊的影子，她今天似乎沒有來打工。

「士緣！」雁琳一進店裡，就笑容滿面地朝我跑來，「幸好沒有遲到，太好了！」

「就算遲到也沒關係啊。」我微笑，接著低聲說：「抱歉，昨晚放了妳鴿子。」

「沒關係，我昨天一聽那女的跟老師那樣說，就覺得很不對勁，就算妳不來，怎麼可能會跟她說？是不是她威脅妳，要妳不准來的？」

我沒有回答。

雁琳一臉憤慨，「太可惡了，簡直欺人太甚。昨天聯絡不到妳，眞的把我急壞了，張士倫也是，他昨天到我們班上找妳，知道妳沒來也很緊張。」

我輕輕抿唇，依舊不出聲。

「還有件事，我覺得應該讓妳知道。」她停頓了一下，「昨晚，張士倫跟徐子杰一起來我們班找妳，班上氣氛就變得有點奇怪，只是張士倫急著打電話給妳，所以應該沒注意到，可是徐子杰好像發現了。」

「發現什麼？」我微愣。

「張士倫在走廊打電話的時候，我就看到徐子杰好像在觀察班上同學的反應，可能是因爲大家的態度實在太明顯了，才會引起他的注意吧？所以我就想，他會不會已經察覺到……」

「我被班上同學排擠的事？」我問。

她點點頭。

我愣怔片刻，隨即一笑，「應該不會吧？」心裡卻還是有些不安，昨晚跟他在一起的時候，他什麼也沒問啊。

「是嗎……」雁琳偏頭，微微擰眉，「可能是我想太多了吧？」

我們相視一笑，很快結束了這個話題，看似不再將這件事放在心上。

喝完下午茶後，我們經過一家飾品店，雁琳拉拉我，「士緣，我們進去看看好不好？」

「好啊。」走進店裡，瀏覽架子上的一整排飾品，沒多久，我注意到其中一個掛有雪人布偶的鑰匙圈，圓滾滾的白色身形，讓我想起昨天徐子杰對我提起的玩笑話……我忍不住笑意浮現。他送蛋糕給我，好像我也該回送個東西給他才對，但送這個的話，會不會太女孩子氣了？

「士緣，妳在看什麼？」雁琳湊過來讚賞道：「這鑰匙圈好可愛喔，妳要買嗎？」

「嗯。」

「不錯呀，很適合妳耶。」

我噗嗤一聲，「我是要送人的啦。」

「送人？誰？張士倫嗎？」她眨眨眼。

「不是。」我又笑，「走吧，結帳去。」

只是，徐子杰平時都和士倫在一起，不太好把禮物交給他。

翌日，不管是上課，還是下課，我不時偷偷把鑰匙圈拿出來反覆觀看，想著要怎麼拿給徐子杰？直接跟他約時間嗎？不知道他看到這禮物會有什麼反應？

到了上午第三堂下課，我留在位子上，忽然注意到一群女生聚集在一起，不曉得在談論什麼，也在其中的雁琳，神情卻有些怪異，讓我不禁好奇是不是又有什麼大八卦了？

中午在美術教室，雁琳朝我跑來，語氣急促，「士緣，有大新聞喔！」

「是上一堂課妳們在討論的事嗎？她們又在說什麼啦？」我好奇。

「就是……」她嚥嚥口水，喘一口氣，「徐子杰跟周戀薇吵架了，而且還吵得很嚴重！」

「妳說誰跟誰？」我以爲我聽錯了。

「徐子杰跟周戀薇啊，剛剛她們都在說。」

「怎麼可能？」依這兩人的個性，怎麼可能會吵得起來？

「我起初也不相信，可是有人親眼看見他們起爭執，最後周戀薇甚至還哭著跑走！」

我怔怔然，有點不敢置信。如果這是眞的，那他們究竟是爲了什麼而吵？居然會吵得這麼嚴重。

「士緣，事情鬧這麼大，他們吵架的事，張士倫應該也知道吧？」

聞言，我看著她，心裡的感受複雜難言。

當天晚上，我跟士倫在窗邊聊天，忍不住主動問起這件事，但他的回答卻令我訝異。

「我也不知道是怎麼回事。」他沉沉一嘆，「早上第三堂下課時，薇薇跟阿杰剛好都離開教室，等到他們回來，薇薇就是一副剛哭過的樣子，阿杰倒是沒什麼異狀，後來我才聽說他們吵架。」

「你沒去問他們嗎？」

「當然有，但我問起薇薇這件事，她就一直哭著求我不要問，也不要去問阿杰。」

「她叫你不要去問徐子杰？」我一愣。

「對啊。」他點頭，再度一嘆，「我現在根本不知道該怎麼辦才好。」

我沒再追問下去。雖然訝異連士倫都不瞭解情況，但我還是注意到一個問題，薇薇似乎很怕讓士倫知道她跟徐子杰吵架的原因。

「妳的生日快到了，我之前還約他們一起幫妳慶生，現在卻搞成這樣！」他煩躁地抓抓頭。

我遲疑片刻才出聲，「士倫，這次……你們不用幫我慶生了。」

「妳又講這種話，還是因爲阿杰的緣故——」

「不是啦！」我趕緊搖頭澄清，「今年生日，我要跟我爸媽一起過。」

士倫一聽，先是靜默，最後無奈地說：「是喔，那就沒辦法了。」

「對不起。」我歉然。

「傻瓜，幹麼道歉？」他笑了，「那天是禮拜六，那我早上先把禮物拿給妳。」

「你已經準備好禮物了？該不會又是娃娃吧？」

「拜託，我怎麼可能送跟去年一樣的東西？」

「那是什麼？」

「怎麼能現在告訴妳！」

「有什麼關係？萬一我不喜歡，你就有時間再去換啦。」我笑了笑。

「虧妳說得出口，越來越厚臉皮了妳。」他忍不住白我一眼。

今年的生日，一定是最具意義的生日吧，和爸媽三個人一起過生日，將會是最後一次。

生日過後，也到了該向士倫坦白的時候了……

隔日在學校，我發現薇薇跟何利文站在一樓走廊上望著我這邊。

薇薇臉色蒼白，甚至有些憔悴，一對上我的視線，立刻就別過頭。而何利文依舊沒有給我好臉色看，只是冷冷地瞪著我。

我有些愕然，雖然早就習慣她這種態度，但總覺得這次不太一樣，那雙眼睛除了憤怒，似乎還多了憎恨，而且薇薇的神情泫然欲泣，兩人離開後，我仍帶著困惑站在原地。

那日的天空，始終一片灰，雨下下停停，直到放學才完全停止。

我將作業和教學日誌送去導師室後，準備回家，卻在操場上發現一道熟悉身影，我隨即大喊：「徐子杰！」

獨自走在前方的他，停下腳步回頭，我立刻上前跟他打招呼：「嗨！」

他凝視著我，「還沒回去？」

「對呀，剛剛從導師室出來，你呢？今天沒去游泳嗎？」

「沒有。」他唇角淺淺一勾。

眼前的他和往常一樣，看不出有任何不對勁，雖然心裡有很多問題想問他，但在看見他笑容的這一刻，我決定什麼都不要問，不想惹他不高興，更不想讓好不容易和他相處的時間被破壞……

「啊，對了！」我想到一件事，「我有東西要給你，等我一下！」

我翻開書包在裡頭東翻西找，卻不見雪人鑰匙圈蹤影。奇怪，明明放在書包裡，怎麼會不見了？

「抱歉，一時找不到。」我滿臉尷尬，「我回去再找找看，可能被我忘在家裡了。」

「沒關係，妳要給我什麼？」

「就……一個小禮物。」

「禮物？」

「因爲聖誕夜那天你送了我蛋糕，所以我也想回送個東西給你啊。」

他停頓一下，「不用了，只是蛋糕而已。」

「那怎麼行？東西都準備好了耶，反正我一定會盡快拿給你的，等我找到後——」

「好啦，知道了。」他又笑，「用不著這麼慌張。」

「我哪有慌張……」我雙頰微熱，聲音小到連自己都快聽不見，只因聽見他語氣裡的溫柔……

「快回去吧，不然又下雨了。」他說。

「你不回去嗎？」

還沒聽他回答，何利文已經跑到他旁邊，笑容滿面，「抱歉，被老師拖太久了，我們走吧！」

我傻在原地，還沒從這一幕回過神，就聽見徐子杰淡淡對我說：「回去小心點，再見。」

何利文冷冷瞟我一眼，和徐子杰一起離開。我望著他們的身影，目光最後停留在何利文拉著他的那雙手上，怎樣都移不開。

到家後，我回到房間，連燈都沒開，就坐在床上動也不動。

何利文對徐子杰的舉止，讓我對她的厭惡越來越深。不想看到他們那麼親近，更不想看到他們有說有笑，光是想像那畫面，我就鬱悶得受不了。

深深吸一口氣，我將書包裡面的東西都倒出來，不一會兒，就看到鑰匙圈從書堆裡滾出來。

「原來被夾住了……」我喃喃地說，感到全身無力，咚的一聲倒在床上。

自那天後，我的情緒一直處於低潮，不想說話，不僅士倫納悶，中午吃飯時，雁琳也察覺到我的異狀。吃完飯回到教室，我決定好好睡一覺，爲下午的課振作精神，正要趴在桌上時，我感覺到手機在震動。

「喂？」我接起。

「我是何利文。」另一頭淡淡道。

我停頓了幾秒，才冷漠地應：「幹麼？」

「妳現在能來學校餐廳旁邊的小公園嗎？」

「有什麼事？」該不會是想找我打架吧？

「我有話要說，而且一定要當面說。」她語氣毫無起伏，「我並沒有打算對妳怎樣，放心好了。」

短暫沉默後，我答應了。雖然心裡充滿疑問，但我還是很好奇她想跟我說什麼？

當我來到小公園，頭頂上的灰色天空不時傳來隆隆雷聲，我的心情也不自覺隨之微微起伏。

何利文獨自一人坐在長椅上，發現我到了就站起來，我與她隔著幾步距離，問：「妳要說什麼？」

「我想先問妳一件事，」她語調平靜，「妳現在還喜歡張士倫嗎？」

我怔了一下，不禁擰眉，「妳就是要問我這個，才特地把我叫出來？」

「當然不只。」她說，「昨天早上，妳有看見薇薇吧？有注意到她的樣子嗎？她最近都是那樣，狀況很差，人也很沒精神。」

「妳到底要說什麼？」

「記不記得我曾經跟妳說過，薇薇很後悔之前那麼做？」

我又愣住了。

「直到現在她還是想著，如果不是跟妳喜歡上同一個人該有多好，就不會演變成今天這種局面。」

「現在說這些，妳不覺得很好笑嗎？」我冷笑。

「妳應該知道她很重視妳吧？」

「我只知道她背叛我，」我面無表情，「而妳是促使她這麼做的幫凶。」

「我承認，我的確破壞了妳跟張士倫，可是妳有沒有想過薇薇的心情？明明也喜歡他，卻必須撮合你們，難道她就不痛苦嗎？」

「妳跟我說這些到底要幹麼？」我惱怒起來，「她痛苦，所以我要同情她嗎？她現在都已經跟士倫在一起了，還有什麼不滿意的？講這些鬼話幹麼？」

「問題就在張士倫對妳太好。」

「什麼？」我傻住。

「他已經不只一次爲了妳拒絕薇薇的邀約，就算跟他出去，他也常因爲妳生病不舒服，想要早點回去看妳，這讓薇薇感到很不安。」

「士倫的個性本來就是這樣，對我的關心也只是出自習慣，我不信她不知道，也不懂她有什麼好不安的。」滿腔的怒火，反而使我的語氣冷至極點。

「妳應該已經聽說薇薇跟徐子杰吵架的事了吧？」她忽然又問：「知道爲什麼嗎？」

我沒有接話。

「是因爲妳。」她瞇著眼，「徐子杰是爲了妳才跟她吵架的。」

「爲……爲什麼？」我太過驚訝，同時感覺到一滴雨落在臉上。

「這個我沒辦法跟妳說太多，總之他們吵完架後，薇薇的情緒就變得很不穩，我看不下去。」

「所以妳希望我做什麼？要我跟士倫徹底撇清關係嗎？」

「可以的話，就是這樣，希望妳以後別再跟張士倫這麼親近。」

她的話讓我覺得好氣又好笑，「我懶得再跟妳談這種無聊事了，再見。」我直接轉身就走。

「妳還想繼續利用張士倫來報復薇薇嗎？她曾經是妳最要好的朋友！」

「妳有什麼資格跟我講這些？」我猛然回頭，憤怒地喊：「不要忘了妳跟她曾經對我做過什麼，居然還敢講得那麼好聽，我聽了就噁心！」

「她現在每天都活在愧疚跟恐懼中還不夠嗎？妳還想要她怎樣？」隨著雨勢漸大，何利文的語氣也跟著加重，「我知道妳報復她還不夠，連我也想一起報復。妳知道我喜歡徐子杰，所以才開始接近他不是嗎？跟薇薇比起來，妳最恨的人應該是我，所以妳才想盡方法利用徐子杰來挑釁我，沒錯吧？妳明明喜歡張士倫，卻又故意親近徐子杰，不就是爲了要氣我，要報復我嗎？我看連妳也搞不清楚狀況了，徐子杰只是因爲同情才會讓妳接近他，同情妳懂不懂？」

「閉嘴。」我咬牙。

「妳根本只是利用他而已，就像利用張士倫來折磨薇薇一樣，就是爲了報復，想讓我們痛苦！」

「妳憑什麼對我說教？就算利用他又怎樣？別忘了妳們也用同樣的方式來傷害我，這些都是妳們自找的！」她鋒利的言語對我的刺激太強烈，我壓抑不住，當場失控朝她咆哮。

何利文靜默下來，注視我許久，眼裡原先的怒意漸漸消失了。

她將淋溼的頭髮撥到耳後，接著將頭轉向另一邊，喊道：「徐子杰，你都聽見了吧？」

我的心在那一刻瞬間冷卻，隨著她的視線方向望去，我才發現，那邊的花圃後面不知何時坐著一個人，他那雙黑色眼眸，讓我腦海的思緒再也無法運轉。

「我沒說錯吧？」何利文睇著我，唇角一勾，「方士緣從頭到尾就是在利用你。」

直至這一秒，我才終於知道她找我來這裡的目的。

我和徐子杰沉默地凝視彼此，當雨聲不斷地落在耳邊，我明白自己已經沒有退路。

我張開步伐，走到他面前，迎上他目光。

「抱歉，徐子杰。除了這句話，我不知道該對你說什麼。」

他沒有說話。

「明知道這跟你沒有關係，我卻還是把你拖下水……」我深呼吸，輕笑道：「我想我是沒救了吧？」

他始終靜靜注視著我，沒有顯露任何情緒，而眼前的雨水，也漸漸讓我看不清他的臉。

「事情變成這樣，很抱歉，一直這樣利用你。但也多虧了你，我才能常看到何利文氣昏頭的模樣，真的很痛快。」我刻意瞥了何利文一眼，「如果你不是何利文喜歡的人，我也不會這麼做了。」

「再見。」這是我說得最清楚的兩個字。

從他身邊走過，直到離開公園，我都沒有回頭，只是不停的走，走著走著，到最後跑了起來。雨水用力打在臉上，我幾乎睜不開眼，儘管胸口傳來陣陣劇痛，卻連一滴眼淚都流不出來。停不住的雨聲，像是哭聲，幾乎就要讓我崩潰。

這一次，眞的結束了。

（未完待續）

國家圖書館出版品預行編目資料

來自天堂的雨【紀念版】／晨羽著. -- 初版. -- 臺北市 ： 城邦原創股份有限公司出版：英屬蓋曼群島商家庭傳媒股份有限公司城邦分公司發行, 2022.09
面；公分. --

ISBN 978-626-96353-3-7（上冊：平裝）
ISBN 978-626-96353-4-4（下冊：平裝）

863.57 111012071

來自天堂的雨【紀念版】（上）

作　　者／晨羽
企畫選書／楊馥蔓　　行銷業務／林政杰
責任編輯／簡尤莉　　版　　權／李婷雯

網站運營部總監／楊馥蔓
副總經理／陳靜芬
總 經 理／黃淑貞
發 行 人／何飛鵬
法律顧問／元禾法律事務所　王子文律師
出　　版／城邦原創股份有限公司
台北市中山區民生東路二段 141 號 6 樓
電話：(02) 2509-5506　傳眞：(02) 2500-1933
E-mail：service@popo.tw
發　　行／英屬蓋曼群島商家庭傳媒股份有限公司城邦分公司
聯絡地址：台北市中山區民生東路二段 141 號 11 樓
書虫客服服務專線：(02) 25007718・(02) 25007719
24小時傳眞服務：(02) 25001990・(02) 25001991
服務時間：週一至週五09:30-12:00・13:30-17:00
郵撥帳號：19863813　戶名：書虫股份有限公司
讀者服務信箱 email：service@readingclub.com.tw
城邦讀書花園網址：www.cite.com.tw
香港發行所／城邦（香港）出版集團有限公司
地址：香港灣仔駱克道 193 號東超商業中心 1 樓
E-mail：hkcite@biznetvigator.com
電話：(852)25086231　傳眞：(852) 25789337
馬新發行所／城邦（馬新）出版集團 Cité(M)Sdn. Bhd.
41, Jalan Radin Anum, Bandar Baru Sri Petaling,
57000 Kuala Lumpur, Malaysia.
電話：(603) 90563833　傳眞：(603) 90576622
E-mail：services@cite.my

封面插畫／左萱
封面設計／Gincy
電腦排版／游淑萍
印　　刷／漾格科技股份有限公司
經 銷 商／聯合發行股份有限公司
電話：(02)2917-8022　傳眞：(02)2911-0053

■ 2022 年 9 月初版　　Printed in Taiwan
■ 2022 年 9 月初版 6.5 刷

定價／350元

POPO城邦原創 www.popo.tw　城邦讀書花園 www.cite.com.tw

ISBN 978-626-96353-3-7